鬼神たちの祝祭

李起昇

鬼神たちの祝祭

もくじ

装丁／野村道子
ＤＴＰ／有限会社エムアンドケイ

1

ソウルオリンピックの前年、一九八七年の話である。

李起丞《イキスン》は父の遺骨を埋葬することになり成田空港から韓国に向かった。喪主は彼の兄、起潤《キユン》である。遺骨は兄が下関から釜山を経て運ぶことになっていた。小学生の兄の息子が春休みの時に合わせ、兄弟は三月の終わりにそれぞれが韓国の故郷を目指した。ソウルが近づき飛行機は高度を落とす。見下ろした大地はどこも灰色で、まだ緑は芽吹いてなかった。

兄はいままでの関係から岡田の兄さんに案内を頼んだ。兄さんといっても岡田の歳は七十五歳だった。彼らの父よりも歳上で、彼らとは十二親等離れていた。

韓国では先祖からの代数が同じだと、歳がどれだけ上でも兄と呼んだ。同じ代数の者には、同じ記号が名前に使われていた。

朝鮮王朝では王と同じ代で王位に就けなかった者は、宮家の創始者になった。起丞の家の創始者は孝寧大君で、ハングルを作った世宗大王の兄だった。代数を示す文字を入れるルールは、宮家毎に異なっていた。彼らの家では、李氏朝鮮を建国した、中興の先祖である李成桂から十八代目の者には、全員に「起」の字を入れなければならなかった。それで彼らの親は、兄を起潤、弟を起丞と名づけた。一方で岡田の兄さんは起燮《キソプ》だった。「起」の字がついている限り、歳に関係なく、皆は同格の十八代目だった。それで歳上の岡田を起丞たちは「兄さん」と呼んでいた。

日本語の「兄さん」という言葉は、子供の頃から使っていると慣れとして使えるが、長じてから使おうとすると、真の兄弟でない限り使うには抵抗がある言葉だった。彼らも長じて岡田を「兄さん」と呼べといわれていたなら抵抗したことだろう。しかし物心ついた頃から岡田を「兄さん」と呼んでいるので、抵抗感は全くなかった。それを見たり聞いたりする周りの日本人が奇異に感じていただけだった。

起丞は東京からソウルを経由して全羅北道の南原《ナモン》に向かうことにしていた。兄たちは次の日の午後に南原に入るというので、彼はそれに合わせるため、一日早く出てソウルで一泊することにした。

ソウルの金浦空港に着くと起丞は、鍾路《チョンノ》に向かうバスに乗った。市内はスモッグのような粉塵のようなもので煙っていた。オリンピックに向けて街中で工事をしているためにそうなのだろうと考えた。喧噪に包まれた汚く汚れた街を見やりながら、彼は子供の頃を思い返していた。

彼は物心ついた頃から父親が大嫌いだった。どうしてこんな変な奴がここに居るんだ？　と違和感を抱いていた。口を開けば誰かを罵ったり、バカにしていないと気が済まない人だった。常に子供を罵倒し、子供の無能さを強調して、自分は学校に行けなかったから文字を知らないだけで誰よりものを知っているし、お前達よりえらい、と自慢していた。お陰で三人の子供たちは皆、無能で何もできないやつだとすり込まれてしまっていた。起丞は中学のころには既に人生を諦めていた。生きる気力に全く乏しかった。

「お前はバカだ」

「こんなことも知らんのか」

「他人の飯を食ったことがない、甘ちゃんだ」

「いままでに一円でも稼いだことがあるか」

などと、父親が怒りで目をひんむいて叫ぶ怖ろしい声が聞こえる。家を出れば朝鮮人差別という恐怖が待ち構えていた。父親に依存していないと生きていけない。そんな恐怖から、彼は大嫌いな父親から離れられなかった。無能だと罵られている一方で、学校の勉強は少しやっただけでいい成績を取ることができた。しかし父親が「東大を一番で出たところで朝鮮人には職がない」となにかにつけていっていたので、彼には積極的に勉強しようという意欲がなかった。授業を聞いているだけだったが、成績は良かった。

高校入試の時は閑だったので、教科書を三回読み直してみた。父親が文盲だったために、家には活字は教科書ぐらいしかなかったからだ。しかし、たったそれだけで彼は下関市内の統一模試で八番の成績を収めた。彼は下関で二番目の高校に進学予定だったが、担任がテストの結果を見てすっ飛んできて、

「おまえ、西校にしろ。絶対に受かる。東大だって夢じゃない」

といったが、彼は、軽く冷笑をし、

「どこに行っても同じですよ」

そういって当初の予定通り豊浦《とよら》に進んだ。良い成績を取って東大に進み、一番で出たところで朝鮮人には職がないのだ。朝鮮人なんてのはその程度だと、彼は父親に信じ込まされていた。

彼が父親のいうことを本当だと、信じるに至った事件が二つあった。一つは兄が下商を受験して落第させられたことだった。兄は豊浦でも充分に合格する力があったが、父親の命じるままに、商売人になるべく、下関商業を受験した。しかし落第した。自分より遙かに成績が悪い者が合格しているのに、そして試験でしくじった記憶も無いのに、兄は落ちた。兄が今後の相談をするために中学の担任のところに行くと、

「すまん。今年は下商は朝鮮人は取らんそうだ。先生もいま知らされた」

というのだった。ひどい話だが、後の祭りである。

前年に、就職ができないからと朝鮮人の親が職員室にやって来て、机のものを投げ散らかすなどの大暴れをしたらしい。それで先生たちは朝鮮人はこりごりだ、と思ったようだ。朝鮮人に対する就職差別がある以上、いつまた親が乗り込んできて大暴れするか知れたものではない。そんな朝鮮人に関わりたくないと、そういうことで兄は落第させられたのだった。やむを得ず兄は早鞆に進んだ。

起丞は父親に、

「何で韓国人はそんなことするん？　他の仲間が迷惑を蒙るだけやないの。バカじゃないの？」

日本人的価値観からするととんでもない馬鹿者の所業である。しかし父親は一言だけ、

「朝鮮人はそういうことをするんだ」

といった。そう聞いた起丞は朝鮮人ってのはどうしようもない奴らだな、と考えた。

起丞は長じて韓国文化を学び、韓国人はそうやってガス抜きをして、決定的衝突を避けるのだと言うことを知った。恨みを抱いたとき、究極は相手の命を取らないと気持ちが納まらなくなる。それでは社会が安定しないから、韓国人は恨んでいる相手の家に乗り込んで乱暴狼藉を働く。その真の意味は、「お前を闇討ちにして殺したりしないから、そのかわりこのぐらいの憂さ晴らしをさせろ」ということである。相手もそれを分かっているから、気が済むまで狼藉を働かせる。勿論やり過ぎは咎めるが、少々は大目に見る。闇討ちされないという自分の命と引き替えだから、大抵のことは許す。下関商業で暴れた朝鮮人も、先生たちを殺さないから、このぐらいさせろ、という思いだったのである。しかし日本人にはそういうことが分からない。それで朝鮮人そのものを排除するという行動に出たのだった。しかしさすがにそれはやり過ぎだと考えたのだろう。その後は朝鮮人でも合格させるようになった。

実はこの風習は江戸時代までは日本でも行われていた。女同士の喧嘩の時には、日時刻限を通知し、助っ人と共に相手の女の家に乗り込んで、乱暴狼藉を存分に働くことで、相手に対する恨みを帳消しにする、ということが行われていた。決定的な殺し合いをしないでガス抜きをしていたのである。しかしこの風習は明治の藩閥政治と西洋式の教育の前に埋没していった。戦後の日

本ではかけらも残ってなかった。子供だった起丞は常識がない朝鮮人を呪ったが、紛争解決の有効な手段を失っていたのは日本の方だったと後になって知った。しかし一九六三年当時の起丞は、目の前で兄が落第させられたのを見て、朝鮮人は何をやってもダメなんだと心に刻み込まされた。小学校四年の時のことだった。

次いで姉が差別に遭遇した。下関と釜山で親善陸上大会が行われることになり、姉は学校の代表に選ばれた。関釜フェリーが就航して定期的に大会が行われるようになるよりも前の話である。実質的な第一回大会といってもいいだろう。学校の推薦を下関の教育委員会は拒否した。韓国人は代表になれないというのだった。学校側は、日韓親善なんだから韓国人が出てもいいではないか、と抗議したが、教育委員会は、「日本側の代表は日本人でなければならない」といった。それで姉は日本側の代表から外された。日韓親善といいながら、在日は日本人の枠にも、韓国人の枠にも入れて貰えない存在だった。それを間近で見た起丞は、ああ、朝鮮人には生きる道など無いのだと、思いを新たにした。それは彼が中学生の時のことだった。そうした経験を経て、彼には生きる気力が乏しかった。

当時の彼は世の中の常識そのままに、いい成績を取るのはいい大学に行くためで、いい大学に行くのはいい会社に就職するためだと信じ込んでいた。勉強の理由がそれなら、いい成績など取るだけ無駄だと彼は考えた。朝鮮人は何をしても報われないのだ。成績がいいと却って虚しくなる。

西高に行くことを拒否した彼に、担任は、

「どうしてどこに行っても同じなんだ」

と強く迫ってきたが、彼は軽くいなした。

「同じですよ。どこに行っても同じです」

朝鮮人に生きる道はないと、彼はかたくなに信じていた。しかし後年彼は三流大学に行って気がついた。まともなのは簿記の先生ぐらいで、それ以外の科目では会計も原価計算も何も知らない連中が教授でございといって間違ったことを黒板に書き連ねていたのだ。その時になって彼は、いい大学に行くのは分かっている先生から習うためだった、と気がついたが、時すでに遅かった。朝鮮人の彼には勉強をやり直すだけの時間的、金銭的ゆとりはなかった。

やむを得ず彼は独学で会計士を目指すことにした。しかし学内の本屋で見た国家資格ガイドブックには、会計士、税理士、弁護士は、外国籍の者には受験資格がないと書いてあった。三種類のガイドブックの総てにそう書いていたので、彼は信じた。間違った情報だったが、彼は活字を疑うということを知らなかった。親父がいっていた通り、朝鮮人には生きる機会は与えられていないのだと知った。残された道は、日本に腹を立ててテロをするか、生きることを放棄するかのどちらかだった。彼は後者を選んだ。

成人の日の案内は当時は外国人には来なかった。日本人の仲間がみんな参加して、自分一人になったがらんどうの下宿で、彼は、俺の人生は終わった、という思いを抱いた。そして、あとは余生だと思い定めた。平均寿命まで生きるとして、五十年以上も続く無味乾燥で長い余生が目の前に続いていた。ただ、息をし、飯を食って糞をするだけの人生だと思った。

当時の日本には国籍の壁が厳然としてあった。日本国籍でないと生きる道はなかった。彼の国籍は韓国だったからいい成績を収めて官僚になる道は閉ざされていた。また当時は韓国人は学校の先生にもなれなかったから、学者になる道もないと思い込んでいた。そして会計士も、税理士も、受験資格そのものがないのなら、実力など何の役にも立たなかった。土方やタクシーの運転手しか職業選択の自由がないのなら、あらゆる努力は無駄だった。日本が朝鮮人を飼い殺しにしようとしている以上、成績がいいと現状に腹を立てなければ収まらなくなる。だからといって国籍を日本に変えたのでは、韓国人であることから逃げたという罪悪感を抱くことになるだろう。韓国から逃げることそれ自体は構わなかったが、父親から逃げる形となるのは嫌だった。父親は憎かったから、いつかは叩きつぶしてやりたいと思っていた。憎しみしか持てない奴から逃げるのが嫌で、彼は韓国人を続けていた。

高校に入ってからは学校の勉強はそっちのけにして、韓国人はどうしてこんな奴らばかりなんだろうと、歴史や心理学、社会学の本を読むようになった。彼の周りには尊敬できるような一世は一人もいなかった。それに彼は父親のような人間にだけは絶対になりたくないと願っていた。勉強などしないから当然に成績は落ちる。成績が悪いと父親から無能だと罵られる。成績が悪いのとバカとは別のことだといってやりたいのだが、父親は一切の反論を受け付けなかった。父親は儒教の価値観で、親に逆らう者は人間ではないと彼を罵った。そんな儒教を呪いながら彼は二時間も三時間も父親に罵られ続けていた。

良い成績を取ってどうするんだといい返してやりたいが、それをすると今度は母親が、お前の教育が悪いからだと罵倒される。それで黙って言葉を呑み込むしかなかった。無性に腹が立つ。彼は年がら年中苛ついていた。そういう精神状態では勉強などできるわけもなかった。

日本では成績による成功の可能性がないのに、しかし韓国人はいい成績と立身出世が大好きである。父親はいい成績を取っていい大学に行き、出世しろという。しかし日本でそうするのは不可能だと父親自身も知っていた。それでもそういい続けていた。韓国人は建て前を本音だと信じていう癖があった。特に彼の父親はそうだった。初めは自分でも建て前だと知っているのに、話している内に建て前なのか本音なのかの区別がつかなくなる。その内に自分の言葉に興奮して、やがては、建て前を本音として語り出す。そんな猿芝居に何時間も付き合わされる。まともな精神では付き合っていられない。彼は父親を無視することに決めた。そしてどうして韓国人はこんな奴らばかりなのか、その原因は何なのか、という研究に没頭した。学校の勉強は彼の研究テーマには全く、何の役にも立たなかった。それで彼は出席だけして、授業中は他の本を読んでいた。

成績は当然悪くなった。しかし成績が悪ければ希望を持たないでいられる。下手に成績がいいと、挫折を味わい、日本を呪うことになる。体の弱かった彼にはそれは過酷だった。希望を持てないぐらい成績を悪くすれば、挫折とは無縁でいられた。戦わなければ敗北もない。彼は人生から完全にドロップアウトする道を選んだ。しかし一方で成績が悪いというのは、ひどくプライドを傷つけるものだ。先生も同級生も彼をバカだといい、思っていた。成績が悪いだけで、俺はバカではない、といい返したところで、それは空威張りでしかなかった。彼は生きる気力を失い、風が吹くままに適当に生きているだけの人間になっていた。そんな無気力な生き方をしていた彼を焚きつけたのは妻だった。

「こんな給料では生活できません」

と彼女は彼に資格を取るように迫った。彼は民団という韓国人の団体に勤めていた。少しは民族のためになることをしてみたかったからだ。しかし民族のあるべき姿を考えている者は一人もいなかった。彼の意見も受け入れられなかった。加えて給料は生活ができないぐらい安かった。子供ができても高校にもやれないような状態だった。

取りあえず本屋に行き、会計士の過去問を見た。この程度の試験なら一年で通るな、と思った。そう判断したのは、質問の意味が理解できたからである。何を聞かれているか理解できる限りは、それに必要な知識を叩き込めば試験に通ると考えた。俺は勉強をしなかっただけでバカじゃない、という自負心もあった。

「一年くれ」

と彼は勉強を始めた。しかし三十を超え、体力が衰えていたので、一日に十三時間しか勉強できなかった。あと一時間すれば通ると見えていたが、その一時間の壁を越えられなかった。二年目は資金のゆとりがなかったので、働きながら勉強した。合格には二年かかった。これで生活できる、と嬉しかったが、一方で俺の能力もこの程度なんだ、と思い知った。自分は、自分で思うほど優秀じゃない、と悟った。父親に対する反発で自分を過大評価していたと知った。自分は人よりも少しばかり点数を取る要領がいいに過ぎないと実態を認識した。

合格するまでは会計士は凄いんだ、と思っていた。しかし合格すると周りは当然ながらみんな会計士だった。威張ったところでそれがどうした、という世界である。試験に合格するのはスタートでしかなかった。問題は、自分に仕事ができるかどうかという、至極当たり前のことだった。成績がいいだけのバカは社会では相手にされないのだった。

合格の報に接したときは、心の中の父親に向かって、ほらみろ、俺は無能じゃなかったぞ、と毒づいていた。それで電話で、兄の起潤に少しばかりの誇りを持って、合格したことを伝えた。数時間して、兄から父親が自死したという連絡を受け取った。罵り続けていた息子が世の中で能力を発揮したのを見て、己の間違いを悟ったのだろうと、彼は思った。それより数ヶ月前に彼は群像の新人賞を貰っていた。その作品は芥川賞の候補にもなった。父親は完全に自分の敗北を認めたのだと彼は考えた。憎かった親父を叩きつぶして気分は爽快なはずなのに、兄から自死したという知らせを聞いてからの彼は、何も考えられなくなり、時間がその場でぴたりと止まってしまった。これが肉親の情というものかと、あとになってそう感じた。

会計士の試験を受けたのは、小説では飯が食えないと思っていたからだ。在日の小説など誰も買わない。だから書いたところで金にはならない。芥川賞を貰ってすら生活はできないと思っていた。だから在日として小説を書く限りは成功とは無縁である。成功というのは量の世界の話だ。売れない限り量はさばけない。売れない作家は負け犬である。出版社を稼がせることができない作家は厄介者でしかない。量の世界とはそういうものだと彼は醒めた目で状況を分析していた。

しかし質の世界では別である。書き残しておかなければならないことがある限りは、書き続けなければならない。金にはならなくても、しなければならなかった。それで女性の編集長が、

「書かなきゃダメよ」

というのを無視して会計士の勉強を続けた。誰も自分の生活を保障してくれない。だから自分で飯が食える仕組みを作ってから書くしかなかった。彼は食えてなんぼと思っていた。食えない奴がえらそうなことを書いたところで説得力はない、と考えていた。編集長は不満そうだったが、彼は無視した。

もう一つには芥川賞候補にはなったが、受賞はできないと思っていたことがある。群像の新人賞が決まってから、「書き直したければ書き直していいよ」と担当さんにいわれた。読み返してその時初めて自分の作品に構造上の欠陥があるのに気がついた。時間は十日程度しかなかった。書き直すには自分の力では無理だと諦めた。ワープロが当時あったなら、怖らく十日程度で書き直すことができただろう。しかし当時は手書きの時代である。彼は書き直すことを諦めた。自分の作品の欠陥に気がついたので、選考委員がこれを見逃すはずがないと思った。そして新人賞も辞退しようかと考えた。在日二世の友人に信頼できる人が居たので、その人に相談した。このま

ま受賞するのは信義に反するのではないか、と彼は友人にいった。友人は簡単にいう。

「起丞《キスン》さんが欠陥商品だと思うその作品に対して、選考委員は新人賞を出してもいいと判断しているのだから、貰ったところで信義には反しないでしょう」

ああ、なるほど、と彼は安心した。できれば賞をもらって、物書きの端くれに連なりたいと思っていた。しかし信義に反することまでしてそうしたくはなかった。しかし友人は、欠陥を抱えた商品が合格したんだから、それでいいんじゃないの、というわけである。彼は黙って賞を頂くことにした。

しかし欠陥商品であることに変わりはない。そんな作品に一流の作家たちが芥川賞を授賞させるはずがなかった。それで編集長に「あれは受賞しません」というと、変な顔をしていた。審査が終わってから編集長が、ある選考委員の感想を伝えてくれた。編集長がいうには、選考委員が候補者に対して個別に感想をいうことは無いそうだ。少なくとも自分は初めての経験だということだった。

その選考委員は彼が既に気がついていた欠陥を指摘した。そこを直せば受賞できた、という意見だった。彼も同感だった。しかし直す時間も力もなかった。落選は妥当なところだった。

「私もそう思っていました」

というと、またも編集長は変な顔をした。それで編集長は欠陥に気がついてないんだ、と感じた。

誰にもいわなかったが、欠陥を指摘してくれた選考委員は母の兄、つまりは彼の伯父の教え子だった。彼の母は日本人だった。母の兄は神戸の有名な進学校で国語の教師をしていた。その選考委員がまさか自分と伯父の関係を知っているはずもないだろうに、わざわざ感想を伝えてくれたことに親近感を持った。

彼の母は知性も教養もある人だった。それが粗野で他人をこき下ろしては、自分はえらいと大言壮語してはばからない男と、どうして結婚したのか理解できなかった。彼は子供のころ、

「どうして父ちゃんなんかと結婚したん？」

と母に聞いたことがある。母は困ったような顔をしてから、

「優しかったのよ」

と答えた。

後年のことである。監査法人で彼と犬猿の仲の男が不倫をして会社を辞めた。その話を聞いて彼は妻にいった。

「あれだけ卑怯で、後輩に責任をなすりつけて、自分は全く仕事をしようとしない無能な奴と結婚した女がいるだけでも不思議なのに、その上に不倫相手になる女がいたとは、理解できん」

と慨嘆すると、妻は、

「女は自分に優しくしてくれる人が総てなのよ」

といった。思わず、

「何と愚かな」

というと、妻はすんなり、

「愛は愚かなものよ」

といった。案外そうかも知れないと思った。そういう愚かな愛の結果、自分はこの世に韓国人として存在しているわけだった。だからこの先も愚かな存在であり続けるしかないのだろう、と思った。妻はそれから彼の顔を見てつけ加える。

「あなたみたいな人には分からないわよ」

ううむ、と彼は黙り込んだ。当時の彼は愛を仇のように憎んでいた。

人は愛によって憎み、愛の名の下に傷つけ、そして愛する者のために戦争をする。愛とは諸悪の根源であり、煩悩そのものだった。そう考えるようになったのは、父親から愛を押し売りされ続けてきた影響が大きかった。父親は何かというと、

「お前たちは冷たい。もっと人を愛せ」

といった。「人」と一般論を装っているが、ここでの「人」というのは人類のことではない。父親だけを指している。

これもまた韓国式儒教の弊害だった。制度としての儒教では、自分の目の前の敵に勝ちを収めることが全てだった。詭弁でも嘘でもとにかく、いま勝てばそれでいいのだった。そして自分や自分の党派の利益を最大限にしようと画策する。李朝時代の政治家つまり両班《ヤンバン》たちは「民のため」といって自分たち党派の利益の増大を図っていた。そして国を滅ぼした。国益よりも党派の利益

を優先させたからである。そして父親は、同じ発想から「人を愛せ」と一般論を装いつつ、自分を愛することを家族に求めていた。

歩く儒教の害悪のような父親は、常に家族全員が自分を愛し、大切にし、立身出世をして金を稼いで自分に貢ぐことを夢見ていた。物心ついた頃から愛を強要され続けていた彼は、高校生のころには父親を睨んでは心の中で、

「お前みたいな奴には絶対に親孝行をしない」

と毒づくようになっていた。それで仏教書を読んで、自分なりの考えをまとめようとした。そして愛というのは煩悩であり、諸悪の根源である、という結論に辿り着いていた。

愛とは、自分が宇宙の中心にいるときに出て来る感情だった。しかし人間は神ではない。宇宙の中心には、座る資格がないものだ。そんな人間が宇宙の中心に座ると、独善と欺瞞で世の中の人々を苦しめ続けることになる。目指すべきは慈悲である。慈悲はその人のためにその人を愛することだ。一般的な愛というのは、自分のために他人を愛する行為である。両者は次元が異なる。英語ではどちらもラブだから話がややこしくなるが、自分を宇宙の中心に置いて他人を愛するか、神さまの隣りに座って他人を愛するかの違いである。仏教では前者を愛といい、執着の一つとみなす。後者は慈悲といい、万人を救いうるものと捉える。それで彼は、

「誰も愛さない。何も愛さない」

と自分にいい聞かせていた。それが時々口をついて出ていたので、彼は妻から、

「あなたは私を愛してないのに結婚した」

と非難されるのだった。

「俺のは慈悲だ」

といっても、

「言い訳しないで」

と妻は彼の話を受け付けない。しかし彼の、自分のためには決して誰も愛さないという決心に変わりはなかった。愛すれば相手を不幸にする。それが彼が父親から学んだことだった。父親は家族を愛し、その結果、全ての家族を不幸にして死んでいった。愛さなければ多くの者が幸せだったのに、独善的に愛したが故に皆を不幸にした。父親は家族の皆に愛されることを望みながら、誰からも愛されなかった。むしろ憎しみを植え付けただけだった。そして子供たちが生きる可能性も全て押しつぶしてしまった。

父親は自分の経験にないことは認めなかった。それで子供たちに商売をすることを求め、他の道に進むことを許さなかった。一方で商売は「盗人の上前をはねる行為だ」とうそぶいていた。つまり盗人よりも更に悪いのが商売だといっていたのである。それだのにその悪いことをして金を稼いで、自分に貢げ、と強要していた。これもまた韓国儒教の価値観である。一世は全てそうした価値観に毒されていた。それで本を開いて論語を読むことは尊く、金儲けは汚いと蔑んでいた。父親も例外ではなかった。父親は自分の仕事を卑下しながらも金を求めていた。彼は反発した。しかし家を出られなかった。外で稼いだことなどなかったから、父親に吹き込まれた日本社会の差別の激しさに怯えて家を出られなかったのだ。

どうにも我慢しきれなくなって家を出たのは結婚したからである。自分一人の時は、父親のために奴隷の人生を送り、黙って朽ち果てていこうと思っていた。しかし変な女性が彼に興味を示し、結婚までしたものだから、彼は彼女と将来生まれるかも知れない子供たちを、自分と同じ奴隷の人生に巻き込みたくなかった。

父親は借金をして韓国に持っていき、親戚のために全てを散財していた。日本ではただの小さな雑貨屋をしていたに過ぎないのに、大成功したかのように吹聴し、そのように振る舞っていた。そして前の借金も多額に残っているのに、更に借金をして韓国に持っていくというので、彼は切れた。勝手に死にやがれ、と思った。彼は東京に出た。先の見込みはなかった。当時はただ暴君である父親から逃げ出しただけだった。その内に妻から資格を取ることを迫られ、彼は勉強をした。

公認会計士になって就職した監査法人には、韓国の会計士がトレーニングに来ていた。それで親しくなった韓国の会計士に、今回の宿の予約を頼んだ。久しぶりに会った韓国の会計士と食事をした。彼は、

「安いところというので予約したけれど、本当に安いよ。連れ込みだけどね。寝るだけだから構わないでしょ」

といった。起丞は頷く。韓国の会計士は続ける。

「だけど旅人宿《ヨインスク》ほどひどくはないよ」

旅人宿というのは、行商人たちが使う、韓国では最下層の宿である。安いけれど、普通の人間が泊まるには抵抗を感じる場所だった。食事のあと友人に礼をいって、鍾路の裏通りにある旅館に入った。ベッドの周囲三方と天井に鏡が貼ってあった。なるほど連れ込み宿だと思う。しかし目を閉じればどんな部屋かは分からない。シャワーをするために浴室に入る。湯は申し訳程度にちょろちょろと出るだけだった。彼はそれで体を洗った。横になると直ぐに寝てしまった。

翌朝は近くのうどん屋に入って、うどんを食べた。それから江南《カンナム》の高速バスターミナルに向かう。兄弟は南原の旅館で落ち合うことにしていた。

父や岡田の兄さんは、故郷に行っても、専ら旅館を利用していた。自分の家に居ても落ち着かないからであった。自分の家というのは、所有権とか形式的な意味でそうだというだけで、実質はお客様扱いされるから、窮屈で仕方が無かったのだ。自宅ではくつろげないので、それで父親たちは旅館を専ら使っていた。

2

江南《カンナム》の高速バスターミナルに着いた。以前は南原直通《ナモン》のバスはなかった。南原に行くには一度全州《チョンジュ》まで行き、そこからローカル路線バスに乗り換えなければならなかった。全州というのは全羅北道の道都で、はるか昔には百済の領域だったところである。全州のような主要都市へのチケットは買うのに苦労した。ダフ屋から高く買わないと、二時間先のチケットしか買えなかった。しかし南原への直通バスが通うようになると、需要が少ないからだろう、ダフ屋から買わなくても窓口で三十分先のチケットを買えるようになった。その日も彼は直ぐに出発するバスのチケットを買って乗り込んだ。バスはターミナルを出ると直ぐに高速道路に入った。そして単調な音とともに南下を始めた。

彼の母は神にすがり罪の許しを請うていた。彼は死後の世界に何も期待してなかった。生まれ変わったら、などとも考えなかった。ただ、いまを生き、死んでいくだけだった。

父親により、彼は生きる機会を奪われていた。たとえ韓国人でも多くの可能性があったと知るのは後のことで、子供の頃の彼は韓国人だからまともに生きていくチャンスはなく、どれだけ成績が良くても土方をするしかないのだと吹き込まれていた。そして父親の後を継いで商売をする方が土方よりは増しだと思い込まされていた。それでいて父親はよく、

「日本人が百点取るなら、お前は百二十点取れ」

といっていた。小学生のころまでは大して疑問に思わず、百二十点取るんだと思っていた。しかし中学生になると、父親の発言の矛盾に気がつくようになった。

テストは百点までである。百二十点を取る実力があっても、目に見える点数は百点である。そして父親がいつもいっていた、「同じ点数なら日本人は合格してお前は落第させられる」という

のが真実なら、百点を取ったところで合格するのは日本人で韓国人の自分は落第させられるのだった。それってつまり、と彼は考えた。朝鮮人には未来はないって事じゃないかと納得した。父親は励ましているつもりだっただろうが、彼は逆に完全に生きる希望を失ってしまった。テストで百点を取っても、東大を一番で出ても自分には人生などないのだと思い定めた。

そんな状態で成績がいいと日本を恨み続けることになる。同年代の在日で「日本を水爆で太平洋に沈めてやる」といっている者がいたが、冗談ではなく彼も同感だった。希望を奪われた者は、希望を奪った者にテロを仕掛けるものである。ただ彼の場合は虚弱といってもいいぐらい体が弱かったので、日本を恨み続けることは体力的に辛かった。それで勉強することをやめ、父親が望む無能な朝鮮人の振りをすることにした。一方では、在日の一世はどうしてうちの親父みたいな奴らばかりなんだろうと、その原因を知りたくて、学校の勉強は全くする気になれなかった。

結婚後、妻の無茶振りで会計士にはなったが、自分の心の中ではこの程度にしかなれなかったという思いが渦巻いている。日本人だったら、あるいは韓国で生まれていたら、自分はもっと上に行っている、と思い込んでいた。しかし時を失した自分はもう、世の中の役に立つ存在にはなれない。せいぜい妻が望む人生を歩むだけだと感じていた。

人として生まれたからには、一角の人物になり、人様の役に立つ存在になりたかったが、その可能性は失われていた。父親のいう、朝鮮人はダメだ、という台詞をまともに信じてしまった結果だった。彼は無能の人として死ぬしかなかった。だからそんな自分を、誰かが利用してくれるなら、それはむしろ彼には幸せなことだった。

妻は韓国舞踊に没頭し、一流の舞踊家になることを夢見ていた。習い事は金がかかる。会計士になって民団の時の三倍の給料を貰うようになったが、それでも金は足りなかった。妻はあるだけの金を全て習い事につぎ込んでいた。しかし彼は何もいわなかった。彼は自分の能力を発揮できないと知ってからは、何の夢も希望も抱かないようにして生きてきた。だから必要なのは飯代だけだった。それ以外は妻が使いたければ使えばいいと思っていた。

彼はあらゆる夢や希望を父親に潰されてきた。韓国が何かを知りたくて学者になりたいといえば、

「韓国人が学者になんかなれるわけがないだろうが。バカかお前は」

と罵倒され、

「商売人になって金を稼げ、俺に恩返ししろ。俺から受けた恩を忘れるな」

と諭され、彼の考えがどれだけ甘ちゃんで現実を見てないかを三時間も説教され続けた。

韓国に留学したいといえば、

「韓国みたいに遅れた国に何を習いに行くんだ」

と馬鹿にされた。それでやむなく働いて金を貯めてから韓国にいった。父親は息子が、韓国人としての信念がないと、日本では生きていけないと思っていることを知らなかった。

そうやって彼は夢を失い、希望を持たなくなった。だから一流の舞踊家になりたいという夢を

持っている妻が羨ましかった。彼は父親に生きる道を全て邪魔されてきた。だから生きようとしている者の道は、妻に限らず誰であれ、決して邪魔したくなかった。

娘が熱を出して保育園から呼び出しが掛かると、彼が会社を早退して迎えに行った。妻は踊りのために動けなかった。いや、それ以前から妻はそうだった。土日に彼が家で会計士の受験勉強をしていると、妻は娘を彼に押しつけて踊りを習いに行った。彼は娘を私設の保育園に送り迎えしたり、家でおしめを替えたりしながら勉強を続けた。資格を取れというのなら、娘の面倒はお前が見るんじゃないのかと腹が立った。しかし問題を解いていると、怒りは直ぐに収まった。生活の中心は妻であり、彼はサポーターだった。そんな状況に不満はなかった。彼女と一緒にならなければ、彼は父親に恨みを抱きながら、酒ばかり飲んでアル中にでも成っていただろう。彼を見出したのは彼女であり、彼に会計士を取らせたのも彼女だった。自分が踊りを続けたいからと、彼に金を稼げというのも彼女である。だから彼には自分が稼いだ、という実感がなかった。彼女が必要とする金が、自分を触媒にして入ってきているだけ、といった感じだった。

給料日前になるとポケットには百円玉が一枚ぐらいしか残ってなかった。それで昼飯抜きで過ごすことになる。監査に出ているとクライアントがお昼を出してくれるが、オフィスにいるとお昼は自前である。弁当を持っていけばいいのだが、作るのが面倒で彼は飯抜きの方を選んでいた。飯を抜くのは大して苦痛ではなかった。会計士の受験勉強中はお昼を食べると眠くなるので、ずっと昼食抜きで勉強していた。それよりずっと前の高校三年の時は、父親から金を貰うのが嫌で、ほぼ一年間昼食を抜いてフロイト全集を買ったり、万年筆を買ったりしていた。

父親は金を出すときには必ず説教をした。自分がこの金を稼ぐのにどれだけ苦労をしたか、おまえらはそれをただ受け取るだけの能なし共だ、というのが話の要旨だった。そんな説教を聞くのが嫌で小学生のころは三ヶ月ぐらい給食代を貯めていた。一ヶ月分でも三ヶ月分でも説教をされる時間は同じだった。だから三回分の給食代を貯めてからお金を貰えば、説教の時間を三分の一にすることができた。給食代の払いが悪く、いつも担任からはうさんくさい目で見られていたが、父親からボロカスにいわれることに比べれば、どうということはなかった。そうした経験があったので、飯を抜くのは大して苦痛ではなかった。金がなければ空きっ腹を抱えて本を読んでいるだけのことだった。俺は妻の人生を邪魔してない。そう思うだけで彼は幸せだった。自分の生きる道は全て奪われ、人様に何の役にも立たない人間になってしまったが、しかし、妻だけは俺を利用してくれている。そんな人生は下関の片隅の陋屋で朽ち果てるしかなかった人生と比べれば、どれだけましか知れなかった。あとは淡々と生き、淡々と死ぬだけだった。

下関で父親の奴隷として生きている彼を見て、姉が泣いたことがあった。

「あまりにも可愛そうだ」

というのだった。自分の能力を世の中の役に立てることもなく、ただ、花札やパチンコをして時間を潰す父親に奉仕させられている姿が、姉の目にはそう見えたのだろう。しかし勉強には時がある。彼は勉強するべき時を失したのだ。どれだけ能力があろうとも、時期を失した者には、

日本人であれ、韓国人であれチャンスはなかった。彼は姉に、

「俺には、そんな能力はないよ」

といって慰めた。あとは黙って死ぬだけのことだと思い定めていた。

そんな自分と比べ、彼の母親は神にすがりついていた。夢も希望も失えば、あとは淡々と生き、淡々と死んでいくだけだろう、と思うのだが、母親は神にすがり、来世を夢見ていた。彼は、母の人生はそれほど嫌な人生だったのかと疑った。

母は父と不倫をし、日本人の夫と子供たちを残して駆け落ちしていた。当時はそういう事情まては知らなかったが、日々神に許しを請うている母親の姿を見て、彼は勝手な人だと不満だった。母の犯した罪は知らなかったが、その罪の結果生まれた彼は、母が許しを請えば請うほど間違った存在だといわれ続けていることになった。彼にしてみれば、お前は存在してはいけない人間だと、毎日いわれているようなものだった。少しは子供のことも考えろよ、といってやりたかったが、母親はひたすら自分が救われたいという思いばかりで、神にすがっていた。子供がその姿を見てどう感じているかなどということは微塵も考えてなかった。

彼は生《せい》を祝福されず、生きることを呪われている、どうしようもない人間だ、と思い込んでいた。そして考えた。親は俺の肉体を生んだ。生んだのは肉だけだ。しかし俺は己の精神を生む。俺は俺をまともな人間にしてから死んでやる。親父みたいな人間には絶対にならない、と彼は念じていた。

そんな母を評して父親は、
「おめでたい奴だ」
とことある毎にいっていた。その点は彼も同感だった。母の価値観は彼も受け継いでいるから
その部分は尊敬していたが、目先のことしか分からないというのは、どうにも頂けなかった。あ
る一つのことをいい、あるいはした場合に、次にそれがどう影響するのか、ということは何も考
えてなかった。
そんなこともあり、父は常に子供のできが悪いことも自分がうまく行かないことも全て妻のせ
いにしていた。韓国人は犯人捜しが大好きである。何か不都合があると、誰かのせいにして、厄
払いをしないと気が済まない人たちだった。それで父親はいつも全てを母親のせいにして罵って
いた。
「お前の育て方が悪いからだ」
「お前がぼけーとしているからだ」
はては、
「お前が日本人だからだ」
と、好きで日本人と結婚したくせに、日本人の妻を罵っていた。それをいっちゃ終わりだろう、
と彼は聞きながら思った。韓国人は怒りにまかせて、それをいうと終わり、ということまで平気
で口にしていた。それは彼の家に限ったことではなかった。朝鮮人部落の中のあちこちの家で普

通に行われていた。そんな光景を見たり聞いたりする度に、何で韓国人はこうなんだ、と彼は落ち込んだ。目先の小競り合いに勝つことばかりに熱心で、そのために大局を失っても気にしなかった。俺たちに明日はないとばかりに、明日の百より今日の五十しか信じない人たちだった。そんなだから国を失ったんだろ！　と彼はいつも一人で腹を立てていた。

彼は父親と喧嘩をし、堪忍袋の緒が切れて雑貨屋をしていた家を出たとき、兄に手紙を書いた。父親から頼んできても決して戻って店を継いではいけないとしたためた。しかし父親は母に、兄に戻るようにといわせた。そうすると次に何が起こるかは、彼には明白だった。兄の嫁さんは我慢できずに離婚するだろう。あの親父では嫁が持たない。兄は戻らなければサラリーマンとして平和で幸せに暮らせるのに、戻ると家庭が崩壊し、皆が不幸になる。

しかし兄は勤めていた上場企業のサラリーマンを辞めて雑貨屋の店主になるために下関に戻った。そして彼が予測したように兄嫁は耐えられなくなり、下の子供二人を連れて家を飛び出した。かろうじて長男だけが兄と共に居たが、その子も家を出るだろうことは時間の問題だった。そんな近未来が見えていれば兄を呼び戻すなんてことはしなかっただろうに、「おめでたい」母は兄を呼び戻し、そして兄は立て続く不幸に見舞われていた。兄も兄である。母が戻って来いといっても、それは父親がいわせているのは当然のことなのに、母を悲しませたくないからと、戻ってしまった。自ら不幸の沼に飛び込んだわけである。父親の呪縛はことほど左様に強かった。人間の本能である幸せになりたいという欲求を打ち壊すほどに強かった。兄は父親の望む道を歩き、そして弟の予測に違わず不幸になった。

　キリストに救いを求めた母親は、子供たちも救おうとキリストの教えを説き続けたが、どの子も聞こうとしなかった。母はエホバの証人を信じていた。この宗教を信じている人たちは皆穏やかで心根のいい人たちばかりだったから、それだけは起《キ》丞《スン》には救いだった。しかし彼はキリスト教みたいに馬鹿げた教えがどうしていままでこの世に残っているのか不思議だった。そんなふうに思っていたから母親を指導していたエホバの証人に聞いたことがある。高校二年のことだった。彼は前年に一年間かけて聖書を全て読んでいた。授業も聞かず、宿題もせず、一年間聖書に没頭していた。

「神は完全ですか?」

「完全です」

「人は完全ですか?」

「いえ、人は不完全です」

「完全な神は完全な人間も、不完全な人間も作ることができるのに、どうしてわざわざ不完全な人間を作ったんでしょうか?」

　四十代の気品のある女性だったが、彼女は答えられなかった。

「それは」

　といったきりだった。

彼は心の中でいった。それは神が不完全か、あるいは完全ならば意地が悪いかのどちらかですよ、と。

彼はまた、仏教を信じているわけでもなかった。大学生のころ、お経の有名なところを何冊か読んでみて、創価学会に没頭している友人に聞いてみた。

輪廻転生を前提にすると、輪廻する魂は、あらゆるものに生まれ変わるわけだから、その魂というのは、最小の生物の体の中に入ることができるぐらいの大きさでなければならない。一方で生命活動というのはエネルギー活動だから、アインシュタインの有名な公式を見ると、質量を伴う。だから魂には質量がある。そうすると、結核菌というごくごく小さな生命に宿る魂も、白ナガス鯨みたいに馬鹿でかい生命に宿る魂も、同じ質量ということになる。その結果、同じ質量の魂が、異なるエネルギー量の生命活動を引き起こすことになるわけで、それっておかしくないか？　五十ccのバイクとロケットの速度が同じだといっているようなものだぞ。それはあり得んだろ？　それと結核菌やコレラ菌が善行をすると人は死ぬけれど、人から見ればそれは悪行になる。善行というのを人間の価値観からだけ判断するのも手前勝手じゃないのか？　その友人も何も答えられなかった。

彼は、神を作ったのは人間で、神が人間を作ったわけではないと考えていた。しかし本当の神はいると思っていた。それは人間を作り、宇宙を支配している存在で、人間が作った神とは別物だと信じていた。人間は数学や物理学でしか神を見ることができず、そして数式を使っている限りは群盲が象を撫でているのと同じで、決して全体像を見ることはできないだろうと思っていた。

かといって神や仏を信じている人に向かって「馬鹿げているからやめろ」などとお節介をする気はさらさらなかった。彼は人を救えるのなら、鰯の頭でも、キリストでもお釈迦様でも何でもいいと思っていた。重要なのは宗教が正しいかどうかではない。人を救えるかどうかだった。信じて救われるのなら、救われればいいのである。救う力があるのなら、その宗教は正しいのである。彼はそう考えていた。宗教は結果が全ての世界だった。正しいかどうかの世界ではない。それでどんな宗教にも納得のいかない彼は、自分は宗教では救われないどうしようもない奴だ、と考えるようになっていた。

そうした思考の結果、在日は宗教なんかで救うことはできない、と彼は結論づけた。そして徹底した哲学が必要だ、と考えた。しかしそう思う一方で、一生かけても見つからんだろうな、とも感じていた。

母親のようにおめでたい人は救われる。しかし自分のように、おめでたくない馬鹿は救われない。そういうことだろうと彼は諦めの気持ちで生きていた。ただ死ぬときが来るまでの間、淡々と生きているだけのことだった。死ぬまでの長い街道をとぼとぼと一人で歩いて行くだけのことだった。

3

高速道路から見える遠くの山並みをながめながら、愚者は経験に学び、賢者は歴史に学ぶ、と考えた。バスのエンジンは単調な響きを漏らし続けている。

父親は経験からしか物事を判断しなかった。愚者の極みである。そして多くの韓国人も同じだった。彼らは歴史から何も学ぼうとしていなかった。彼にはそう見えた。歴史を反省するのなら、なぜ日本にやられたかを分析すべきなのに、親日派が悪い、国を売った五人の大臣、つまりは五賊が悪いで、安心していた。

彼が韓国に留学して歴史を習ったとき、よくもまあ、これだけ恥ずかしい歴史を記録して残したものだ、と感心した。自分なら恥ずかしくて消してしまいたいような記録ばかりだった。李朝の歴史は特に謀略と裏切りと派閥闘争の歴史で、情けなくて聞いていられないぐらいのものだった。誰も全体の利益を考えず、自分が利益を得るために、「民のため」というキーワードを乱用していただけだった。それは彼の父親が「人を愛せ」といっていたのと同程度の、低レベルな屁理屈だった。

ある日先生が、抗日独立運動の歴史を語った。満州で日本軍と戦っていたある将校が、父親が亡くなったという連絡を受けて、戦線を離脱し、日本人の支配する故郷に戻って葬式を済ませ、そして満州に戻って抵抗運動を再開した、という内容だった。先生はそれを美談として思い入れたっぷりに語った。先生は長らく韓国の高校で歴史を教えていた人だった。韓国人の高校生はみな先生の話を聞いて感激したのだろう。しかし在日の反応は違った。多くが溜息をつき、「バカ」と罵った。起丞《キスン》は、「そんなことしてるから国が滅びるんだ」と慨嘆した。先生はそんな在日の反応を見てどぎまぎして、早々に授業を終えてしまった。

日本の価値観なら、親の死に目に会えなくても、また葬式に出られなくても侵略者と戦う方を選ぶ。それは当然のことである。そうすることこそが親孝行であり、国に対する忠節だと考える。孝と忠がぶつかる場合、日本式儒教は忠を取る。しかし韓国式儒教は忠を捨てて孝を取る。これでは国を失って当然である。彼は、なんて馬鹿な民族なんだろう、と慨嘆した。

しかし冷静に考えれば韓国人もそれでは国を失うと分かるだろうに、どうしてそちらを選ぶのかが分からない。韓国人は国を失うと分かっていても親孝行をし続けたのだ。彼から見ればバカの極みだが、何か理由があるに違いない。また日本の儒教と韓国の儒教がどうしてこんなにも違うのかということも分からない。彼はそれらを知りたくてその後も勉強を続けているが、これだ、ということは未だ掴んでなかった。世の中にはそういうことについて書かれた本も無ければ、研究している人も知らなかった。それで一人で考えているだけだった。いつか死ぬまでには自分なりの答を掴みたいものだと思っていた。父親は「俺は何でも知っている」「何でもできる」と豪語していたが、それは結局は何も知らず、何もできないということだった。人は一生かけて一つのことが出来たら御の字だ、と彼は思っていた。普通の人は一つのことすら出来ないのが一般的だった。ふたつできる人は滅多にいない。一つでもできれば大したものである。いつか韓国の歴史の不思議を解明したいものだ、と彼は思っていた。とはいえ、韓国に留学していたころの彼は、他の在日の学生と同じで、彼も韓国を「この国」韓国人を「この国の奴ら」と呼んでいた。決して祖国などと呼ばず、韓国人を同胞などとも呼ばなかった。在日の多くは韓国本国の人を仲間だとは思っていなかった。

そんな在日は日本人の目線で韓国を批判し、韓国人を断罪していた。彼もまた同じだった。在日の留学生は韓国人を、国を盗られて当然の、どうしようもない奴らだと認識していた。韓国人が大嫌いで蔑んでいる金持ちの息子たちは、韓国人を「原ちゃん」と呼んでいた。原住民という意味である。当時の韓国は貧しくて町も人も垢まみれで汚かった。彼らは親に命令されて無理矢理韓国に送り込まれていた。だから大嫌いな韓国の言葉を勉強する気もなく、毎日麻雀をして、日本の流行歌を歌い、日本円で韓国の女を買っては憂さを晴らしていた。彼はそんな在日を見て、韓国も情けないがこいつらもひどいもんだ、と思っていた。そして日本で無理に韓国人を続けるよりは、一日も早く帰化をして、日本人として生きていく方が、こいつらの精神衛生上はいいだろう、と考えた。日本人なら無能でも生きていける。しかし在日を続けるには、人並み優れた能力があるか、あるいは殺されても構わないという覚悟が必要だ。差別されて殺されても己を曲げないという覚悟がないのであれば、日本に膝を屈し、日本人に成り下がった方がいい。その結果、孫が目の前で韓国人を差別する光景を見ることになるとしても、それは韓国人である自分を、自分で差別した結果なのだから、甘んじて耐えるしかあるまい。

重要なのは個人の心の平和であり、民族のために生きることではない。民族は飯を食わせてくれない。心に平安を与えてくれるわけでもない。自分の食い扶持と幸せは自分で見つけなければならない。民族などというのは鰯の頭と同じだ。日本人になることで救われるのなら、日本に帰化すればいいのである。彼はそう思っていた。また、同じ考えから、韓国のかの字も知らなくても、韓民族の一員でありたいと思うなら、そう思った瞬間にその者は韓民族だと考えていた。あとは気が向いたときに単語の一つでも、あるいは歴史の一側面でも学べば充分だった。そうした点からは、民族というのはファンクラブのようなものだろうと感じていた。

歴史の先生が、過去の在日の留学生について話したことがあった。

「歴史を学んで、民族のプライドを取り戻した彼は、日本に戻ると直ぐに本名宣言をしました」

聞いていた多くの在日は、「おお」と感動の声を漏らした。しかし彼は俯いて「バカ」と一人小さく呟いた。

「民族」を前面に出してプライドを守ろうとするのは、一世や知識人と呼ばれる在日に共通していた。しかし彼は「民族」というのは「愛」と同次元の諸悪の根源だと捉えていた。民族のプライドを重視する余り、多くの在日は人間としての尊厳を見失っていた。本末転倒である。

在日韓国人は韓民族の素養など微塵も持ち合わせていない。総連系はまだ学校を持っているが、民団系の韓国人には学ぶ機会もない。韓国の「か」の字も知らず、言葉も知らず、韓国的なものといえば変な一世を目の前で見て知っているぐらいのことでしかない。そんな人間は民族のプライドなど持ちようがないのである。それだのに錯覚をして民族のプライドを回復したと思い込み、民族のために本名を名乗るとしたら、三日と経たない内に後悔するだろう。そして二度と本名を名乗らなくなるに違いない。

日本で本名を名乗るということは、差別したければすればいいという宣言であり、その結果収入がなく、飢えて死ぬこともありうるということを覚悟しなければできないことなのだ。殺される覚悟無しに、日本で本名を名乗ることはできない。そこまでの覚悟などなく、単に熱病にかかったかのように、民族のプライドなどという意味不明の言葉に踊らされて本名「宣言」などしたら、三日坊主がいいところである。頭の中に民族など無いのだから、持つわけがなかった。

本名の使用は一面では当たり前のことである。当たり前のことは、騒がず、威張らず、静かに普通にできないのであればしない方がいい。「宣言」などという時代錯誤的なことを大見得を切ってやり、自分の心の平安を乱すぐらいなら、昨日までと同じく通名で生きている方が精神衛生上はましである。

本名を使うのは民族のためではない。民族のことなど何も知らないのだから、民族のためであるわけがない。本名の使用は、自分を差別している自分と決別するためにするのである。在日は頭の中の日本語の故に、自分で韓国人である自分を差別するという構造の中に置かれている。頭の中の日本語が否定する韓国人というのは自分自身である。それで在日は、自分を差別する世界で最初の人間が自分、という重荷を背負わされることになる。この構造を破壊するために本名を使うのである。本名を使うことで、自分は自分を差別しないという形を作ることができる。自分は決して自分を差別する、世界で最初の人間にはならないと、意識できるようになる。彼は大学時代に考えて、そういう結論に達していた。それで、本名宣言をしたという在日の話を聞いて、「バカ」と呟いたのだった。しかし周りの在日は喜んでいる。彼らは「愛」と同じように「民族」が好きなのだ。彼はそう理解した。

彼は高校三年の時に昼飯を抜いてフロイト全集を買った。不安本能論という本の中に、コンプレックスから脱却する方法が書かれていた。フロイトの患者たちは自分が恥と思うことを人前にさらすことで、そんなことは何でもないという、慣れを生じさせてコンプレックスを克服していた。これだな、と彼は考えた。在日というのは、日本の地で自分が異端者で被差別民の韓国人であるという事実に苦しむ不安神経症の患者そのものだった。日本語に痛めつけられた精神を救うには韓国人であることを人前にさらすしかない。そしてそのことに慣れることで、自分で自分を恥じる心を克服するしかない。そのための本名使用である。それは人間性を回復するためにすることだ。そのことが分かってないと、決して長続きしない。民族のためなどと誤解していては更に大きなコンプレックスを抱えることになるだけだ。

しかし同級生の在日の多くは「民族」に感激していた。彼は教室で興奮している彼らを見て、目先のことにしか反応しない奴らだな、と考えた。そして韓国人の多くは目先のことしか考えないと思った。彼は同じ人間なのに韓国人の反応がこれほど日本人と異なるのは、歴史が違うからに違いないと考えた。日本は江戸時代の二百六十年間戦争がなかった。これだけ長い間戦争がなかったのは世界で唯一日本だけである。そんな国の人間と、戦争続きでいつも避難生活ばかりしていた韓国人とが同じ反応をするはずもなかった。そうした点を踏まえて韓国を見ないとフェアではないと、そう考えた。そして韓国を批判するのなら、韓国の歴史を前提として、いままでと同じ事をしていたら環境適応できなくなり世界経済から取り残される、などといった観点からものをいうべきだろうと思うようになった。

日本人ならば、直ぐに約束を破り嘘ばかりつく韓国人を罵倒していればそれで済むだろう。しかし韓国人としてものをいうのであれば、こうすれば良くなるということまでいえなければならない。彼の父親は韓国をバカにしたり批判したりするときは常に自分が日本人であるかのようないい方で罵倒していた。

「あんな遅れた国」

「自分たちで何も決められないバカ共」

「全く工夫しようとしない奴ら」

「時間を守らず、働かない」

などと、いいたい放題だった。小さいころは彼もその言葉を受け入れて韓国をバカにしていた。

しかし長ずるにつれ、父親の態度は違うんじゃないのか、と思うようになった。彼は父親のように日本人面をして韓国を批判したくなかった。だから代案のない批判は、してはならないと心に決めていた。こうすれば良くなる、という代案を示せないのであれば、黙って死ぬだけのことだと思っていた。韓国人に希望を示さないでこき下ろすだけなら、それは自分が父親にやられてきたことと全く同じだった。父親のような人間にだけはなりたくない。彼はそう思っていた。人から希望を奪うなどというのは、最低の人間のすることだった。

一世の知識人の中には、朝鮮人の優位性を示したいためなのだろう、「天皇陛下は朝鮮人だ」といい「日本は朝鮮人が作った国だ」という者たちがいた。そう聞いて初めは彼もそうに違いないと思っていた。古代の日本では奈良の都の八割は帰化人だった。それは「新撰姓氏録」という奈良時代の日本の資料から明らかだ。首都の八割を朝鮮人が占めていれば、当然彼らはリーダに朝鮮人を戴くだろう。だから一世がいったことは正しいように思えた。しかし彼は、やがて違うんじゃないか？　と疑いを持つようになった。朝鮮人が日本を作ったのなら、日本では朝鮮語が使われているはずだからである。しかし日本では日本語が使われている。それに日本語は朝鮮語から派生した言語ではないと証明されている。最も説得力があるのは、生活に関わる基本的な単語、例えば、一つ、二つ、というものの数え方、農業に関わる言葉、稲、田、鋤、鍬、蓑などという言葉に全く共通性がないという事実だった。そうした事実から朝鮮語と日本語は違う民族の言葉だろうと推測できた。

日本人や日本の全てが朝鮮から派生したという在日のインテリたちの言葉はどうにも嘘くさかった。彼らのそうした言動は儒教思想で凝り固まっている一世のコンプレックスの裏返しでしかないだろうと、彼は思うようになっていた。

彼はいつも一人でこうしたことを考えていた。そして納得できないと何もできなかった。多くの者からは変わり者とみられ、うさんくさく扱われていたが、しかし逆にそういう性格のお陰で彼は結婚することができた。朴純玉《パクスノク》という後に彼の妻となる女性が足繁く訪ねてきて、在日に関するありとあらゆることを聞いた。聞かれたことは全て彼が疑問に思い考えてきたことだったので、簡単に答えることができたし、彼女を納得させることもできた。

彼の説明は一世や二世の影響を強く受けた二世がスローガンとして掲げていた、民族のために、などという格好いいけれど納得できないものとは違っていた。彼は人間とは何か、人は如何に生きるべきかという観点から説明をした。そして彼女は納得した。その結果、彼女が「私たち結婚しましょ」というので、「そうしようか」と、結婚をした。

彼は、彼女が在日の社会では全国区の有名人で、あまたの金持ちが縁談を持ち込んできている人だったということを、あとになって知った。彼との結婚が下関の在日社会に広まると、彼の父親を知っている何人もの在日が彼女の母親に、あんな舅がいるところに絶対に嫁がせてはいけないと抗議に押し寄せた。また息子を知っている仲人を業としているおばさんたちは、息子のできの悪さも彼女の母親に吹き込んだ。親も息子も碌な奴じゃない、と連日何人もの人が抗議をしてくるので、母親は娘を心配した。「考え直したら？」と心配する母親に彼女は「いえ、結婚します」と押し切った。

彼はその話を彼女から聞いて、父親を思った。父親は妻が日本人だからそのせいで息子たちが結婚できないのだと信じ込んでいた。そして見合いに断られる度に日本人の妻を「お前が日本人だからだ」と罵った。しかしいまや原因が明らかになった。いつも揚げ足取りばかりしている自分のせいで、縁談話は壊れていたのだった。それだのに責任を妻に転嫁して、自分は清く正しく、汚れがない人間だと安心していた。その他大勢の韓国人とまるっきり同じだと、彼は父親を評価した。

彼の在日社会での評判も良くなかった。実際は誰よりも深く考えていたから意見が異なっていたのだが、周囲の者には彼と彼の父親との違いが分からなかった。息子も父親と同じ碌でなしだと思われていた。父親は典型的な韓国人がするように、何が何でも取りあえずは目先の戦いに勝つことに命をかけていた。屁理屈だろうがでたらめだろうが、取りあえずは勝つ。後のことはどうにかなるという行動パターンを繰り返していた。しかし息子の方はそんな父親の屁理屈を打ち壊すために、徹底的に考察を繰り返していた。民族よりも人間の尊厳を重視し、民族の誇りよりも、人としての誇りが幸福に繋がる道だと考えた。それで民族にとらわれすぎることを否定し、帰化をしても民族を裏切ったことにはならないといっていた。それを朴純玉は理解したが、彼女以外の一世のアジテーションに踊らされていた在日は、誰も彼を理解しようとしなかった。その結果彼は、皆が結婚を望む女性と結婚することになった。

洋の東西を問わず、昔ばなしの中のお姫様は難題を出す。かぐや姫ではあまたの求婚者の誰もかぐや姫の難題をクリアできなかった。しかし、ものぐさ太郎などはその試練にパスしてお姫様を獲得する。一寸法師もその類だろう。西洋では眠り姫とか、イワンの馬鹿などがその類型に入るかも知れない。どうやら俺もそうらしいと彼は考えた。意図したわけではなかったが、彼は難題をクリアしてお姫様を手に入れた形になっていた。

三世が中心の現代ではそうでもないけれど、一世がバリバリに元気で、彼と同世代の者たちが、「我ら韓民族は韓国語を知っていなければならない」「我々は民族の歴史を学ばなければならない」などと、あるべき論で政治に無関心なノンポリの在日青年を煽っていた時期に、彼だけが、

「民族と国籍は異なる概念だ」

「帰化は国籍の変更だから民族に対する裏切り行為ではない」

「言葉や歴史はやりたい者だけがやればいいのだ。万人に強制すべきものではない」

などといっていた。そして彼女には、帰化は国籍の変更しか意味しないから、帰化するときに通名を選ぶなら、その必然性を説明できなければならない、といった。通名使用は家の歴史の全否定である。ご先祖様に対する申し開きが必要だろうと、彼は考えていた。それは逆にいえば、本名で帰化するのならいくらでも帰化すればいいではないか、ということでもあった。しかし当時は本名では帰化できなかった。だから日本の差別政策を容認しない限りは帰化できなかった。

家の歴史を重んじる者は日本に膝を屈するか、人間としての尊厳を守るのか、という選択を迫られた。しかしそんな悩みを持った者はごくごく一部で、殆どの者は何も考えずに通名で帰化していた。

妻と共に家を出た彼は民団で働くようになった。彼は、民団は在日が国籍を変えるときに本名を維持する運動をすべきだと思っていた。民族とは、突き詰めれば名前だった。名前さえ守っていれば、最低限の民族性は守ることができた。だからたとえ国籍が韓国であっても、日本名を使っていたのでは、民族を守ることは難しい。殆どの者が日本名で生きている中、帰化をするときに日本名を選択したのでは、民族性は永遠に失われるのは明白だった。それで彼は本名の重要性をプロパガンダすべきだと考えていた。しかし民団という組織は帰化そのものを反逆罪だと捉えていたから、帰化ありきを前提とした彼の意見は、まったく相手にされなかった。組織にいる活動家たちは誰も国籍と民族とが異なる概念だということを知らなかった。

4

バスは高速道路を降りて一般道に入り、南原《ナモン》の手前の峠を越えた。下るに連れて市内の町並みが見えてくる。町には鉄筋の家が増え、道路は全て舗装されていた。二十年ほど前、一九六八年に初めて来たときには道は殆ど舗装されておらず、街中が埃っぽかった。その頃と比べると町は格段に奇麗になっていた。三階以上の建物は市役所ぐらいしかなかったが、そのせいで見通しのいい、落ち着いた町という雰囲気になっていた。

父親が生まれた村は市内から十五分ほど車で行ったところにある。三十戸ほどが密集した小さな村だった。

南原市のメインストリートを見る度に、幼い父親の姿が浮かぶ。

父親は六歳の時に日本に連れてこられた。朝鮮が植民地になって十年経った頃だった。

祖父は色気の多い人だったようで、いい女がいるとちょっかいを出していたようだ。妻（祖母）は女のところに入り浸っている夫に腹を立て、子供たちを殺そうとした。

李朝の十四代宣祖《ソンジョ》の末子は、十五代を継いだ光海君《クァンヘ》からオンドル部屋に監禁されて蒸し殺しにされた。弟が義理の兄に殺されたわけである。その話を知っていたのだろう、妻（祖母）は子供たち三人をオンドル部屋に閉じ込めて火をつけ、唐辛子をくべて殺そうとした。妻（祖母）はそのまま旅芸人の男と駆け落ちし、満州の間島《カンド》に逃げた。長男だった父は何とか扉を破って部屋から出た。そして妹を背負い、弟の手を引いて遠くの町にいるという父を訪ねて街道を南下していった。途中では貰い食いをしながら歩いていった。

一九六八年に起丞《キスン》は父親と初めて韓国にいった。韓国は日本と国交を回復し、有償、無償五億ドルの資金と技術協力を得て、先進国入りしようとスタートを切ったばかりの頃だった。田舎には未だ経済発展の恩恵は届いておらず、電気も水道も引かれてなくて貧しい限りだった。ある朝、

現在は南原市役所に勤めている起雲《キウン》の家で朝食を採っていると、街道を歩いていた男がふらりとやって来て、

「飯を食わせてくれ」

という。起丞は当時は言葉を知らなかったが、雰囲気でそんなことをいっているらしいことは分かった。見ていると起雲の母親は膳をこしらえて男の前に出した。食べ終えてから男は、

「この方たちは」

と聞いているようだった。おばさんは、

「日本から来られたお客さんです」

おじさんは、

「それで白米のご飯なんですね。それにしても私なんかに白米の御飯を出して下さるとは」

「祝い事は皆でした方がいいじゃないですか?」

「いや、それはどうも有り難うございます。ごちそうさまでした」

男はそういい残すと、こちらに一礼して、またすたすたと街道を歩いて行った。彼は父親に聞いた。

「あの人だれ? 知ってる人」

「いいや、初めて見る人だ」

当時の韓国では白米の御飯は結婚式などの特別の日にしか許されてなかった。日常では麦や豆

を混ぜた御飯を炊くように命令されていた。だから白い御飯を見ただけで、何事かと驚くような出来事だったのである。

韓国人の挨拶言葉の一つに、

「メシ食ったか?」

というのがある。先ずは食え、というのが韓国の文化だ。持てる者が食えない者に飯を振る舞うのは普通のことだった。父も朝鮮人部落ではよく、めし時に腹を空かせている近所の子供を呼んでは一緒に食事をしていた。日本人は見ず知らずの通りすがりの人間に食事を振る舞うなどということはしないだろう。祭りの時なら知らず、普通のときに、ふらりと家の中に入ってきた男が、

「飯を食わせてくれ」

などといおうものなら、即座に叩き出されるに違いない。しかし韓国の田舎の一九六八年には、それが行われていた。

それより更に五十年前の韓国では、彼の父親も怖らくそうやって貰い食いをしながら南の町を目指したに違いない。何日かして息子は、道の向こうからやってくる父親に気がついた。その後祖父は父を連れて日本に渡り、日本人の商家の丁稚に出した。祖父は前金を貰い、何とか生計を立てようとしたがうまく行かなかった。父は年季が明けるまで、その商家で朝鮮人の子だといじめられながら大きくなった。

常に卑下され、罵られて大きくなった男は、全く同じことを自分の子供に対してもするように

なった。彼の息子の起丞が父から罵られ続けて育ったのは、正しく、父親が日本人からされてきたこと、そのままだったのだ。起丞は大きくなって父親の同情すべき状況を理解したものの、周りを罵倒しながら生きている父親を見て、他者を殺してまで生きるなよ、と思ったものである。自分がやられて嫌だったことは、しないことだ。そうすれば幸せになれる。しかし殆どの者は自分がやられたことを他人にやり返し、そして不幸になっていた。彼の父親も例外ではなかった。

差別は外的要因だ。自分で自分を差別してない限りは戦うことができる。しかし起丞の父親は日本語も母語となったがために、日本語が持っている朝鮮人に対する差別感情をそのまま受け入れてしまっていた。そして自分で自分を差別し、その反発心から、常に大言壮語をして誰かに注目されてないと心が落ち着かない人間になっていた。一生、承認欲求に苦しめられ続けた人だった。

一方、文字が読める起丞は、仏教書を読み、天上天下唯我独尊、という言葉を知った。これは俺様はえらい、とふんぞり返っている自信過剰な人間の言葉ではない。誰に認められなくても、私は自分がこの世に存在していることを知っている、という意味である。この認識から承認欲求を必要としない不動の心が出て来る。しかし父親は、死ぬまで誰かに褒めて貰いたくて何かをいい、行動していた。何とも可愛そうな男だったと思う。自分の親でなければ同情して終わりだが、自分の親だから、こちらは被害を蒙り続けている。そんな経験から差別とは遺伝するものだと知った。そしてそれがもっとも恐いところである。彼も自分の内なる差別心と未だに闘い続けている。父親がもたらした害悪を何とか自分の代で断ち切りたいのだが、しかし、自分がされたことを、自分も子供たちにしている姿に、ふと気がつくことがある。ついつい子供たちを罵ってしまう自分がいる。そんな時は何日か落ち込んでしまう。

彼はタクシーに乗って父親が生まれた村に向かった。山は松が生えているところは緑が濃いが、落葉樹の林になると灰色に霞んでいた。心なしかほんの少し緑が混じっているような気もする。春はもうすぐである。

集会所の前に小さな川がある。コンクリートの板を渡しただけの粗末な橋を渡ると、そこから先は車が入れない細い道になる。彼はタクシーを降りた。三方が山に囲まれている。右手の遠くに国道が見える。大地は見渡せる限り全て茶褐色の田で、大小の土の塊があちこちにあった。それは冬の終わりの田舎の風景だった。

かすかに記憶にある道を歩いて行くと表札に李幹儀《イカニ》と書いた家があった。以前は壊れかかった藁葺きの小さな家だった。しかしいまでは瓦葺きの伝統的な韓国式の家に生まれ変わっていた。立派な家だった。この家は父が建ててやったものである。

起丞の祖父は女遊びが過ぎて妻に逃げられた。その後近くの村の若い女を見初めて後妻に迎えた。叔父は後妻の息子である。赤貧洗うが如しの生活をしていたから、叔父には学歴もコネも何もなかった。父親は仕方がないので賄賂を使って義弟を韓国の電電公社に就職させた。当時の韓国では賄賂を使って公務員になることができた。日本の常識では考えられないことである。起丞はそうまでして上を目指す叔父を嫌っていた。農業をしてつましく生きていればいいではないか、と考えるのは日本的な考え方である。賄賂を使おうが、誰かを罠にはめようが、勝てば官軍、自分の幸せである。人として生まれたからには一つでも上を目指し、栄耀栄華を追い求める。それはまるっきり史記や三国志演義のような世界だった。

父親はそんな不出来な義弟の悪口を息子の起丞に嫌というほど聞かせていた。それだけ嫌いな義弟なら、家も建ててやらず、賄賂を使って就職させる、などということもしなければいいものを、当時は継母が生きていたから、親孝行が絶対の韓国人としては、親が望むことをせざるを得なかったのだろう。しかし代が変われば日本の家族は誰も義弟とは付き合わない。言葉ができるのは起丞だけだし、その起丞は叔父を毛嫌いしている。だから自分の子孫が義弟の一家と関わることはない。自分がいま使っている金は全て無駄になる、と分かりきっていただろうに、それでも父親は日本で借金をしてまで義弟の家を建ててやり、賄賂で公務員の職も買って、義弟が生活できるようにしてやった。

開け放たれている薄い鉄板の門を入ると、叔母が縁先に出て来た。挨拶もそこそこに彼の荷物を奪うようにして取りながら、

「どうしてまた急に」

という。その言葉を聞いて彼は、岡田の兄さんは韓国に何の連絡もしてないのだ、と直感した。起潤《キユン》と起丞が韓国に遺骨を埋葬する時期を決めたのは半年も前の一周忌の時だった。兄の長男の康一が春休みの時にしようと決定し、岡田の兄さんにその旨を相談することにした。起丞は不

満だったが何もいわなかった。

岡田の兄さんは何かの役に立ったことがなかった。一生日本の女のヒモになって生活してきた人である。食い詰めて起丞たちの朝鮮人部落に引っ越してきたときは、起丞兄弟と父親とが協力して家を建て、食堂をして生活ができるようにした。しかし兄さんはそれを当然のこととし、日本人の女とその養女を働かせて自分は日がな遊んで暮らしていた。

岡田の兄さんの韓国にいる長男が密航してきたときにはその世話をしてやった。岡田の兄さんは韓国に戻れといったきり、長男から逃げ回っている始末だった。起丞の父親が説得して、長男は自首した。そして強制送還ではなく、自主帰国をした。当時は監獄よりもひどいといわれていた、入るといつ出られるか分からない大村収容所という、密航者の収容所があった。そんなところに入らなくて済んだのが、どれだけ幸せなことだったか知れないのに、岡田の兄さんは口先だけの礼をいい、そして当事者の長男は、自分の幸せを知らなかった。

次男は耳が悪くて日本での手術を望んでいた。病院の手配や渡航の手続は、父親が当時下関領事館に勤めていた娘の力を借りてやり遂げた。それについても岡田の兄さんは口先だけの感謝で済ませていた。

一生日本人の女のヒモで過ごし、前の女との間に生まれた子供は産み捨ての状態にしてきた人である。起丞はそんな岡田の兄さんを人として評価してなかったし、何かを相談する気にもなれなかった。しかし兄の起潤は、

「一応親戚だし、年長者だ。それに同じ町内に住んでいる。無視するわけにはいかんだろ?」

と、埋葬の段取りを頼んだのだった。そして弟には、

「お前は出しゃばるなよ」

と釘を刺した。

親戚と連絡を取り、埋葬の段取りをつけることは起丞一人でも可能なことは起潤にも分かっていた。しかし岡田の兄さんにも面子がある。それで弟には「でしゃばるな」といったのだった。

しかし南原の叔母の、

「どうしてまた急に」

の一言で岡田の兄さんが六ヶ月の間、何もしてなかったことが判明した。出たとこ任せのケンチャナヨ、である。日本人が最も嫌うケンチャナヨ主義を岡田の兄さんはしていた。ケンチャナヨは、気にするなという意味だが、それは適当主義であり、いい加減主義だった。思考停止で問題の先送りをするのだから、ケンチャナヨを連発する当時の韓国人は、まるで仕事ができなかった。起丞は岡田の兄さんには全く期待してなかったので腹は立たなかった。しかし、ひどいもんだ、と感じる。溜息をつき、

〈やってくれましたね〉

と思うだけである。

叔母は、昨日の夜遅くに岡田の兄さんから連絡があったという。それはつまり釜山に着いて旅

館に入ってから連絡したということだった。

「どうして来るのか説明していましたか？」

と、起丞は叔母に聞く。

「お父さんの遺骨を埋葬すると聞きました」

それは話したようだ、と彼は頷いた。

「だけど、今日も明日も市場は休みなの。お供え物を揃えられないわ」

今日の明日では、葬儀に参列できない親戚も出るだろう。全くあの人は何も考えてない、と彼は岡田の兄さんを思い返して心の中で睨み付けた。

まあいいさ、と彼は考える。生前父親は自分の墓の場所を確保していた。五代前の先祖までを同じ場所に移葬していた。古い順に上から墓を作り、五段下がったところが自分の墓である。場所は分かっているからスコップ一つあれば穴を掘って骨を埋めてしまえばいいさ、と考えた。

靴脱ぎで靴を脱いで家に上がり、オンドルの上に腰を下ろした。目の前のテレビの上にはビデオデッキがあり、間仕切りをしてない奥の部屋には螺鈿細工の押し入れがある。それはどうやって部屋の中に入れたのか不思議なぐらい、部屋にぴったりの大きさだった。装飾は見事で安物ではないと分かる。電電公社に就職したといっても、叔父は電話線工事の工事夫である。その給料で買い揃えられるようなものではなかった。全ては日本にいる義兄、つまりは起丞の父親が揃えてやったものだろう。そしてそれは母親や起丞たちが贅沢もしないで働いて貯めた金である。

俺よりいい暮らしをしてるな、と彼は考えた。叔母がコーヒーを入れて持ってくる。

「起丞や、久しぶりだね。日本はどうだい。みんな元気かい？　お母さんはお変わりない？」

起丞は叔母の標準語にほっと安堵しながら、

「ええ。みんな元気でやってます」

と応える。

彼は二十四歳になるまで韓国語を一言もしゃべれなかった。母は日本人だし、父は日本人の日本語の間違いを指摘するぐらい日本語がうまい人だったから、日本語だけで大きくなった。

彼は二十四歳になってソウルに留学して初めて韓国語を習ったので標準語しか分からなかった。キーワードが方言の場合は何をいわれているのかまるで分からなかった。それで全羅道方言の話を標準語に直して貰って、やっと意味が分かるというありさまだった。叔母はソウルの出身だったから、彼には好都合だった。

叔母はまともな人だった。見かけはそう見えた。後になってそうではなかったと知るのだが、取りあえず見た目はまともな人間に見えた。だから、どうしてこれだけまともな人が欲まみれの出来損ないの叔父と結婚したのか理解できなかった。まあ、自分の母親が自己顕示欲の塊みたいな父親と結婚したのも不思議だったが、それと似たようなものかも知れないと思った。男女の仲は計りがたしである。自分が妻と結婚したときも、下関中の在日は反対をした。彼らにとってはとんでもないことだったのだろう。男女間のことは当事者にしか分からないものだろうと考える。

コーヒーは十二角形の、膳のような木製の盆に乗っている。一口飲む。インスタントだった。日本と違い異様に濃い。舌が麻痺してしまいそうなぐらい濃いので、彼は麦茶を所望した。

韓国人は濃い味のものを好む。それは怖らく、水も野菜も、味が濃いからだろうと思う。しかし日本で、韓国でしているのと同じことをしても、おいしいものはできない。野菜の味が違うし、水も違うからだ。彼は韓国に来て初めてそのことに気がついた。日本にいる間の彼は、韓国料理ほど不味いものはない、と思っていた。何にでも唐辛子を入れて、辛くして食べているこいつらは、みんな味覚オンチに違いない、と思っていた。しかし韓国に来てみると、野菜の味が日本とはまるで違っていた。濃いのである。水も違えば、唐辛子もニンニクの味も違っていた。塩も韓国の塩は天然塩だからうまみが強かった。当時の日本には純粋な塩化ナトリュウムしか売ってなかった。調味料としてはどうにも不味い塩だった。料理の素材の全てが日本とは違っていたから、日本で韓国料理を作ってもうまくなるわけがなかったのである。韓国に来て彼は初めて、韓国料理とは、こんなにもおいしい料理だったのか、と感激した。そして、一世はまずいと思いながらも日本で韓国料理を作り続けていたのだと知った。生きている間、日本で不味い韓国料理を食べ続けた韓国人の一世は、本当に哀れな人たちだったと改めて思った。常日頃食べる物が不味いというのは、悲劇だと感じ入った。

「ところで起東《キドン》さんはどうしてます?」

と起丞は聞いた。

彼は未だに親戚関係が良く分かってない。朧気には分かっているが、正確ではない。六親等の年が近い起東と起雲とは気も合ったので専ら彼らを通じて親戚付き合いをしていた。

「起東はいま、中華料理屋をしているよ」

と叔母がいう。

「え？　中華料理屋」

以前は彼の父親から資金を出してもらって飼料販売をしていたはずだ。

「中華料理屋は大成功よ。凄く流行ってる。飼料の方は売掛金ばかりで、回収できなくてやめたの」

「へええ、そう」

と彼は小間物入れの箪笥に寄りかかった。オンドルは固いので、三十分と座っていられない。腰をやられてしまう。生まれたときからオンドルで育っている人でないと、関節がオンドルに適応できてないから辛い。両班《ヤンバン》の部屋には分厚い蒲団のような座布団がある。それがあれば腰は痛くならないのだが、庶民の家にそんなものはない。それで彼は留学したときは、二つ折りにした座布団の上に枕を置いて、その上に座った。そうやってお尻を高くして勉強をした。一日に十五時間勉強すると、言葉は簡単に頭に入ってきた。三ヶ月で彼は日常会話なら同時通訳ができるレベルにまで進歩した。八ヶ月の留学期間の間に、大学の授業を受けられるレベルに到達していたが金がなかったので、進学はしないでそのまま日本に戻った。戻るときには父親の奴隷で一生を終える覚悟をしていた。淡々と生きて淡々と死ぬだけだと思っていた。

腰がいよいよ痛くなってきたので、彼は原色のけばいビニールサンダルを履いて庭に降り立った。

庭は全てコンクリートで覆われている。左の隣家との境の塀の上には、隣家のオンドルの煙突が伸びていて、うっすらと煙が上がっている。塀の手前には石垣で囲った盛り土がある。手製のプランタンといったところだ。そこには細い木が数本植えられていた。チンダルレ（韓国のつつじ）は花をつけているのでそれと分かる。無窮花《ムグンファ》は、特徴のある樹皮をしているのでそれと分かる。春分は過ぎたから、これから日に日につぼみが膨らみ、葉が萌出すことだろう。あと数日で二十四節気の清明だ。その頃は山はもえぎ色に彩られるに違いない。

右手には洗濯物の紐が見えている。韓国では物干し竿を使わず、洗濯紐に洗濯物をかけて干す。洗濯物干し場へ行くと、更に奥には洗い場があり、水道の蛇口の下に大きな洗い場がある。家の中は台所になっていた。扉が開いたままなので台所を覗くと、棚の上にトランスが置いてある。どうやらこの辺りに来るまでに電圧は相当に下がっているようだ。それでトランスで電圧を上げて電化製品を動かしているのだろうと考えた。

伸びをしたり、腰を叩いたりしながらぶらついていると叔母が呼ぶ。

「起丞や、おじさんだよ、おじさん」

居間の方に行くと、おばさんは黒い受話器を示しながら、再びいう。

「おじさんだよ、おじさん」

「叔父さん？　今どこ？」

「市内だよ、市内」

彼は受話器を受取り、叔父と挨拶を交わした。叔父は、

「昼メシを食ったら直ぐ行くからな」

といって電話を切った。

彼は縁に座ると麦茶を飲みながらソウルで買った週刊誌の経済記事を読む。

会計士を受験するときの経済学では「漢江《ハンガン》の奇跡」を経済の成功モデルとして扱った。韓国経済は女工から搾取し、日本製品のコピーを大量に作って浮上した。それは日本も歩んできた道だった。しかしだからそれでいい、とはいい切れない。もちろん人は先ずは食べなければならない。だから朴正熙《パクチョンヒ》大統領は正しかったと思っている。しかし食えるようになると、今度は金で幸せを買うことができない。豊かになったことで却って不幸な人が増える。はてさて、韓国経済はどこへ行くのやら、と記事を読み進める。

叔父が玄関から駆け込んできた。叔父は電話線の工事をしている。ペンチやドライバーを、腰に巻いたベルトに差し込んでいる。それらが歩く度にガチャガチャと音を立てた。叔父は両手でがっちりと彼の手を握りしめた。韓国式の親愛の情である。芝居がかっていてこちらが恥ずかしくなってしまう。

彼が叔父と初めて会ったのは高校一年の時で最初に韓国に来たときだった。叔父はベトナムの

戦場から帰ってきたばかりで村でぶらついていた。叔父は後妻の長男だったから、ベトナムに行く義務はなかった。一家の長男は行かなくてもいいことになっていた。しかし志願してベトナム戦争に行った。岡田の兄さんの長男も行く必要はなかったが志願して戦争に行った。給料が良かったからである。二人とも田舎で生まれて、学歴がなかった。韓国では立身出世が男の幸せである。学歴がなければ金を掴む以外に出世の道は残されてない。資本もコネもない者は、戦地に出向いてそこで高い給料を得るしかなかった。それで叔父たちは戦場に行ったのだろうと、彼は推測していた。

叔父は高校生の彼がしていた時計を取り上げた。彼にとってはそれは唯一の宝物だった。日本では韓国人には生きる道はないと思い込まされていた。全てを諦め、ただ死ぬときが来るまで、息をするだけの人生しかないのだと、思い定めていた。そんな時、気に入った時計を見て、高校入学のお祝いということで買って貰った。その時計を叔父は、ブリキのおもちゃのような自分の時計と取り替えた。父親に訴えたが、叔父は、

「同意の上で交換したんだ」

といって返さなかった。言葉もできない甥と合意などできるわけもないのにそう強弁した。父親は、

「また買ってやるから諦めろ」

という。しかし同じ時計は見つからなかった。彼は日本で生きて行く上での最後の望みまで取

り上げられてしまったように感じた。叔父に対する恨みだけが残り、韓国人は碌な奴らじゃないと、韓国そのものを碌でなしの国だと断じた。

いま勤めている監査法人には韓国の会計士が派遣されてきている。日本の会計士はただのサラリーマンでしかないが、韓国の会計士は富裕層に属する。彼らは物価換算で日本の会計士の二倍から四倍の報酬を得ていた。その人たちを見て思うのは、分別もありプライドもある人間は、用もないのに下手な日本語を使って在日におべっかを使ったりしない、ということだった。韓国が大嫌いな在日は、韓国人自身が疎ましく思うような韓国人とばかり付き合ってきたのである。そんな人間とばかり接していたら韓国が嫌いになって当然だった。そして多くの在日は詐欺師みたいな韓国人以外の方が、多数派だということを知らないでいた。いや、若しかしたら知っていても気がつきたくなかったのかも知れない。韓国をバカにして罵っていれば自分のプライドは保つことができる。真実を知って自分の平和な心が乱されるよりは、誰かを罵っている方が楽に違いない。しかしそれは彼の父親と同じ生き方だった。そんな行き方をしていたら、結局は自分の周りの家族を不幸にしてしまうだけである。韓国が大嫌いな在日の多くの家庭は、実際、幸せではなかった。

彼の親戚の中では、叔父と、岡田の兄さんが困った人だった。在日の場合、親戚が集まると大抵一人や二人の困った人が混じっている。経験則から彼はその比率を五パーセント程度と見積もっていた。五パーセントの出来損ないが、韓国の評判を落とし、韓国に恥をかかせていた。

日本人は五パーセントの韓国人を見て、百パーセントだと判断してしまう。その結果、残りの九十五パーセントは風評被害を受ける。そんな、能力も金もコネもないのに上を目指す人たちが世界中に韓国の悪評を広めていると、彼は考えるようになった。生きる道がなければ淡々と生きて淡々と死ねばいいのに、と彼は思う。しかしそれは日本の仏教的な考え方であり、儒教に毒された韓国では、死ぬまで上を目指さなければならないのだった。

叔父は彼を部屋に招じ入れると、コーヒーを出せと叔母に命じた。しかし彼は遠慮した。そして聞く。

「兄たちはいつ頃着く予定なんですか？」

「確か二時半のバスだ」

彼は時計を見た。まだ二時間ほどある。叔父が聞く。

「出迎えはどうする。一緒に行くか？」

「はい。一緒に出ましょう」

「ところで」

と叔父はソルという名前の煙草を出して火をつける。ソルというのは松という意味である。当時ソル（松）は韓国では最も高い煙草の内の一つだった。一箱五百ウォンする。安月給の電話工事夫が手を出せる煙草ではない。しかし上を目指す者は見た目を気にする。食べるものを食べなくてもいい服を着、高い煙草を喫うのである。人がいないところでは安物の煙草を喫っても、人前では最高級の煙草を喫ってみせる。全ては自分を売り込むためのパフォーマンスであり、演技だった。

岡田の兄さんもいつも上等の背広を着て、ぴかぴかの革靴を履いていた。見た目も上品な顔だちだったから、そうした出で立ちで日本の女を引っかけてはヒモ暮らしをしていた。韓国人にとっては見た目こそが全てだった。その点彼の父親はいつも汚い格好をして、人を騙すような真似はしなかった。侠客を気取り、弱きを助け強きをくじくのを生きがいにしていた。父親の価値観は浪花節や講談の世界そのままだった。だから全身泥だらけになって働くことをいとわなかったし、正義感の塊だった。そしてまるで働こうとしない岡田の兄さんをいつも家族の前ではこき下ろしていた。父親の欠点は、そうした美徳を他人が褒めてヨイショしてくれないと心が落ち着かない、という点にあった。特に家族からはヨイショされたがった。それが父親の欠点だったし、子供たちから生きる道を奪うことに繋がった。親孝行の強要は年寄りが既得権を行使して若者から搾取する行為だということを父親は知らなかった。

叔父はこれ見よがしにソルをすぱすぱと喫ってから話し始めた。起丞は腰が痛くなり始めていた。

「実はな、明日は母さんの命日なんだ。法事をしなけりゃならん。それでどうにも義兄《あに》の、つまりお前の父さんのだな、遺骨を家に入れるわけにはいかんのだよ」

起丞には理解できない。母親の法事と自分の父親の遺骨と何の関係があるのだろう、と思う。

日本の寺では多くの遺骨の中から、弔う人のお骨だけを仏像の前に置いてお経を上げる。その他の人のお骨《こつ》がどれだけ背後にあってもそれは関係のないことだ。

「どうして?」

と彼は聞いた。叔父は困惑した顔になる。

「どうしてって、お前。鬼神が一つの家に二人いたんじゃ喧嘩になるじゃろ。そりゃだめだよ」

鬼神というのは死者の霊のことである。起丞は一瞬、この恩知らずが、と叫びそうになった。この家は父親が建てたものだ。叔父にやったとはいえ、建てたのは父親だ。それだのに遺骨を迎え入れないとは恩知らずも甚だしい。韓国では五代前の先祖まで同時に法事をする。どこの家でも異なる鬼神を祀っている。それだのに叔父は二人の鬼神が家にいてはダメだという。叔父の主張は屁理屈としか聞こえなかった。遺骨は遺骨。母親の弔いは弔いで別のことだろう、と思う。しかしここは韓国だ。日本じゃない。彼は事前連絡もしないで突然やって来た自分たちが悪い、と考えた。全ては岡田の兄さんのでたらめな仕事ぶりから始まっている。自分がスケジュール調節をしていればこんなことにはならなかったが、喪主は兄である。喪主が岡田の兄さんに全て任せるからお前は口出しするな、といった以上、彼は高みの見物をしているしかなかった。

彼は父の遺骨を拒否する叔父を恩知らずと断じて不機嫌になった。黙り込んでいる彼を見て叔父は聞いた。

「お母さんはお元気か?」

彼は気を取り直す。

「血圧が高いようで、毎日薬を飲んでますし、週に一度病院に通ってます」

「そうか」

と叔父はいかにも残念そうに床を見る。

「是非一度韓国に来て頂きたいのにな」

叔母も受けて、

「ええ、是非一度会ってご挨拶申し上げたいわ」

叔父の言葉は口先だけだが、叔母の言葉には誠が感じられる。ただ、この場面も日本人と韓国人では受け止め方が異なる。

彼の父親は日本から金を持って行って親戚を大いに助けた。親戚はそれを全て彼の母親のお陰だと捉えていた。韓国の儒教では、家の中のことは全て妻が管理することになっていた。このため家の財産を処分するには妻の同意がないと、たとえ夫であってもびた一文使えないのが韓国の常識だった。金を使ったのは彼の父だが、その許可を与えたのは日本の妻である。日本の妻の同意がなければ、彼の父親は韓国で金を使えない。親戚はそう理解していたから、それで皆は父親よりも先に母親に感謝をした。奥さんは日本人なのに、韓国人の我々のためにこんなにも支援してくれるとは、

「何と心の広い方だ」

「仏様のような方だ」

と親戚は口々に褒めそやしていた。そんな言葉を聞く度に父親は露骨に機嫌を悪くした。

父は日本式儒教と韓国式儒教の都合のいいところだけを取り込んでいた。自分が金を使うときは日本式である。日本の儒教では女性は三界に家無しである。三界というのは仏教用語で、輪廻転生して行くあらゆる世界のことをいう。つまりどこにも自分の住む家がないのが女性という考えであった。幼いときは親に従い、嫁いでは夫に従い、歳を取ると子供に従うのが日本式儒教の定める女性の役割である。日本の女性には何等の決定権がない。明治民法が定めた女性は法律用語でいうところの行為無能力者であった。もっともこれは明治になって作り上げられた女性像で、江戸時代までの女性の実際の姿とはかけ離れていた。薩長の藩閥は武家社会の儒教を明治の道徳規範としたので、五パーセントしかいなかった武家社会の常識を百パーセントの日本全体に当てはめて女性の地位を地に落としたのだった。しかし大正時代に生まれた父が育った時代では、それが日本の常識となっていたから、父は母に何等の発言権も認めなかった。一方で親孝行では徹底的に韓国式の儒教を求めた。本人は意識しないで二つの儒教を使い分けていた。息子の起丞はそうした父親の傍若無人ぶりがどこから出て来たかを知りたくて色々と勉強をしたので、一世の精神構造を理解できるようになっていた。

韓国式儒教では妻は家庭内では王だから、子供の教育は徹底的に仕切る。その結果子供は母親に認めてもらおうと必死に勉強する。こうして韓国男性の多くはマザコンに作り上げられる。マザコンの男性にとって妻は母親の代わりである。だから外であったことは全て妻に話し、妻が母親のように自分を正しい道に導いてくれることを期待する。女性は女性で夫の期待に応えなければならないから、深く考えて、夫の考えの及ばない点、見落とした点を指摘するようにする。この結果韓国では、前日同意したことでも一晩明けると、

「昨日の話は無しね」

というリセットが、頻繁に行われる。韓国人が簡単に約束をひっくり返す背景には、こうした韓国の文化が潜んでいる。しかしそんな事情を知らない日本人は、韓国人は信義も信頼もない大嘘つきの集団だと断じる。父親もそんな親戚を見て、

「あいつらは全部女房のいいなりだ。女房がうんといわないと何も決められないふぬけ共だ」

と罵っていた。自分と同じ日本式の発想や行動様式を取れない奴らはバカでアホで間抜けなチョウセン人なのだった。

韓国人の男性がマザコンというのは、在日にも共通している。起丞が知っている多くの在日の男性も、妻を母親の代わりとして扱い、妻が自分を手なづけてくれれば幸せだが、妻が日本的に対応すると夫婦不仲の原因になった。

韓国人にとって長男は宝である。次いで男の子が重要である。女の子はおまけの存在でしかない。それで在日の家でも男の子は韓国式儒教で育てる。しかし女の子はほったらかしである。韓国であれば女の子も韓国社会が韓国式儒教で育てるのだが、在日の場合は、日本社会の日本文化

で育つ。日本文化が望む女性像は「カワイイ」女である。韓国のように利口で強い母親のような女性ではない。それで在日の二世以下のカップルは、男は妻に母親の役割を期待して甘えようとし、女は日本文化の「カワイイ」女を演じて夫に可愛がられようとする。どちらも自分だけが可愛がってもらいたいから、家の中はうまく行かない。やがて夫は妻が期待に応えてくれないと怒りを爆発させる。家庭内暴力が吹き荒れ、罵声が飛び交うことになる。一世の夫婦喧嘩は多くの場合貧困が原因だったが、二世の場合は、日本文化と韓国文化の差が原因だった。夫は自分がマザコンに育てられていることを知らないから、母親代わりをしようとしない妻に腹を立てるだけになる。妻の方も日本文化で妻の役割を果たそうとするから、自分にでれでれと甘えてくる夫に苛つくことになる。結局両者はすれ違い、仮面夫婦を演じるか離婚するしかなくなる。小数だが、妻が韓国式儒教で育った人もいる。そういう家はうまく行っている。

起丞は母親が日本人だったし、父親も日本の風俗習慣を知っていたから、逆に韓国的な素養がなかった。それでマザコンにならずに済んだ。そうでなかったら、妻が踊りを習いたい、続けたいといっても「許さなかった」だろう。韓国人や在日の男は妻が何かを望んだときに「許す」という言葉をよく使う。しかし起丞は、「邪魔しないように」してきただけだった。彼は、自分は神のように許しを与えられる立場にはない、と思っていた。だから同居人の希望を聞いて同意するだけだった。協力は能力がなければできない。しかし邪魔しないことなら自分にもできる、と彼は思っていた。それで彼は妻の邪魔をしないように生きてきた。父親から全ての希望を奪われていた彼は、他人が生きることだけは邪魔しない、と心に決めていた。

韓国男性がマザコンになったのはその必要があったからである。韓国はマザコンだったお陰で、母や姉妹を守るために侵略者と闘い続けることができた。母のために死ねる者は強力な戦士となる。一つの事柄には常に善悪の両面がある。時代に合わなくなればそういう価値観はなくなってしまうものだ。残っているということは、今の社会でも役に立つからだと彼は考えていた。それで彼はマザコンの韓国人や在日を否定する気はなかった。在日の男たちは彼に向かって、

「お前は女房がそんなことをするのを良く許してるな」

といって否定しようとしたが、彼は笑って聞き流していた。「許す」という言葉の意味をこいつらは知らずに使っている、と彼は感じていた。そんな彼らは自分が正しいと信じている価値観が国を滅ぼしたなどとは、夢にも考えてないのだった。

叔父や叔母が母親の訪韓を勧めるので、彼は、

「そうですね。いつか母が来れるといいですね」

と応じた。叔父は話を転じる。

「いま、何をしてるんだ?」

彼の職業は特殊である。彼自身も実際に仕事を経験するまでは公認会計士がどういう仕事なのか知らなかった。それで、

「公認会計士って知ってますか?」

と聞いてみた。それは、なんじゃらほい、といった感じで叔父は首を振った。まあ当然だろう。

「監査って知ってますか?」

叔父はまた首を振る。

「帳簿は知ってるでしょう?」

「帳簿?」

「ええ。電話局でもつけてるでしょ」

叔父は考える。

「つけてるかも知れんな」

電信柱に登って工事しかしてないのだから無理もないと思う。彼の父親も世の中に色んな職業があるということを知らず、彼に小さな雑貨屋を継ぐこと以外の道を認めなかった。彼は叔父にいう。

「よその会社の帳簿を見てるんですよ」

「そうか」

叔父が渋々頷いたところへ、叔母が昼食の準備をしてきた。

ステンレスの器に御飯が山盛りに盛られている。日本昔ばなしの山のような形をしている。御飯の隣には牛肉と大根のスープがある。おかずは白菜キムチ、大根のキムチ、大豆もやしにぜんまいなどで、それは普通の膳であった。

彼はステンレスの箸を手に持った。途端にソウルでの留学時代を思い出した。日本と韓国の文化の違いは、彼の場合は肩こりとして現れた。ソウルでの生活を始めて二週間ほど経った頃から、彼は肩こりに悩まされ出した。慣れない勉強のせいかと思いながらある日ステンレスの箸を持ち上げると、肩にびりびりと電流が走った。今はアルミの箸を使うが、当時はステンレスの箸だった。ステンレスの箸は日本の箸の三倍ぐらいの重さがある。それだけ重いものを日本の箸と同じように使おうとしたから、負担が肩に掛かったようだ。同じ下宿の韓国の学生は肩こりなど起こさず、普通に箸を使っていた。それ以来、彼は肩に負担がかからないように腕の動きを工夫した。

いま、彼は久し振りにステンレスの箸を持った。大変な重量感である。肩こりが起こりそうだった。

留学していた頃は重い箸を使い、味気ないステンレスの器に山と御飯を盛りつけている韓国人を馬鹿だと思っていた。ただ、心の奥底にはどうしてこんな馬鹿げたことを続けているんだろう、という疑問は常にあった。

ふつう在日は韓国を否定的な目で見て終わりである。理由を考えたところで答えは容易に出てこない。

日本にいる間の彼は、韓国人の食事の仕方の汚さに閉口していた。先ず殆ど全てといっていいぐらい韓国人は犬食いをしていた。スープをぼとぼと落とすし、米粒を膳の上に散らかしていた。

多くはご飯を匙で押さえつけて押し固めてから食べていた。また、食べるときに舌を鳴らしたり、口から音を出す者が多かった。日本にいる間、彼は韓国人の一世と食事をするのが嫌だった。彼の父親も食べるときに舌を鳴らしていたが、母に注意されてやめるようになった。彼が中学生の頃には父親の悪い癖は修正されていた。日本人と暮らしてなければ、父は一生舌を鳴らしながら食べ物を食べていただろう。

大学生のころ彼は、朝鮮通信使の記録を読んで、愕然としたことがある。朝鮮通信使までが彼の知っている下品な食事の仕方をし、それを見た日本人が、何と汚い食べ方をするのだろうと記録していたからだ。

そうした経験から彼は、韓国人は下品で食事の仕方が汚いと思っていた。ところが韓国に来て一番最初に驚いたのは、テレビの中の女優が、何とも優雅に美しく御飯を食べている姿だった。そのとき彼は気がついた。自分が見て知っているのは、最底辺の、労働者階級の食事の仕方でしかなかったのだ。きちんとした家庭教育を受けた者は、美しい食べ方ができるのだと理解した。

朝鮮通信使の食べ方が汚かったのは、怖らくパフォーマンスだろう。自分の優位を誇示するためにわざと汚く食べ散らかしたのだろうと彼は推測した。それは日本を相手にしたときには間違った方法だったと起丞は考えるが、自分を大きく見せようとするのは、犬やネコの喧嘩と同じで、交渉の機先を制する有効な手段だと韓国では思われていた。それで通信使はわざと汚く食べ散らかしたのだった。自分の家の奴婢たちは、主人がそうやって食べ散らかしたお下がりを食べていたからだ。それで下人たちに対するのと同じ態度を日本人に対してしたのだろう。俺の方が上だといいたかったわけである。しかしそれは交渉相手の文化を知らない間違った態度だった。根拠なく日本を見下した結果、汚い食べ方だけが記録されて現代まで残ってしまった。韓国文化を知らない者は、韓国では知性も教養もある人間でも汚い食べ方をすると判断するだろう。記録された間違いは何百年も維持される。韓国人は中国に対するコンプレックスから、日本には根拠なく威張っていた。

一事が万事で韓国国内でも威張ってなんぼである。威張らないと逆に馬鹿にされる。彼が始めて村に来たとき、挨拶する人がいるので、彼は挨拶を返した。すると南原の警察で幹部をしている起龍《キリョン》という親戚がいった。彼は軍服のようなカーキ色の服を着て、腰に拳銃を下げていた。彼の世代は日本の統治下で育ったので、日本語は達者だった。

「起丞《キスン》よ、お前は挨拶をしてはいけない。あいつらは、うちの使用人の子孫だ。だからあいつらが挨拶をするときは、顎を引くだけで軽く頷いて返せばいいのだ。普通の人間のように挨拶すると重みがなくなる。逆にあいつらから軽く見られてしまうぞ」

なんて非人間的なことをいうのだ、と思ったが、その後韓国の歴史や文化が分かってくると、なるほど、韓国とはそういう社会だった。しかしそんなことをしていたら国際社会の競争では却って馬鹿にされるだろう。時代に合わない価値観や習慣には変更を加えなければならない。そうでないと世界を相手にしたビジネスでは後れを取るだろう。これから韓国はビジネスを通じて徐々に変わっていくだろうし、変わらざるを得ないだろうと考えた。

食事が終わると、

「少し休んだらどうだ」

と叔父がいう。

「あっちに部屋があるから少し休めよ」

兄が来るまで別にすることもないし、行くところもない。彼は荷物を持って叔父についていった。

廊下の突き当たりの扉を開けると、四畳半ほどの部屋だった。開けると直ぐにソファがある。入ると左手にラブホテルのような派手なカーテンがあり、それを開けるとふかふかのベッドがあった。ベッドとソファの間にはステレオセットが置かれていた。

東京の自分のアパートと比べて、何とも羨ましい限りの生活環境だった。叔父はベッドをふかふか押さえながら、

「休めよ。休んでおけ」

という。それから、

「俺はまた会社に戻るから。市内に先に行っておくよ。あとでバスターミナルで会おう。なっ」

いい置いてバイクに跨がった。

彼はジャージとズボンを履き替えると、ステレオのスイッチを入れた。音は驚くほど悪かった。彼の片手に乗るぐらいのラジカセよりも更にひどい音だった。ウォークマンとは比ぶべくもない。

彼はスピーカーは大きければいいと思っていた。叔父のステレオのスピーカーボックスは高さが八十センチ程度あったから、きっといい音が出るに違いないと期待した。彼はスピーカーボックスを指で押してみた。軽い力でゆらゆらと揺れた。いいスピーカーは重い。しかし叔父のスピーカーには、見た目から想像される重さが全くなかった。それは聴くためにあるのではなく、客に見せびらかすためにあるのだと彼は理解した。あいつは、はったりだけで生きてるな、と叔父を評価した。それは困った韓国人に共通の特徴でもあった。

ベッドに横になったが眠りは来ない。仕方がないから韓国の週刊誌を再び広げる。韓国も証券ブームのようだ。しかし日本ほどではないと感じる。日本は後にバブルと呼ばれる狂乱株価が始まっていた。

株というのはババ抜きである。最後に買った者が大損をする。市場全体の儲けの合計と損の合計は等しい。いわゆるゼロサムゲームだ。それは博打に似ている。博打場に足を踏み入れる者は、自分だけは勝利者になると期待しているが、実際は胴元が稼ぐだけで参加者の殆どは損をする。株が上がりきって暴落すると、韓国のような小国はひとたまりもない。世界中が不況になると、北は更に甚大な影響を受ける。等々と考えている内に尿意を催してきた。トイレは入口の横にあった。それは電話ボックスのように立っていた。汲み取り式だったが奇麗にしていた。初めてこの家に来たときは、スコップを持ってトイレに行った。大きな牛の足元で用を済ませると、自分がしたものに土をかけた。そうやって堆肥を作っているわけだった。そんな昔と比べると韓国は格段に豊かになっていた。

　奇麗なトイレで小便をしながら、これで共産主義はもうないな、と考えた。

　彼はいわゆる朝鮮人部落と呼ばれていたところで育った。そこの共同トイレはおぞましいぐらい汚かった。町内には何軒か自分の家にトイレを持っている家があった。そこのトイレはみな奇麗だった。中学生のころ、北朝鮮を支持している総連の学校に通っている者が共産主義を賛美するので彼はいった。

「人は豊かになると自分の家の便所を共同便所よりも奇麗にする。それは貧富の差だ。共産主義が成り立つのは、共同便所と自分の家の便所が同じぐらい汚い場合だけだ。少しでも生活に余裕が出ると共産主義は成り立たない」

　そのとき友人がどう返答したのか覚えてない。しかし彼は共産主義は家のトイレが汚い内しか成り立たないと固く信じていた。それで韓国の田舎のトイレが奇麗になったのを見て、もう韓国が共産主義になることはないな、と考えたのだった。

　友人はまた、北朝鮮では医療費が只だと自慢していた。彼は聞く。

「それって国が国民から搾取しているだけの話なんじゃないの」

「いいや、国が負担してくれているんだ」

「国は儲けているから医療費を負担できるんだろ？　儲けがなければ負担できないぞ。ない袖は振れないというだろ？　国に金がなければ医療費を出したくても出すことはできん。出せるということは、国は儲けているということだ。誰から儲けるんだ？　外国との貿易もあるだろうが、多くは国民から儲けてるはずだろ？　ない金が天から降ってくるなんてことはないからな。つまり北朝鮮は、人民から搾取してるだけだよ。その一部を医療費として返してくれたからって、それで喜ぶか？　腹を立てなきゃならんだろ」

「ううむ」

と友人は考え込んでしまった。高校時代の彼は学校の勉強をしなかった分、この程度のことはいえるようになっていた。

叔母が市内から呼んだタクシーがやって来た。家を出ると両側の景色は遠くの山に至るまで、全てが黒灰色の田である。田起こしが始まるまで、田は深い眠りの中にあるようだった。山は松があるところだけは緑に覆われているが、それ以外は灰色である。背後の空には分厚い雨雲が広がっていた。

彼は心の中で埋葬は四月一日になるだろうと予想していた。その日は雨かも知れない。父は自分を雨男だと自慢していた。雨乞いをする村から呼びに来たこともあるぐらいで、自分が行くと本当に雨が降ったと自慢していた。勿論父親に自然の天候を左右するような能力などあるわけもなかった。科学的に考えればそう判断すべきなのだが、しかし、父の葬式の日も雨だったし、父自身が雨男だったというのなら、埋葬の日も雨になるのがふさわしいと考えた。

5

叔母と二人でタクシーに乗った。タクシーは町なかに入り、一度どこかの家の前で止まった。叔母はその家に入って行った。戻って来ると、

「もう着いてるって、旅館の方に行ったらしいわ」

「そうですか」

兄と会ってまず初めに叔父の家には遺骨を持って入れないから、どこかに置かなければならないと相談するつもりだった。起丞《キスン》としては遺骨を叔父の家に入れ、自分が叔父の家に泊まって、兄は旅館に泊まればいいと考えていた。兄は言葉も習慣も何も知らなかったから、その方が楽だろうと思ったのだ。

タクシーは川に近い旅館の前で止まった。叔母に続いて階段を上がる。二階に上がると、見知った親戚の顔が見えた。二十人ぐらいいるだろうか。ワイワイがやがやとざわついている。

彼は見る人ごとに挨拶の言葉を投げかけ、部屋に向かった。部屋を覗くと岡田の兄さんと兄と小学生の甥、それに見知らぬ男が座っている。周りには見知った顔の親戚が数人立っていた。どうやら着いたばかりのようだ。

「おお、丞《すすむ》ちゃん、来たか」

岡田の兄さんは彼に声をかけてきた。

丞《すすむ》というのは、幼名である。日本式の通名といってもいいが、彼の場合は少し事情が異なる。韓国人の名前は先祖からの代数を示す記号と、自分の名前の二段構造になっている。彼の本来の名前は「丞《スン》」の一字である。いわゆる名前は「起丞《キスン》」だが、「起《キ》」は厳密には記号なので、彼を示す固有の名前は「丞《スン》」の一文字である。韓国ならばそれを音読みするのだが、彼は日本で生まれたので、それを訓読みにして丞《すすむ》と呼ばれていた。これと同じで彼の兄は潤《ひろし》と呼ばれていた。韓国人の特に両班《ヤンパン》と呼ばれる人たちの男子の名前は厳密には一文字である。二文字は系図や戸籍用の名前だった。

岡田の兄さんは彼の父親と同じく幼い頃に日本に来たので日本語に訛りはない。日本の風習も知っているから彼を「丞《すすむ》ちゃん」とちゃん付けで呼ぶ。彼の母方の親戚、つまりは日本人は、彼を幼い頃から「丞《すすむ》さん」とさん付けで呼んでいた。母親も彼のことを多くの場合は、さん付けで呼んでいた。しかし朝鮮人部落の大人たちは彼を「丞《すすむ》」と呼び捨てにした。親からさん付けで呼ばれるのに、どうしてこいつらから呼び捨てにされなければならんのだ、と彼は朝鮮人のおじさんやおばさんを無知で無教養な奴らだと蔑んでいた。

彼は韓国に留学して言葉を学び、韓国語には基本的に上か下かの言葉づかいしかないことを知った。勿論お客様用の丁寧な言葉づかいはあったが、それを離れると年齢が下の者に対する言葉使いは犬や猫に対するのと同じだった。若い世代を犬猫扱いするようじゃこの国に未来はないな、と思った。そして儒教なんてのは碌な価値観じゃないと断じた。彼は自分の経験を踏まえ、儒教というのは既存の世代が、若い世代から搾取するための搾取システムでしかないと確信した。そして韓国はいまだにそれを守り続けていた。ああ、この国の精神は未だ文明開化してない。百年前の、日本に国を盗られた時代そのままだ。これを捨てなければ近代が始まらないと誰も気がついてない。こいつらは本当にどうしようもない馬鹿共だ、と彼は思った。

親を親にするのは子供である。子供がいて初めてただの人間は親になることができる。人という存在は偶然である。たまたま父と母が出会ったから自分がこの世に出ただけで、他の人とペアになったら自分はこの世にはいない。生まれたばかりの人間はみんな偶然の産物である。しかし自分に子供ができると、その子は自分と妻以外の組み合わせでは存在し得ないから、子供の存在により、自分と妻の存在が必然となる。偶然の自分を必然の自分にしてくれるのは子供なのだ。そう認識するなら、大切なのは子の世代であって、消えていく親の世代ではない。彼は思った。孔子はこんなことにすら気がつかなかったのか。アホやな、あいつは。

親は自分を必然にしてくれた子に感謝すべきであって、子供から搾取すべきではない。日本では子供を「さん」付けで呼んで尊重するのに、韓国では呼び捨てにして搾取の対象にしている。この差は歴然だった。未来を食いつぶしている韓国が、未来を育んでいる日本に負けるのは当然のことだった。韓国を学んだ結果、彼はそう判断した。

兄の潤《ひろし》はオンドル部屋の中央に居づらそうに座っていた。弟の丞《すすむ》を認めると、ほっとした顔になった。

兄は韓国語は全く知らない。歴史も知らなければ風俗習慣も知らない。典型的な民団系の二世だった。総連系は自分たちの学校があるので、共産主義を基本としていたものの、言葉を教え、大本営発表のような歴史ではあったが、一応歴史も教えていた。しかし民団系の在日韓国人は、日本の学校へ行き、日本の教育しか受けてない。名前も日本の通名を使っている。彼らの日常のどこにも韓国はない。

そんな在日韓国人の精神状態は、性同一性障害の人の心理と似ている。女性が男性の体に閉じ込められて違和感を感じているように、在日の二世は日本人が韓国人の体に閉じ込められてパニック障害を起こしているようなものである。一世は二世を日本人にしておきながら、韓国的なものを求め、韓国人のプライドを求める。民族は教育によって遺伝するものである。生んだだけではその子は生まれ落ちた土地の文化を吸い込んで、土地の人間になる。だから二世はみんな日本人になった。それだのにそんな二世が韓国人的ではないからと一世は非難する。起丞はそんな一世に向かって、全部お前たちの責任だろ、といいたくなる。儒教的価値観で次の世代を殺すからこうなるんだ、と面罵したくなる。

そんな人間を韓国人の体に閉じ込め続けるのは、甚だしい人権侵害だと彼は考えていた。在日韓国人を日本人にしてしまった責任は日本にもある。日本は責任を取って彼らに、日本人の体を与えるべきだ、と彼は思っていた。具体的には三代目には日本国籍を出すべきだというのが彼の考えだった。江戸っ子は三代江戸に住んだら江戸っ子である。それが日本人のメンタリティーである。在日も三代の間日本に住んだら、日本国籍を与えるのが日本人のメンタリティーに合致しているだろう。永久に排除するのではなく、外からのものを取り込むのが日本文化の美点でもあるはずだ。かつて日本に来た数多くの渡来人は全て日本人になっている。奈良の都の八割の渡来人も、秀吉が強制連行した十万人の朝鮮人も、みんな日本人になっている。現代の渡来人だけ排除するのは理屈としておかしい、というのが彼の考えだった。しかし彼の考えを支持する者は殆どいなかった。

殆どの二世が韓国や韓国的なものに背を向けている中で、起丞は韓国と日本はどうしてこれだけ違うのかと、必死に学んでいた。彼は例外中の例外だった。在日韓国人の二世で彼ぐらい言葉ができる人間は珍しかったし、歴史を知っている者も余りいなかった。彼は父親に罵られる度に、どうしてこいつはこんな人間になってしまったのかと、それが不思議でしようがなかった。どうせ余生である。韓国がダメな国になった原因と解決策を彼は見つけたいと思っていた。

そんな中一つ見えてきたのは、二世の長男は韓国文化と日本文化の狭間で人格を破壊された人たちだということだった。韓国人の親は儒教の価値観で、子供を育てる。立身出世をし、長男は家族の面倒を見るというのが、彼らの価値観である。しかし朝鮮人差別の激しい日本では、並みの能力では立身出世など不可能だし、一族を養うこともできない。それで二世の長男は親が求める責任を果たせずに押しつぶされてしまう。長男の多くは口では理想論を語り格好いいことばかりいうのだが、行動が伴わない。日本では伴いようがないのだが、彼らは口先だけの人間になってしまった。責任感はやたらと強いのだが、責任を果たせない人間だった。

在日二世の長男は、一世帯五人として、十二万人はいるだろう。それだけの人間が韓国文化と日本文化に挟まれて、不適合を起こし、一部は人格を破綻させていた。

在日二世が集まって、「うちの長男は」と顔をしかめれば、あとは何もいわなくてもいいたいことは分かった。「おまえんとこもそうか」で、互いは分かり合えるのだった。二世の長男が出来損ないの結果、その者たちの長男も、高い確率で出来損ないになっていた。精神構造は遺伝していた。日本は国籍を出さないことで、今も多くの人格を破壊し続けるという、間接的な犯罪を犯していた。

起丞の兄の起潤も威張るだけで何もできないところがあった。また、何かにつけて韓国を批判した。

「どうして韓国人は何にでもごま油をかけるんだ？　素材の味が死ぬだろ」

起丞は心の中で思う。日本の野菜でそれをやればその通りだ。しかし韓国の野菜は味が濃い。ごま油をかければ風味が増しておいしくなる。兄の口調は韓国を批判して見下したいと感じさせるものだった。何にでもごま油をかける韓国人は馬鹿だ、といいたいのである。そちらが主目的であると思うから、どう答えても無駄だろうと思う。それで、

「そうやねえ」

と適当に応えて誤魔化すことになる。ただ、兄は彼と同じで、父親からあらゆる可能性を奪われた結果、欲が少なかった。うまい物も見栄えのいい服も求めることはなく、淡々と生きていた。その点では死ぬときが来るのを待っているだけの起丞にも共感できる部分が多かった。

兄の隣には見知らぬ男が座っていた。起丞が腰を下ろすと、兄がいう。

「こいつはな、大学時代の友達で、三沢というんや。釜山で偶然に会ってな。連れてきた」

アホか、と彼は思った。他の時ならいざ知らず、父親の遺骨を埋葬するのに友達連れで来る奴があるもんか、と思ったが、価値観の相違ということかもしれないと諦めた。

「三沢です。よろしく」

と兄の友達はこくりと頭を下げた。彼も挨拶を返しながら、こいつは典型的な日本人だな、と感じた。三沢からは、見に来てやったぞ、という印象を受けた。脱亜をした日本人の態度である。しかし入欧をできなかったら、そのときの日本はどうするのだろうと考える。

太平洋戦争で日本は三百万人以上の犠牲者を出した。しかし環太平洋の諸国では、少ない予測で一千万、普通は三千万の犠牲者が出たとしている。日本が始めた戦争のとばっちりを受けて、日本の十倍の人間が命を落としたのだ。それだけの人間を死なせておいて日本は、「多大のご迷惑をおかけした」といい、「遺憾に思う」で終わりである。「ご迷惑」と「遺憾」で終わりにされた被害者やその遺族からすれば、日本の発言は怒りの炎に油を注ぐだけでしかないだろうと起丞は考える。日本も韓国に劣らず歴史を反省しない。極めつけは広島と長崎の原爆二発であたかも自分たちが被害者であったかの如くに振る舞うことである。そのような態度は原爆で殺された人たちをも冒涜するものだ、と彼は思っていた。しかし日本人は二発の原爆とＧＨＱに支配されたことでみそぎは終わり、今は清く正しく美しい日本になったと信じ込んでいた。

アジアで殺された三千万の人間の親戚や子孫は、一族が日本に殺されたという事実を忘れないだろう。然るに三沢は脱亜を果たしている。アジアを見下した態度で見ていたら、日本に戻る場所はなくなるぞ、と彼は考える。アメリカに見放されたとき、日本はアジアの孤児になるだろう。

兄がいう。

「行く前の日やったか、こいつから電話があってな。韓国に仕事で行くいうんや。それでどうせならということで、釜山《プサン》で同じ旅館に泊まってな」

なんと、兄貴まで物見遊山気分か、と思う。自分をこの世に送り出した男の骨を埋めに来たんじゃないのか、と問い糺したい気分になる。三沢は笑顔で、

「いや、久しぶりに一緒に飲んだな。うまい刺身もたらふく食ったし」

兄が受ける。

「来たついでといってはなんだけどな、うちの田舎も見したたろ思うてな」

弟の不機嫌を感じ取ったからか、声が幾分小さくなる。

起丞は目の前の起東《キドン》を見て声をかける。

「お久しぶりです」

「うん」

と少し元気がない。

「中華料理屋をやってるんですって？　繁盛してると聞きましたよ」

「うん」

叔母が兄の前に座って挨拶をする。兄は理解できないので起丞が通訳をする。叔母はテレビの横に置かれた白い布に包まれた遺骨を見ては、泣きながら話す。

「戻られるときにはまた来るとおっしゃっていたのに、こんな姿になって」

と嗚咽を上げる。兄は、

「はあ」

「はあ」

とばつが悪そうにお辞儀をしている。

韓国には哭《こく》という風習がある。忌み事になると親族は泣くのが礼儀である。ちなみに哭というのは、声だけで泣くことである。泣《きゅう》というのは涙を流す泣き方である。日本には昔は泣き女というのがあり、葬式で泣くことを商売にしている人たちがいた。今ではその風習は廃れてしまった。韓国では哭をする。「アイゴー」「アイゴー」と声を上げて哀しみの感情をパフォーマンスで示す。それが礼儀なのだった。

起丞は兄に、

「叔父さんの家には入れないんだって」

と状況を説明する。兄は、

「じゃあ、埋葬の時までここに置いとくか？」

といった。

ふと気がつくと起東がいなかった。店に戻ったのかも知れなかった。店が忙しいのかも知れない。しかし先程の態度から、それだけではないように感じられた。

幹儀《カニ》叔父が来て岡田の兄さんに挨拶をする。他の親戚も言葉が通じる岡田の兄さんと話をする。彼はその内容を兄に翻訳して聞かせた。叔父は、

「埋葬するまで、一度祀ってからにした方がいいと思うんだが」

という。叔母は、

「祀るとなると、大変な儀式をしなくちゃいけなくなるわ。大変よ」

そこで叔父は部屋の電話から寺に電話をかけた。

「あれ、出んな」

と気ぜわしげにいう。

「何やってんのかな」

そして電話を切る。

「えい、面倒だ。近いんだし、ちょっとバイクで行ってくらあ」

と部屋を飛び出していった。直ぐに他の親戚が兄に挨拶をする。彼はそれを逐一翻訳した。起東の母親と起雲《キウン》の母親は見覚えがあった。起東の父親はいつも韓国服を着ていた。その他の何人かは関係をよく知らない。それから岡田の兄さんの長男とその子供が二人いた。

長男は起丞が小学生低学年のころ日本に密航してきた。長男を岡田の兄さんに頼まれて二日ほどかくまったことがあった。場所を移した後に警察が踏み込んできて、家宅捜索をされた。その後彼の父親のすすめで自首して自費で帰国した。長男は怖らく大村収容所送りにならなかったことがどれだけ幸せなことだったかということを知らない。岡田の兄さんも父がしたことを何とも思ってないだろう。自分の方が本家筋だから、してもらって当然だと考えているに違いなかった。

起東の父親がどこからかカレンダーを持ってきて、

「いずれにしても日を選ばなければならん」

という。そうしたことは全て事前に調整しておかなければならないことだ。岡田の兄さんは自分の不手際で村の者が大迷惑を蒙っているのに、知らん顔で議論に加わっていた。そして起丞兄弟もそのとばっちりを受けていた。〈岡田の兄さんなんかに頼むからだ〉と起丞は中腹で光景を見ていた。

日を選ぶのは八字《パルチャ》で決める。八字というのは、日本でいう四柱推命である。年、月、日、時間の四柱はそれぞれ十干十二支の二文字で表現される。よって全体で使われる文字は四柱かける二の八文字になる。それで韓国では専ら人の運勢を八字といっていた。韓国の理論は日本より緻密で、テキストも大部である。一通りマスターするのに十年はかかるといわれている。

彼が民団にいた頃、母親がムーダンだったという女性がやって来た。ムーダンというのは、巫女のことである。霊の口寄せなどもする。娘は、自分が後を継がなければならないが自分は韓国語を知らない。それでたくさんあるテキストを読むことができない。せめて基本的なこのテキストだけでも翻訳してもらいたいのだが、お願いできないか、ということだった。そのテキストは分厚い辞書並みの厚さがあった。彼の上役たちは「お前、アルバイトでやって見ろよ」といったけれど、少しめくってみたテキストは古い漢語が頻出するような文章だった。それは韓国語が母語の者でも簡単には読みこなせないような難解な代物だった。それを日本語にする？「とんでもない」と彼は断った。

幹儀叔父が一時間ほどして、寒そうな顔をして戻って来た。叔父が住んでいる南原の気候は日本の宮城や岩手辺りの気候と似ている。三月の終わりでは未だ寒かった。

「坊さんはおらんわ」

と叔父はオンドルに腰を下ろす。

「なんか釜山《プサン》に用事で行ったらしい。今晩あたり戻るということだったけど、どうする？」

このとき起丞はまだ知らなかったが、叔父は鬼神の霊をなだめようとしているらしかった。火葬をした人間を墓に埋葬する場合は、三年以上経ってからするのが常識だった。つまり火葬してから三年間はこの世を漂う鬼神のままだから、霊鎮《たましず》めしないと、さまよえる霊のまま墓に入ることなり、それは韓国の常識からすればとんでもないことだった。一方で叔母はそのコストをけちろうとしていた。迷信だと思っているからだろう。叔父は田舎育ちだが、叔母はソウルで育った。その違いかも知れなかった。霊鎮めはソウルではもはや迷信のレベルになっていたようだ。叔母が田舎育ちだったならコストに関係なく霊鎮めに同意したことだろう。

岡田の兄さんはこういう韓国の埋葬儀礼に対する常識を持ち合わせていなかった。小さなころに日本に行って育ったから、知らないのは無理もなかった。しかしそれならそれで、謙虚に誰かに聞けばいいものを、韓国に何の事前通知もなしにやってくるのだから、あきれ果てて怒る気にもなれなかった。

「知らなければ聞け!」

と彼らの父親はよくいっていた。兄弟はいつもそう叱られ続けてきた。しかし知らない者は、何を知らないかを知らない。それで聞かなければならないことが何なのか、が分からない。岡田の兄さんは正しくこれで、彼は自分が無知だということを知らなかった。その結果事前に何の連絡もせず、物見遊山気分で韓国に来ていた。その煽りを受けて、起丞たち兄弟は火葬して三年も経たない遺骨を韓国に持って来てしまっていた。大恩ある起丞の父親の遺骨でなかったなら、村人全員から総スカンを食らっていたことだろう。

この世を彷徨っている義兄のお骨のお祓いをしたい叔父に対し、叔母がいう。

「大変だってば、お寺に預けるのは。お供え物もたくさん要るし、お金もかかるし、それよりこの旅館にこのまま置いて、埋葬した方がいいんじゃない？」

叔母は霊鎮めなど迷信と捉えているようだった。

こうした韓国人の感性を笑い飛ばすことはできない。日本では保元の乱（一一六四年）に敗れた崇徳上皇を讃岐に島流しにした。その後百年ごとに天皇の周辺に禍が起こると、上皇の怨霊がしたのだと信じた。霊鎮めのために京に御霊《みたま》を移して祀ったのは、なんと、一八六八年、明治維新の年だった。その頃まで日本も大まじめで怨霊だとか、悪霊だとかを信じていたのである。

そのときの起丞はお骨をお寺に預けてお経の一つもあげてもらうのがいいのではないかと思っていた。しかし韓国では、葬式は儒教でする。仏教でする日本と同じように判断できないだろうと思った。それで黙って成り行きを見ていた。

兄も岡田の兄さんも同意して父のお骨は寺に預けないことになった。さて、次が日取りだった。彼は兄と甥をソウル観光させなければならなかったので、四月二日にはソウルに上がりたかった。それで三月三十、三十一、四月一日の三日から一日選ぶように頼んだ。

車座の中心にカレンダーを置き、そういう話をしていると、起東の父親の容儀堂叔《ヨンウィタンスク》が口を開いた。容儀《ヨンウィ》というのは名前であり、堂叔《タンスク》というのは父親と従兄弟の関係にある者を指す言葉だった。

「碑石はどうするんだ？　造らなきゃ」

幹儀叔父は頷いて、

「ああ、それがあるな。造らなきゃ」

「それに石柱も必要だぞ」

「うむ」

叔父は自分が金を出すことを考えているからなのか力がない。

彼は今回の埋葬は、何も分からないから適当な金額を渡して、これでやってくれ、というのが良かろうと思っていた。金額としては二十万円が妥当なところではないかと考えていた。貨幣価値としては、日本円は韓国では四倍から五倍の価値があった。だから二十万円はおよそ百万円の葬式を日本でするのに匹敵した。墓地は既に用意されているから、祭礼儀式のためだけに百万円である。バブル前の百万は結構な金額だった。それだけのことをすれば庶民の祭礼としては充分だろうと思っていた。彼自身は次男ということと、喪主ではないということから、五万円負担するつもりでいた。姉の由子も五万である。兄は十万だった。

そうしたことを去年会ったときに、彼は兄に話していた。他に岡田の兄さんの交通費と、自分たちがソウル観光をする費用も含めて、五十万用意すればいいだろうと話した。兄は同意したからそれだけの金を持ってきているはずだった。

しかし彼にはいつ誰にお金を渡せばいいのかが分からない。責任者に金を渡して、この範囲内で頼む、といえればそれが一番楽なのだが、岡田の兄さんが事前に何もしてないので誰がキーパーソンなのか分からない。全く困った奴だ。こいつの特技は何もしないことだな、と起丞は諦めの目で岡田の兄さんを見ていた。

碑石は確かに韓国のお墓には必ずある。碑石がないお墓はお墓じゃないだろう、と思う。それで彼は、思わず口を挟んだ。

「堂叔《タンスク》、それを頼んでおいて頂けますか?」

金が足りなければ後日、日本から自分が送金するつもりだった。堂叔は、

「うむ。石屋がな、この近くにある。行って早速頼んでみよう」

「ちょっと待って」

と岡田の兄さんが割って入る。

「その件はちょっと待て」

そして彼の方を見ると、

「丞《すすむ》ちゃん、潤《ひろし》ちゃん、ちょっと二人に話がある。ちょっとおいで」

と立ち上がる。何事だろうと、兄弟は岡田の兄さんについて部屋を出た。廊下の赤い絨毯を歩いて奥に移動した。

煙草の灰をどうしようかと困った風だったが、岡田の兄さんは話し始めた。

「ええかな、丞《すすむ》ちゃん。ここの人間がいうように、あれもする、これもする、というのを全部聞いていたら経費が大変じゃ。安うせんにゃいけん。莫大な金になったら、あんたも出せんじゃろ?それにあんたは東京に出て金がなくて生活にも苦労しちょると聞いちょる」

そう聞いて彼はカッと頭に血が上るのを覚えた。もとはといえばお前が事前にきちんと話を詰

めてないのが悪いんだろうが、といいたくなる。それに自分が生活に苦労していようがいまいが、あんたとは関係がないことだ。

「誰がそんなこというたんね」

と彼は岡田の兄さんを睨み付ける。岡田の兄さんはたじろいだ。それを見て兄が、

「由子《よしこ》がいうたんや」

と、北九州に嫁いだ姉の名前を口にする。そんな馬鹿な、と思う。姉と彼とは頗る仲がいい。姉は無駄なことはいわない人だ。怖らく由子姉は兄に、弟は金がないから、少なく負担させてやってくれ、ぐらいのことはいっただろう。そしてそれを岡田の兄さんに話したのは、兄本人であるに違いなかった。

彼は岡田の兄さんとは今回で縁切りだ、と考えた。しかし兄から事前に今回は腹を立てるな、余計な口出しはするな、といわれている。碑石については韓国のお墓には必須のものだからつい口出しをしてしまったが、悪いことだとは思っていない。碑石のないお墓ではお墓の体を成さない。そんなんでは弔ったことには成らないではないか、と彼は考えたのだった。しかしそれでも兄は口を出すな、という。そのことを思い出し、彼はいいたい言葉を全て呑み込んで、黙り込んだ。

このあと数年経って彼は韓国で駐在員生活を五年した。実際に韓国で働いてみて、彼はこの時の岡田の兄さんの心配を理解した。韓国人の一部には、間に入ってマージンを稼ぐ者がいた。個人でもそれをするから、誰かに頼んでものを買うと本来の価格より高いものを買わされることに

なる。韓国の実態を知らない在日なら、中間マージンを多く抜かれるだろう。岡田の兄さんはそれを心配したのだった。そう気がついたころには、岡田の兄さんは既にこの世の人ではなかった。困った人だったが、敵ではなかったな、と彼は考えた。しかしこの時の彼は、

「金がないならないで、やり方があるやろ」

と何とか怒りを抑えていった。

「出せるだけの金を目の前に置いて、これで頼むといえば済むことなんじゃないの？　金がないくせにええカッコしようとするから心配するんじゃろ？　石碑が幾らのもんか知らんけど、出せる金出して、これで頼むと、頭を下げりゃいいことじゃないの？　してもらうんだから、金を出した上で頭を下げりゃいいんじゃないの？　ええカッコしてふんぞり返っているから、金が心配になるんじゃろうも」

そういって彼は岡田の兄さんの両班気質を批判した。外見を取り繕うことしか知らない両班気質が国を滅ぼしたと彼は思っていた。そんな若造の剣幕に岡田の兄さんは、

「まあ、そらそうじゃ」

と煙草の灰が落ちそうになるのを気にする。それから、

「聞けば分かることじゃ」

自分でそういって頷いてから、二人の顔を見る。

「じゃあ、聞いてみよう」

そういって部屋に戻っていく。

「兄ちゃん」

と彼は兄を呼び止めた。

「金、わいの分、出しとくわ」

内ポケットから財布を出すと、

「分かっとるっちゃ。お前がドジするはずがない。金がなくても自分の分ぐらい何とかするぐらいのことは、俺には分かる」

彼は一つ頷いて、

「まあ、いま出しとくわ。幾らの予算で来たか知らんけど、二十万がいい線やと思う。半分の十万を俺と由子姉ちゃんとで分けるから、五万だけ出させてもらうわ」

「そうか。じゃあ、貰うとこう。しかしお前、よう腹立てんかったな。爆発するんやないかと思うて、冷や冷やしとったぞ」

「事前に韓国に何の連絡もしてないと知った時点で既に切れてるよ」

「ほんとにな、あの人、仕事できんなあ」

そして兄は続ける。

「今回もな、俺に十万借りに来たんや。金ないんよ、あの兄さん。自分が金がないもんやからああいうことというんや。恩に着せて、自分に金がないことを誤魔化そうとするんや。汚い人や。親父がいつもいうとったが、今度という今度はよう分かったわ」

　金は怖らく本妻への小遣いだろう。日本で暮らしている以上、韓国に来るのに手ぶらでは来られまい。借金の尻ぬぐいは全て日本人の愛人がする。一生ヒモ暮らしというのも大した才能だ、と思う。彼は兄に聞く。

「しかし何で由子姉ちゃんが岡田の兄さんに、わしが金がないとかいうんや」

「あれは、わしのミスや。由子がわしにそういうたんを岡田の兄さんにいうてしもうたんや。丞《すすむ》に金がないのを由子が心配しとるいうてな」

　やっぱりな、と彼は思う。由子姉《あね》はそんなことを他人にいう人ではない。兄は続ける。

「おまえ、由子には黙っとけよ。岡田の兄さんがこんなことをいうたと由子に知れたら、あいつはお前以上に腹を立てるからな。それに岡田の兄さんにお前が金がないと言うたことも叱られてしまう」

　兄は煙草を出して火をつけた。それから、

「ところでな相宰《サンジェ》のおじさんに頼まれて来たんやけど、あのおじさんの親戚に金を届けてやらなあかんのやけどな」

　とメモを出して住所を彼に見せる。

「どうやろな。タクシーに乗ってここに行けいうたら行くやろか？」

　相宰のおじさんというのは、下関に住んでいる親戚で、彼らの孫の代に当たる人だった。代数を示す漢字は「宰」の字である。彼らの子供の代は「康」の字だった。それで兄の長男は康一といった。相宰の歳は八十ぐらいである。この人も日本人を奥さんにしていたが、起丞の家と同じく結婚をしており、子供たちは朝鮮籍にしていた。おじさん自身は下関の総連で幹部をしていた。子供たちは全員朝鮮大学を出ている。いわばバリバリの活動家一家だった。その家の次女を起丞の嫁にという話を彼の母親と相宰の奥さんとがしていたようだが、当時の韓国の法律では、先祖が同じ者は結婚することができなかった。それで縁談話は立ち消えになったらしい。そんな話を起丞は母親から聞いた。

「ええ子なんやけどね、あの子。お前のお嫁さんにぴったりやと思ったんだけど、韓国人は先祖が同じだと結婚できないんだってね」

へええ、と彼は返事をした。あの子が自分の嫁さんになるとして、向こうがいいといえば反対はしなかっただろうな、と思った。しかし結婚話は親たちの間だけで立ち消えになった。もし彼女と結婚していたら、自分は会計士にも成ってないし、ものも書いてないだろう。能力があるのに世の中に示せない恨みを抱いて、家庭内暴力を振るい、家族全員を不幸にしてしまっていただろう。お互いの幸せのために、結婚しないで良かったと彼は考えた。兄はメモを財布に戻しながらいう。

「あのおじさん、岡田の兄さんとは犬猿の仲やろ？　そやから兄さんには知られんように持って行ってやろう思うてな。親父も何回か持っていってやったことがあるらしいし。タクシーにこれ見せて、行け、いうたら行くんやないかな。電話番号が分かりゃそれが一番ええんやけど、番号は分からんみたいやし」

「あのねえ」

と起丞は話し始める。韓国は反共法という最高刑が死刑の法律がある国だ。親戚に共産主義者がいれば、その家の電話は全て盗聴されていると思わなければならないし、郵便物も検閲されていると考えるのが自然だ。見知らぬ人が出入りしたら、その日のうちに警察がその事実を掴むだろう。下手をすると逮捕されて背後関係が全て分かるまで釈放して貰えないかもしれない。無知な在日が単に金を持ってきただけだと分かって情状酌量で起訴猶予になるとしても、一月やそこらは臭いメシを食わされることになる。親父ならば言葉はできるし、弁舌もさわやかだったから、刑事が逮捕に来ても、そいつと友達になって一緒に酒を飲んで騒ぐような真似もできるが、言葉が全くできない兄では不可能である。そんなことをいってから彼は締めくくる。

「やるんだったら、警察で一月ぐらい取り調べられる覚悟がいるよ。運が悪いとＫＣＩＡ（韓国中央情報部）送りになって拷問されるかもしれない」

「え？　それは嫌だな。そんなにひどい国なんか？」

「反共法という法律があるからね。もっとも北はもっとひどい締め付けをしてるよ。政治犯収容所では何十万もの人間が強制労働させられているからね」

「ううむ」

当時は北も南も、どちらも誇りを持てるような国ではなかった。

「そうか。それなら金は持って帰ろうか？」

と兄は渋い顔でいった。責任感の強い人だから、子供の使いのようなことをするのが嫌なのだと彼には知れた。兄は続ける。

「あのおっさんは金を渡したところで、それを渡したかどうか疑うような人やしな。親父がいってたが、親父が初めて金を持って行ったときも、貰ったかどうか確認の電話を入れよったらしい。人を信用せん奴じゃいうて、親父が憤慨しよったが、折角金を持って行ってやっても、信用してもらえんのじゃ気分悪いしな」

父親の価値観は浪花節や講談の世界である。口約束だけで相手を信用して動けるような関係は、理想的なお話の中にしか存在しない。しかし父親はそれを現実世界にも求め、自分を無条件に信用しない人間を口汚く罵っていた。兄はその価値観を受け継いでいる。自分の父親は凄い人だったと信じ切っている。この点は起丞とはかなりの隔たりがあった。兄の起潤がいったことがあった。

「父ちゃんは凄い。無学文盲なのに、金を儲けて韓国の親戚が生活できるようにしてやっている」

起丞はいった。

「凄いのは日本経済であって、父ちゃんじゃない。少しの稼ぎでも、それが韓国では五倍の価値になる。日本では大したことがなくてもそれを大したように見せているのは円の力であって、父ちゃんの実力じゃない」

兄は押し黙った。自分のように父親を尊敬してない弟には、何をいっても無駄だと思ったようだった。

もちろん起丞も貧しい韓国の親戚を助ける父親の態度には共感していた。それはいいことである。しかし日本の家族は一年に一度服を買うわけでもなく、下着は十年ぐらいすり切れてボロボロになるまで着続け、僅かな金でも使うと怒られるから、起丞は立ち食いそばも親父がいないかと怯えながら、こそこそと食べていた。お陰で彼は三十も半ばになるというのに、未だに外で食事をすると罪悪感を感じる始末だった。父はそうやって貯めた金を韓国に行くと湯水の如くに散財した。しかし親戚は自分に感謝するよりも早く、女房にばかり感謝した。妻を「仏様のような方だ」と持ち上げるので、その度に父親は不機嫌になった。父親の散財は止まらなかった。手持ちの金が底をつくと、韓国系の信用組合から借りて持って行くようになった。ここまで来ると病気である。借金を次世代に残して、自分だけいい格好をしようというのは正気の沙汰ではない。儒教というのは、未来を食いつぶす価値観だと起丞は痛感した。彼は家を出る直前では、父親を禁治産者にしてしまおうかと真剣に悩んだぐらいである。禁治産者にすると、財産の処分ができなくなる。父は狂ったように怒るだろうが、そうでもしないと浪費癖は止められないと考えていた。その後兄が戻り、妻や子供に逃げられ、おまけに父親が作った多額の借金も抱える形となっていた。逃げればいいのに、と起丞は思う。しかし兄は不幸になると分かっていて戻った。長男の業というほかないだろうと感じた。

「ところで兄ちゃん」

と彼は兄に確認する。

「どうして事前に韓国に連絡しとかんかったん？　そうしちょけば日にちのことも石碑のことも、今になって慌てることもなかったやろうも」

「そのことやけど、俺は去年の内から兄さんにいうとったんや。子供じゃあるまいし、何回もいうわけにもいかんし、やったかどうかを確認するわけにもいかん。それでも心配やから今年になって二回はいうとるんやけど、この有り様じゃ。結局なんもせんかったな」

「岡田の兄さんの交通費はどうしたん？　うちから出すんやろ」

「ああ、俺はそのつもりやったんやけど。兄さんの方から何もいわんしな。まあ、貸した十万は戻して貰えんやろと俺は思うちょる」

事前に、あなたの費用はこちらで持つというのは、いっておくべきだったと起丞は思う。兄もいまいち詰めが甘い。それで、

「経費の負担と貸した金とは別のことやろ？」

というが、

「まあええやないか。十万は戻らんと俺は思うちょるから」

そして兄は溜息をつきながらいう。

「ここまで来てしもうた。あとは何とか無事に終わることを祈るだけじゃ」

それは甘い、と起丞は思う。岡田の兄さんに道案内を頼んだ時点で既に間違っている。その結果、埋葬という人生で最後の一大イベントを、予告もなしにやって来てしようとしていた。トラブルの一つや二つあって当然だろう。

村の人もいい迷惑である。岡田の兄さんには村人に多大の迷惑を掛けているという認識すらない。予告なしに来ることが迷惑になるということすら分かってないだろう。それを知っていたら、こんなでたらめはしないはずだ。

部屋に戻ると皆が食事に行くというので、一緒に出た。近くに叔母の妹がやっている食堂があるというのでそこに行った。

日本から来た全員はくたくたに疲れていた。食堂の座敷に上がったが、そこもオンドルだった。座り続けていると腰が重くなってくる。

兄の友人の三沢は昨日の韓国料理の影響で胃腸の調子が思わしくなく、おかゆを作ってくれるように頼んだ。叔母や親戚の女性たちは気を利かせて、鶏を入れようか、牛肉の汁で煮ようかと相談している。しかし三沢は、

「いやあ、いま一番欲しいのはおかゆと梅干しですよ」

とおばさんたちに日本語で話す。この態度は立派である。日本語は通じないが、通じるものとして話すと、相手はその態度や声の調子でいわんとするところをくみ取ってくれる。その結果おばさんたちはただのおかゆを作ることに同意した。言葉は通じないが、言霊は通じた、と起丞は

考えた。

「熱いお茶が飲みたいな」

と三沢。岡田の兄さんは、

「それは難しいのう。じゃが頼んでみよう」

と叔母に話す。

韓国では普通熱いお茶を飲まない。漢方の発想で熱すぎるのも冷たすぎるのもよくないと考える。それで麦茶もコーヒーも全てはぬるい湯で出て来る。叔母が特注をして熱湯を出して貰った。さ湯をすすりながら、

「ああ、これで生き返る」

と三沢は背筋を伸ばした。兄は、

「何で韓国人は、水みたいにぬるい麦茶ばかり飲むんだ」

と聞く。それは日本を中心に置いて、それ以外を見下している人間の態度のように感じられた。日本を愛する兄は自分を世界の中心に置いて、愛を叫んでいた。その愛は煩悩の愛である。結局は日本に害を及ぼす愛だった。それで起丞は、

「そうねえ」

といったきり、何もいわなかった。

韓国の水は硬水である。緑茶はカルシュウムや鉄分がお茶の成分と反応して黒く変色するし、

味も悪くなる。日本の最高級の茶葉でも、韓国の水で入れると番茶の味になる。だから韓国ではお寺関係以外ではまずお茶を飲まない。茶葉も品質のよいものはない。紅茶やウーロン茶など、茶葉を一度発酵させたお茶ならば、硬水でもおいしく飲める。麦茶は安いし、硬水でもおいしい。そうした理由があるのだが、説明が面倒なので彼はしなかった。彼は数時間前に叔父の家で昼食を済ませていたが、ピビンパを食べてみるとおいしいので、そのまま一人分食べてしまった。

食事が一段落すると、岡田の兄さんの長男が話しかけてきた。名前は康徳《カンドク》という。二十年ほど前に日本に密航してきた人だ。今は叔父と同じく賄賂を使って、韓国の電電公社に勤めていた。賄賂の金額が多かったのか、彼は外回りではなく事務職をしていた。この人は両班の臭いをぷんぷんさせている人だったから、起丞とは肌が合わなかった。

「アジェ」

と康徳はわざとらしく作った低い声で話しかけてくる。アジェというのは、おじさんという意味である。康徳は彼の次の世代に属していたので、彼よりも歳上なのだが、彼を「おじさん」と呼ぶのだった。康徳は聞く。

「一緒に住んでいる小母さんは元気ですか?」

誰の話をしているのか分からなかったが、直ぐに、岡田の兄さんと一緒に住んでいる日本人の女性のことだと気がついた。

岡田の兄さんは女性運のいい人だった。いま暮らしている女性は何人めか知らなかったが、常に日本人の女を引っかけては、自分に貢がせていた。現在の女性は二十年ぐらい一緒にいる。内縁の妻というやつであるが、長年一緒にいるから、実質的には夫婦である。しかし岡田の兄さんは韓国に本妻がいた。若い頃一緒にいたというだけで殆ど一緒に暮らしてない人である。しかし法律上は韓国にいる女性が本妻で、日本にいる岡田の兄さんを支えている女性が妾なのだった。しかし事実は逆なのに、法律は本妻を正当としていた。そして康徳は自分を正義として話していた。やな奴、と起丞は内心で舌打ちをした。しかし彼はそんな素振りを見せないようにして応えた。

「血圧がとても高い人ですが、あの人には宗教がありますから、それで持っています」

「宗教?」

「はい。仏教ですね。とても深く信じておられて、毎日三回、いや、それ以上お祈りを上げられています。それで持っています」

彼の韓国語はいつも丁寧語である。教科書で覚えたから、悪い言葉を知らないし、意識しないとぞんざいな言葉づかいをできなかった。それで無意識のうちに出て来る言葉は、教科書に載っているそのままの丁寧な言葉だった。腹を立てても丁寧語だったから、逆にその場合は都合がよかった。「てめえ、ばかやろう」などといいたいときでも、口からは「何をおっしゃいますか」などという丁寧な言葉しか出てこなかったから、角を立てずに相手と交渉することができた。

岡田の兄さんと一緒にいる女性は創価学会の熱心な信者だった。むかしは周りの人を勧誘して閉口したものだが、いまは専心勤行を貫いていた。見た目で男を選んだことを悔いて仏様におすがりしているような人だった。そんな小母さんを見て彼は、人を救えるならどんな宗教も正しい、と独りごちていた。

彼女には養女があった。いまも同じ市営アパートに住んでいる。その養女に養子を迎えたが、岡田の兄さんは金銭的な援助はできない。岡田の兄さんは一時期韓国へ金の密輸をして稼いでいた。しかしそれもいつのまにかやめてしまった。犯罪行為も競争である。韓国に金を持ち込むのは韓国から来た船員だから、彼らに対するサービスをよくしないと、彼等も金を買わない。岡田の兄さんは両班根性が染みついているから、商売はダメである。それで違法な商売をしてみたがうまく行かなかった。いまは小母さんの年金だけで細々と暮らしていた。養女の夫は近くの工場の契約社員をしていた。

康徳は、

「男の子がいたでしょ。あれはどうしました?」

と聞く。

「男の子?」

彼は思い出せない。が、少しして思い当たった。以前バーに勤める日本人の女性が近所に住んでいた。彼女はよその町からやって来て、直ぐに父親の分からない子を生んだ。彼女は夜の勤めに出るために、岡田の兄さんと小母さんに子供を預けた。子供が五歳ぐらいになったころ、女性は男と駆け落ちして町内から消えた。子供は捨てられた。小母さんはその子をそのまま育てた。

利発そうな顔をしていたが、しかし周りの者が色々といったのだろう、子供はひねくれ者に育ち、小学生の高学年のころには盗みを働くようになった。起丞は応える。

「大阪だったか、東京だったか、いまは大きくなって働きに出ているようです」

康徳は勿体ぶった話し方を続ける。

「おじいさんの場合は、私の父もいたし、アジェもいたから連絡がついたけれど」

という。おじいさんというのは起丞の父親のことである。代の上下関係で呼ぶのでそうなる。

彼は勿体ぶったいい方を続ける。

「父が亡くなると、言葉が出来る人が誰もいないから、亡くなったという連絡すら受け取ることができないんじゃないかと、それを心配しています」

康徳の芝居がかった勿体ぶった話し方に彼は嫌悪を感じる。

韓国人は両班的な態度を未だに良しとしている。低い声で話し、がに股で足を八の字にしてのっしのっしと歩くのがインテリぽくていいと考える。韓国の芸能人の中にはインテリぽく見えるからと、目が悪くもないのに積極的に眼鏡を掛ける者までいるほどだ。ドラマでは、金持ちやインテリは両班ぽく低い声で重々しい態度を取る。しかしそれも程度問題である。康徳は明らかにやり過ぎで芝居がかりすぎていた。見ている者にそれが分かるようでは大根役者である。彼は下手な芝居を続ける。

「我々は自由に日本には行けません。父に万が一のことがあったときに、どうすればいいのか分からないのです」

目に涙を浮かべながら康徳はそういった。当時の韓国は海外旅行が自由化されるかどうかという頃だった。庶民にとって海外旅行は、まだ高嶺の花だった。

起丞は康徳の涙を見て、これだけ下手な芝居で涙を流せるとは大したもんだ、と思う。起丞が思うに康徳が本当に心配しているのは、日本の地に父の財産がどれだけあるか、ということだろうと感じていた。彼は自分が韓国にいて、それを相続できないことを心配している。起丞はそう思った。しかしそれはお門違いだ。

〈お前の親父は、一生日本人の女にたかり続けてきたんだ〉

といってやりたくなる。お前の親父や、うちの叔父みたいな奴らが、世界中で韓国の評判を落とし続けているんだ、と罵倒してやりたくもなる。しかしぐっと我慢する。出来損ないの親でも、親は親である。他人から目の前で非難されて気分のいいはずがなかった。

「アジェは東京ですよね」

と康徳はいう。

「ええ、そうです」

「それじゃあ下関には、韓国語が話せる人は一人もいないわけですか」

「ええ、そうなります」

「じゃあ、万一の時はどうやって連絡を取ればいいんでしょう。日本の小母さんが電話してくれたとしてもこちらは日本語が分からないし」

「万が一の時は、私がします」

「本当ですか?」

結局は自分から頼むのではなく、起丞の方からそういわせたいがために、勿体ぶったいい方を続けていたのだった。ずるい奴だと思う。しかし一族で言葉ができるのは現実に彼だけだったから、そのぐらいは協力してやらなければなるまいと考えた。

「で、その時はどちらに連絡すればいいでしょう?」

起丞は監査法人の名刺を出して、裏に自宅の住所と電話番号を書いた。

「ありがとうございます」

康徳は何度もそれを確かめてから、胸ポケットに入れた。

「アボジ(父)には何度もいったんだけど」

と康徳は気取った顔のまま続ける。

「オモニ(母)や私は韓国で暮らして欲しいんだが、アボジも我々が話すときは、うん分かった、というんだけど、一週間もしないうちに日本に戻ってしまうんだけど、なぜだろう?」

「そうですね。どうしてですかね」

と起丞はしらばくれた。

岡田の兄さんは六十年以上も日本で暮らしてきた人である。日常は日本文化に支配されている。

だから韓国でテレビを見ても、新聞を読んでも面白くないのだ。本妻と話をしても価値観が違いすぎる。

韓国女性は家庭内の財産処分権を有しているから、家庭内では天下を取ろうとして夫を押さえつけにかかる。しかし日本女性、特に戦前の教育を受けた日本女性は夫に従うだけである。そんな扱いやすい日本の女性に慣れてしまうと、韓国女性は疲れるばかりである。だから一世は一週間も韓国にいると日本が恋しくなる。

化粧の濃い若い女性が風呂敷包みをぶら下げてやって来た。コーヒーの配達である。当時は喫茶店に勤めている女性は売春もしていた。こういうスタイルの売春は韓国の経済が発達するに連れて消えていった。この話の十年後ぐらいには消えてしまったように思う。女性は上がりかまちに横座りになったまま、インスタントコーヒーをスプーンでカップに入れ、湯を注ぐ。それから目にも止まらぬ早技でバカバカ、と粉ミルクと砂糖を加えていった。

起丞は、

「私は何も入れないで」

と頼んだ。三沢はコーヒーカップを受け取ると、

「ううむ」

と溜息をつき、

「どうしてこれだけ濃いんだろう」

という。彼は湯で半分に薄めた。兄も受け取ったコーヒーを半分に薄め、半分は自分の息子に渡した。起丞はブラックを空の湯呑みに三分の一ほど入れ、それにさ湯を加えて飲んだ。兄が起丞に聞いた。

「どうして韓国人はこれだけ濃いものを飲むんだ?」

「たぶん」

と起丞は薄めたコーヒーを一口飲む。

「食事の味が濃いからだよ。濃い味のものを食べると濃いコーヒーが合う。日本食を食べると緑茶を飲みたくなるのと同じだよ」

「ふうん、そうなんか」

兄は怖らく韓国人は味覚が馬鹿だからだ、などといった答を期待していたのだろう。日本が正しいという前提で韓国を見ている限りは、あらゆるものが気に入らないものだ。愛は諸悪の根源である。日本を愛するから韓国を卑下したくなる。自分を宇宙の中心からずらして、客観的に日本と韓国を見れば自ずと両者の違いを理解できるようになるだろうに。しかしそれは、いうは易く行うは難し、であった。

6

食事を終えて皆は外に出た。五時近かったが、東京の五時よりはかなり明るい。日は全く陰ってなかった。朝鮮半島の黄海側は東京より一時間ぐらい日が長かった。

メインストリートには、タクシーやバスがあわただしく走っており、活気があった。道路に向かって右手の奥には川があり、その先に岩山がある。左手を見ると家並みが途切れ、遠くに緑灰色の山影があった。松が多い山のようだった。灰色よりも緑の方が強かった。景色に見とれていると、起東《キドン》が中華料理を配達するアルミの箱を下げて横に立っていた。

「おお、起東さん、商売なかなか忙しいみたいですね」

起東は彼の姉と同い年だった。韓国式ならば兄（ヒョン）と呼ばなければならないところだった。しかし小さいときから呼び慣れてないので、大きくなって知り合った相手を兄（ヒョン）と呼ぶのには抵抗を感じてしまう。彼は日本語の言霊で韓国語を操っていた。それでどうしても兄（ヒョン）とは呼べなかった。

韓国語には日本語の「さん」に当たる言葉がない。呼称は常に上か下かの関係で決まった。呼称が決まると、そこで使う言葉づかいも決まった。他者との関係では「あなた」とか「氏」という対等の立場を示す呼称はあったが、親族や親戚間にはなかった。常に上か、下かだった。だから他人には丁寧語で話しても、身内では、上の者は下の者に対してぞんざいな口の利き方をした。身内なのに上の者が下の者に丁寧な言葉づかいをすることはなかった。

起丞《キスン》が思うに「さん」に最も近いのは「氏（シ）」だった。それで彼は起東を「起東氏《キドンシ》」と呼んだ。

「氏（シ）」をつけるとそれは他人を意味する。同じ一族に対して使う言葉ではない。それを知っていてそれでも彼は「氏（シ）」を使った。上下関係で縛る「兄（ヒョン）」よりも対等の関係を選んだのだった。

起東は疲れた顔で、

「良宰《ヤンジェ》アボジは？」

と聞く。韓国では子供の名前を中心に他者を呼ぶ風習がある。「良宰アボジ」というのは良宰の父親という意味である。それは岡田の兄さんの息子の康徳を指していた。「康」の次の世代の記号は「宰」の字だった。「宰」の字がついている者は、「起」の字がついている者の孫の世代に当たった。彼は周りを見て、

「うんと、出て来てないみたいですね」

と答える。

「そうか。いや、いいんだ。俺はどうもあいつが嫌いでね。あいつがいるだけで気分が悪くなるから、それで旅館からは直ぐに出てしまった」

ああ、そういうことだったのか、と彼は納得した。そして苦笑した。あいつが嫌いなら、あんたはまともだよ、と心の中でいった。起東は、

「由子《ユジャ》は元気か？」

と彼の姉のことを聞く。

「はい。元気でやってます。今回も夏休みなら三人一緒に来れたんですが、兄の商売は、夏が都合が悪いもので、それで我々二人しか来れませんでした」

「由子《ユジャ》は、お花屋さんだっけ?」

「はい。お花屋です。九州でやってます」

「子供は?」

「長男が今年中学です」

「へえ、もう。子供は何人?」

「二男一女です」

「そうか」

皆が食堂から出て来た。起東は叔母に何言か話し、それから彼に、

「じゃあ、また」

といって横断歩道のないところを向こう側に渡っていった。

兄がやって来て、

「お前、今晩どうする?」

と聞く。

「おじさん家《ち》で泊まるよ」

「そうか。お前ぐらいは泊まった方がいいだろうな。俺はあの人苦手だから遠慮するわ」

兄も叔父を嫌っている。当然だろうと思う。叔母がやって来て兄も一緒に泊まるように、と誘った。しかし起丞は、

「兄は言葉も分からないし、疲れますから」

と断った。叔母は、

「明日の朝食は是非うちの家で食べるようにって、起丞《キスン》、ちょっといってあげて」

彼はいわれるままに翻訳した。兄は承諾し、それで話は終わりとなった。兄一行は歩いて旅館に戻る。彼と叔母たちはタクシーに乗って村に向かった。

彼は叔父の家に着くと直ぐに歯ブラシを出し、庭の裏手にある水道に向かった。蛇口の下には大きな茶色のプラスチックの盥がある。毛布の二三枚でも洗えそうな大きさだ。蛇口と盥の周辺はコンクリートを敷いている。こちらの塀際にも土が盛られている。盛り土に上がってみると、隣の家の庭が見えた。彼は水道に戻るとプラスチックのパガジ（ひしゃく）から水を垂らし、歯ブラシを湿らせて口に突っ込む。パガジというのは、ふくべで作ったひしゃくのことである。昔はふくべを割ったものを使っていた。いまではプラスチックでその形を模している。歯を磨いていると見知らぬお婆さんがやって来た。丸顔で筋骨のがっしりした人である。若い頃から労働をしてきた人の体つきだった。お婆さんはにこにこ顔で近づいてくると、

「日本から来んさったんじゃね」

と聞いてくる。訛りがあるので聞き取りにくい。全羅道の言葉は日本の東北弁のようにズーズー

と聞こえる。慶尚道の言葉は関西弁のようである。忠清道は京言葉風と、地方毎に聞いた感じが異なっていた。

「いつおいでじゃね」

口の中は泡で一杯だった。

「きょほです」

「ああ、きょう、おいでかね。お骨をお守りして来んさったんじゃろ?」

「ふぁい」

彼は手で制して少し待つように伝えた。それから急いで口をすすいだ。

「お兄さんも一緒じゃろ」

「はい」

彼はそのお婆さんがどこの誰か知らなかった。しかし同じ村にいるからには、いずれどこかの親戚なのだろうと思う。

父の出身の村はソウルから都落ちした先祖が開いた村で、八割以上が親戚だった。残りの二割はかつての使用人の子孫だった。両班だといっても実質は小作人だった。その上に祖父は女好きと来ていた。食い詰めた祖父は日本で職探しをするしかなかった。父は身売りも同然で丁稚奉公に出された。その結果無学文盲となり、起丞たち兄弟を罵り続けることになった。

李朝末期、李氏朝鮮の支配体制は制度疲労を起こしていた。当時は生き地獄のような世の中だった。その結果異民族である日本人が支配した三十五年の間に、朝鮮の人口は倍に増えた。これは異民族支配の方が李氏朝鮮の支配体制よりも住みやすかったことを示している。一部の日本人はこの事実を以《もっ》て日本に感謝しろというのだが、それはお門違いだろう。独立後の人口は南北合わせると、日本の統治時代の約四倍になっているからだ。同族による支配や民主主義の方が日本の統治時代よりも更によかったのである。しかも途中には朝鮮戦争があり、その時には全国民の十分の一が死んでいる。それでも日本が支配した時代よりも人口はおよそ四倍に増えた。このことから、日本の統治時代に人口が倍増したという事実は、李氏朝鮮の支配体制が如何にひどかったか、ということしか意味しない。それよりも日本が日清戦争という形で朝鮮の革命に介入したために、朝鮮人は歴史上三度目の自己変革の機会を失ってしまった。日本統治時代が住みやすかったことよりも、こちらの弊害の方が大きいと起丞は考えていた。お陰で儒教の害毒が未だに続いている。

日本では日清戦争といっているが、戦場の多くは朝鮮だった。鋤や鍬で戦った朝鮮人の農民の多くは、日本人の機関銃掃射の前に倒れた。その結果東学革命は失敗し、朝鮮は近代国家に必要な、自由、平等、博愛という理念を国民共通の理念とすることができなかった。そのため朝鮮は、前時代的な李朝時代の価値観の上に資本主義を導入することになった。お陰で現代になってもなお親孝行の看板を掲げ、年寄りを生かして若者から搾取し続けている。女性は世の中に出るほどに抵抗に遭う。社会的身分は固定化し、若者は未来に希望を持てない。結果から見て現代の韓国には、自由も、平等も、博愛もないといわざるを得ない。百年前に革命で古い価値観を葬り去っていなければならないのに、それができなかった韓国は、今後長い時間を掛けて徐々に価値観を変えていくしかないだろう。主役は女性である。女性が韓国的な価値観にノーといい続けることで変わるだろうと起丞は見ていた。女性が一人で子育てができるような、自由で平等で博愛に満ちた国になれば、韓国は生き残れる。時代の変化について行けない甘ったれた男たちは、女性から選んで貰えず、多くが結婚できなくなるだろう。危機に出会わないと価値観は変わらない。革命で一挙に変えられなかった副作用として、韓国の危機は今後百年ぐらいだらだらと続くだろうと彼は予測していた。

お婆さんは更に聞いてくる。

「ノンソ両班《ヤンバン》も一緒じゃろ?」

「ノンソ両班?」

「うん、ノンソ両班《ヤンバン》じゃ。一緒じゃなかったんかの?」

彼はそれが誰なのか分からなかった。話の流れからして岡田の兄さんのことのようだったが、確信が持てない。後で知ったことだが、ノンソというのは岡田の兄さんの本妻の宅号だった。

韓国では夫を呼ぶときに、妻の出身地で呼ぶ習慣があった。怖らくは当時でも田舎にだけ残っている古い習慣だっただろう。「ノンソ宅」というと、ノンソ出身の女性の家、という意味で、その家にいる男がつまりは亭主ということになる。このことからも韓国人の家の中での妻の強大さが分かる。家そのものは妻の支配下にあるのだった。若者の世代ではこういう気質は大部変化しているように感じるが、在日の社会は本国から隔離されているので、却ってガラパゴス化が起こり、昔の文化がそのまま受け継がれているように感じる。この結果在日の男性は総じてマザコンである。韓国本国よりマザコンの度合は強いかも知れない。韓国文化で育つと男性はそうなる。しかし女性は日本文化で育っているから、韓国社会が求める女性像を発揮できない。在日の男性が外でしんどい思いをして家に帰っても、妻はよしよししてくれないのである。在日男性にとって家庭は、安住の地ではない。それで妻と罵り合い、暴力を振るうことになる。在日二世以下の家が荒れるのは、日韓の文化的な差が原因となっている場合が多い。これに貧困が加わると、仁義無き戦いは延々と続き、三世の子供たちがその被害者となり、そして不幸の連鎖が続いていくことになる。在日も儒教的価値観から離脱しないと幸せにはなれないだろう。起丞は自分に向かって、妻が踊りを続けていることを「よく許してるな」という同世代の男たちを見てそう思うのだった。

起丞はノンソ両班を岡田の兄さんとして話すことにした。

「はい。一緒に来ました」

「そうか。元気にしちょるかね」

「はい。元気です」

「日本の奥さんはどうかね」

それからお婆さんは養女のこと、養子のことも一通り聞いた。起丞は訛りの強い言葉を聞き取ろうと必死で、岡田の兄さんのことばかり聞かれるのを、おかしいと思うゆとりがなかった。

「ノンソ両班は何の商売をしとってかの?」

以前は食堂をやっていた。儲からないので金の密輸もやった。しかし今はどちらもやってない。日本人の小母さんの僅かな年金だけが頼りである。

「何もしてないと思います」

「じやあ、どうやって稼いどるんじゃ? やっぱり金がないから韓国に来んのじゃろうね。それとも嫁さんが嫌いじゃから来んのじゃろうか」

「さああ」

と彼は首を捻るしかなかった。よくそこまで聞くわ、と思うし、それらはとても答えられるような内容ではなかった。

「やっぱり金がないから来れんのじゃろう。のう、そうじゃろう。韓国では年取るとゼニは稼げんが、それは日本でも同じじゃろ。年取ったらゼニは稼げんじゃろ」

「ええ、まあ」

「わしは、今日は土方に行ってきたが、年寄りはダメじゃ。若いもんから仕事が決まる。それでも手が足りん時だけ使こうてくれるんじゃ。日本でも同じじゃろ。年取ったらゼニ稼げんじゃろ。うん。そうじゃろうて。ノンソ両班はやっぱり金がないんじゃ。ええ服着て、来る度にカッコええことというけど、やっぱりあの両班は本当は金なんか持ってないんじゃ」

よく見てるな、と彼はいささか小気味よかった。ズルばかりしている奴が皆から尊敬されるなんてのは許せないことだった。外見を幾ら取り繕っても、他人はお見通しというわけだった。

彼は部屋に入ると、テレビをぼけっと見ていた。久しぶりの韓国語だから、耳がまだ慣れてない。ニュースを少し速いと感じていた。日が落ちると、叔父の家の子供たちだけで夕食をした。少しして人なつっこそうな小母さんがやって来て挨拶をする。彼も挨拶をした。聞くと後妻の長女だという。つまりは幹儀《カニ》叔父のお姉さんである。彼女の下には仁川に嫁いだ妹がいて、一番下が叔父だった。

本妻の子である父親の方には弟と妹がいた。弟は日本軍に徴兵され、サイパンで玉砕した。軍人恩給も何もない。韓国が独立して外国人になったからである。しかし叔父は日本人として日本のために戦って死んだ。死んだときは日本人である。そんな人間に対し、日本がその後の状況の変化を理由にして、何の責任も取らないというのは、彼には理解できなかった。完全な後出しジャンケンである。これを差別といわずして何という、と腹が立っていたが、いつも腹を立てるのは疲れるから、意識しないようにしていた。しかし八月六日と九日に、日本人が被害者面を始めると、叔父に対する日本の理不尽な仕打ちを思い出すのだった。アジアには日本の戦争で殺された三千万人の子孫がいる。みんな自分と同じ思いを抱いていることだろう。それだのに日本は八月になると被害者面を始める。海外の飛行機事故の時にアナウンサーが「日本人の被害者は居ませんでした」というのと同じ発想で、日本人は、戦争の犠牲者は日本人しか居なかったと思っている。起丞にはそう感じられて仕方がなかった。

父の妹は一時期父と筑豊の炭鉱で飯場の賄いをしていた。しかし妹は食費を猫ばばして、質の低い食事を同族に出すので、父が腹を立てて韓国に送り返した。

「あいつはダメじゃ」

と父親は妹を評していた。浪花節や講談の義理人情や正義感を身にまとった人だったから、ズルをする人間とは生涯相容れることがなかった。

新たな訪問者が入ってきた。ジャンパーもズボンも埃まみれのおじさんと頭が鳥の巣のようにぐしゃぐしゃの小母さんである。どちらも五十は過ぎている夫婦だった。後で聞くと父親のいとこ、つまり彼から見ると堂叔《タンスク》に当たる人だった。名前は長儀《チャンウィ》といった。

父が作った墓にはその費用をまかなうための田があった。これを田畓《チョンダプ》といった。長儀さんは田畓の小作をしていた。彼は田から得られる一部を自分の労賃として受け取っていた。残りは法事や墓の整備のための費用に充てられた。お金の管理は起東がしていた。父親は叔父を信用してなかった。それで田の名義を信用できる起東にしたかったのだが、それでは叔父の面子がなくなるので、起丞の兄の起潤と起東と叔父の三人の共有登記にしていた。

この二人に続いて、先程彼が歯磨きをしているときに話しかけてきたお婆さんと、若い頃はさぞ奇麗だっただろうと思わせる細い小母さんとが入ってきた。

叔母はコーヒーを出そうかといったが、彼は麦茶を頼んだ。韓国の濃いコーヒーは一杯が限界である。二杯も飲むと胃が壊れてしまう。叔母はもらい物だといって、はったい粉を水に溶かして飲み物にしたものを持ってきた。日本では水を加えてパテのようにしたものを食べたことはあったが、飲料水にしたものは初めてだった。飲んでみたが、特にうまくはなかった。皆もその飲み物を飲みながら彼を質問攻めにする。南原の叔母が、

「日本にも乞食がおるじゃろうか？」

と聞くので、彼は、

「おります」

と答えた。

「そりゃあ、おるさ」

とお婆さんと姑母《コモ》がいう。姑母というのは父親の姉妹を指す言葉である。姑母は続ける。

「乞食や泥棒はどこの国だっておるよ」

ほほう、そんなものなのか、と長儀堂叔（父のいとこ）は頷く。隣で奥さんも頷く。彼は続ける。

「日本の乞食は市役所に行って、面倒を見てくれといえば、住むところも生活費も出してもらえます。病院もただで見てくれます」

「金がなくても、病院に行けるんかね」

と叔母は驚く。

「はい。金がなくても日本の病院は手術も入院もさせてくれます」

韓国では入院していても、支払が滞ると追い出されるのが普通だった。手術も前払いするか、最低限資力のある人間の保証がないとして貰えなかった。韓国は日本と違い、金がないと死ななければならない国だった。一座の者は全員目を丸くした。

「日本は凄い国じゃねえ」

「年寄りは月に何百円か払えば、病院は全部タダです。生活できなくなると生活保護というのがあって、それで生活できるようにしてくれます」

ううむ、と皆は頭を抱え込むように身を縮めた。韓国との差を実感しているようだった。歯磨きの時に、彼を質問攻めにしたお婆さんがいう。

「日本人はいっぱい稼ぐじゃろう？　わしなんか土方にいってもたったの三千ウォンじゃ」

彼はスーパーのバイトを思い描いた。時給五百円ぐらいである。貨幣価値は五倍程度の差があるから、五百円の時給は韓国ウォンにするとざっくり三千ウォンぐらいになる。彼がそのことを告げるとお婆さんは驚いて、

「日本では一時間で一日分稼げるんか」

と愕然とした表情になる。彼はそこで物価の要素を加味した話をした。

「おばあさん、三千ウォンでラーメン何個買えますか？」

「うん、ラーメンか？　一個百ウォンじゃから三十個買えるのう」

「日本では一日働けば三千五百円貰えますが、ラーメン一個は百二十円ぐらいですから」と彼は袋ラーメンではなく、一番高いカップラーメンの値段をいった。そうすると結論がちょうど良くなるからだった。彼は続ける。

「日本でもラーメンは三十個ぐらいしか買えません。見た目の金額に差はあっても、日本も韓国も一日の稼ぎはラーメン三十個分なんですよ」

但し日本円を韓国に持ってくると、たちまちラーメン百五十個分になる。これは働いた人の手柄ではない。日本の経済力の恩恵である。兄はこの点を見逃して父親を凄いと誤認していた。兄は父親から痛めつけられた影響で、父親を凄い人なんだと思い込もうとしていた。それだけ凄い人にやられたんだったら仕方がないと、兄は自分を納得させたがっていた。そして無意識のうちに父を神に祭り上げていた。在日はマザコンである一方でファザコンでもあった。兄は母親が日本人だったからマザコンは免れていたが、ファザコンからは逃げ切れてなかった。起丞は兄を見てそう感じていた。お婆さんはいう。

「そうか。わしらは日本人と同じぐらい稼いどるんか」

と幾らか誇らしげである。お婆さんは話を再び岡田の兄さんに転じる。

「年寄りはどこでも同じじゃからの。年取ってお金なんか稼げるものか。お金がないから故郷には滅多に来んのじゃ」

一緒に来た美人の小母さんが受ける。

「それでも釜山《プサン》にはしょっちゅう行くそうじゃないね」

「ああ、あれは妾がおるんじゃ」

「え？　妾が」

小母さんは目を丸くしたが、これには起丞も驚いた。初耳だった。女運がいいのは知っていたが、日本の女性に生活の面倒を見させながら、その一方で釜山に妾を囲っていたとは。ここまでやられると感心するばかりである。

下関は関釜フェリーがあるから、法に触れない程度の電化製品や日用雑貨を釜山に運ぶだけで儲けることができた。岡田の兄さんも一時期これをやって金を稼いでいた。そうやって金を稼ぐ人や行為のことを「ポッタリ」と呼んでいた。「ポッタリ」の意味は風呂敷包みである。

岡田の兄さんは釜山で一晩泊まって日本に戻るというポッタリをしながら、釜山で懇ろの女を作ったわけである。ようやるわ、と彼は感心するばかりだった。

「ほんとうじゃろうか」

と小母さんは尚も驚いている。

「ああ、あの両班は女が好きやからね。金がなくてもあっちこっちに女を作るんだ」

「だけど、女も金がないと逃げるやろ」

「さあ、それは分からん。あの人のパルチャ（運勢）には女がついてまわっとる」

皆はどっと笑った。実際日本人の小母さんは、文句をいいながらも岡田の兄さんとの同棲を何十年も続けている。岡田の兄さんは女性への気配りが上手なのだろうと彼は思った。それにしてもこの婆さんはいいたい放題だな、と思う。あとで叔母に確かめると、この人は岡田の兄さんの実の姉だった。なるほど、弟なら、ボロカスにもいえるわけだと納得した。しかし岡田の兄さんが七十五歳だからこの婆さんは八十近い歳だ。それで土方仕事に出るとは、大したものだと、彼は婆さんの体力にも感心した。

夜の十時過ぎに叔父がブルブル震えながら戻って来た。三月末の南原は東京の感覚では真冬に近い。ソウルの明日の最低気温が三度という予測であった。そんな中をバイクを飛ばして帰ってきたのだから、寒かろうと思う。叔母が食事の支度をしている間に叔父は彼の前にカレンダーを置いて説明を始める。

「この日が丁度庚辰《キョンジン》で、土を掘るのに、いい日らしい。この三日で一番いい日だそうだ」

と四月一日を指す。「庚辰《キョンジン》（かのえたつ）」という発音を彼は聞き漏らした。日頃使わない言葉だから、何の日なのかよく分からなかった。しかしいずれは大安だとか仏滅だとか、そういう類だろうと考えた。そして予測した通り埋葬の日取りが四月一日になったことに満足した。

長儀堂叔（父のいとこ）も頷き、ボソボソと何事かをいった。

「じゃあ、その日にしよう」

そんな風なことをいったようだった。

彼はトイレに立った。トイレは玄関脇にあるから、一度外に出なければならない。外に出た途端に冷気に体を包まれる。室内はあんなに暖かいのにと、オンドルの威力を感じる。夕方まではそうでもなかったのに、いつの間に冷え込んだんだろうと思う。息は夜目にも濃い白色で長かった。空は曇っていて星一つ見えなかった。月は新月で元々見えない。辺りは全くの暗闇だった。

トイレから戻り、再び話が一時間ほど続いた。それから皆は家路についた。彼も寝るつもりだったが、叔父が話があるという。

「墓のことなんだが」

と叔父はいう。焼酎を飲み、彼にも注いだ。彼は日本式で飲む。韓国式では顔を背けなければならないのだが、心にもないことを形だけで示す韓国式にはどうも馴染めない。巧言令色少なし仁だ、と彼は思っている。それで彼は顔を背けずに普通に飲んだ。叔父は内心、面白くなかったはずだ。韓国式では無礼なことこの上ないことだったからだ。

「あの墓は起丞《キスン》のアボジが作り、我々が祭祀《チェサ》をしているんだが、そのための田があるんだ。起丞《キスン》は知ってるか?」

田畓《チョンダプ》のことだな、と思う。祭祀というのは法事のことである。

「はい知ってます。田畓《チョンダプ》のことはアボジから聞いています」

「その田畓《チョンダプ》なんだけどな。起東《キドン》が管理してるんだ」

それも知っている。起東は中華料理屋をしている。同年代の中ではもっとも信頼が置ける親戚だった。

「しかし我々には一度も幾らの収入があって、幾ら使ったか、などということを説明したことがないんだ。起丞《キスン》は知っているかどうか知らんが、あの田畓《チョンダプ》は私と起東《キドン》と起潤《キユン》の三人の名前で登記されているんだ」

何をいいたいか起丞は察した。親父は後々紛争の種になるようなことをどうしてしたんだろう、と思う。幹儀叔父の名前を登記簿に載せたら、彼が全所有権を取ろうと画策するに決まっている。その結果、叔父が絡んだ財産は全てが叔父の物になってしまうだろう。そしていずれは墓までが売り払われてしまうだろう。そんな近未来が明白なのに、叔父の名前を登記簿に載せるとは。判断ミスも甚だしい。血縁しか信じない韓国儒教は、その血縁に裏切られ続けた歴史でもあった。歴史から学ばない父や韓国人は大馬鹿者であると彼は不愉快だった。叔父は続ける。

「起東《キドン》は勝手なことばかりしている。今度の葬儀の件でも金が二十万ウォンあるというくせに、出そうとしない。わしが出せといっても返事だけでいつくれるか分からん」

そこで彼は口を開いた。

「今回の費用は我々が持ちます。我々兄弟が出しますから心配しないで下さい」

「いやいやそういうわけにはいかん。田畓《チョンダプ》があるんだ。こういうときのための田畓だ」

「いえ、私たちの父親の葬儀ですから、私たちが払います。精算しますので、最後に使った金額をいって下さい。いいですね」

叔父は中途半端に頷いた。それから本論に入る。

「起東《キドン》の奴が勝手なことをして田を他人にでも売ってしまうと厄介なことになる。それでだな、この際だから田をわし一人の名義にしたらどうかと思うんだが、どうじゃろうな」

お前が一番信用できないんだよ、と彼はいいそうになった。欲の深い男だからいずれ金や何かの話が出るだろうとは覚悟していたが、初日から来るとは見上げた野郎だ。そして彼はフーテンの寅を思い出しながら考える。見上げたもんだよ、屋根屋のふんどしだ。粋な姉ちゃん立ち小便とくらあ。ふざけやがって、と焼酎を一気に流し込む。悪酔いしそうだった。しかし彼は知らぬ顔で話す。

「起東《キドン》さんが田畓《チョンダプ》を売りそうなんですか?」

「いや、今すぐどうこうというわけじゃない。しかし売りでもしたら、それこそ困るじゃないか。我々の代ではそんなことは起きんじゃろうが、子の代になれば疎遠になって、俺の土地だ、いや俺の土地だと争いになる。そうなる前に、わし一人の名義にしておいた方がいいと思うんだ」

田畓はかつては一族で維持し、そこから上がる利益は先祖の法事のために使った。しかし韓国でも核家族化が進み、共同の財産の維持は難しくなっていた。起丞は思う。誰か一人の名義にしなければならないのなら、それは起東であって叔父ではなかった。叔父には墓まで売り払ってしまう懸念があった。しかし起東ならば、生きている間は責任を果たすだろう。

「起東《キドン》さんは三分の一の権利があるから、売る気なら、自分の持分は売れますね」

と彼はいった。日本の民法の知識でそういったが、韓国でも似たようなものだろうと考えた。

「そうなんだ。売ってしまうと、わしたちも止められん。だからこそ名義をわし一人にしなければならんと思うんだ。起東《キドン》の子供たちが起丞《キスン》のアボジの墓守をすると思うか？　ここはやはり血のつながりがある、わしたちがしなければならんことだと思う」

叔母は酒のつまみを持ってきて側で黙って聞いている。怖らくは叔父の考えは叔母の考えでもあるのだろう。一般論としては叔父の発言は正しい。しかし人間としての信頼性がないから起丞は、こいつは名義を変えた途端に約束を破ると感じている。他人に任せる方がまだ信頼性が高いのだ。しかし叔父に面と向かって、あんたは信用できんとは、さすがにいえないので、黙って聞くだけになってしまう。

叔母は常識がある人なので約束を守るだろう。しかしと彼は思う。これだけ常識のある人がどうしてこれだけでたらめな男と結婚したんだろう。もっとも、他人のことはいえない。うちのお袋も、常に自画自賛をして他人をけなしてないと落ち着かない変な男と結婚した。これもまた理解できない。自分の妻がいったように愛は愚かなものと考える他ないようだ。

叔父は、

「起潤《キユン》とよく相談して、それから結論を聞かせてくれ」

と締めくくった。返事をするなら結論は決まっている。兄も価値観が同じだから、起東一人の名義にするというだろう。しかし叔父にも面子がある。だから返事をしないというのが最大限の温情になる。返事がないのはなぜか、ということを、こいつは死ぬまで分からんだろうな、と彼は考えた。

叔父は焼酎を飲み、笑顔になっていう。

「起丞《キスン》、これからはアボジの代わりにしょっちゅう来いよ。アボジが来てくれてた頃は親戚の連中もよくわしの家に顔を出したり、相談事に来たりしたものだが、アボジが亡くなってからは、途端にわしを軽く見る。どういうわけか親戚連中はわしのことを良く思っておらんようで、わしも肩身が狭い。わしの意見は誰も全く聞こうとしないんだ。何かあってもわしには何の相談もしないで、自分たちだけで決めてしまう。だからしょっちゅう来て、アボジの代わりにわしを応援してくれよ。な」

こいつはいま自分がどれだけ失礼なことをいっているか分かってないんだ、と愕然とする。どうしようもない馬鹿だな、と思いながらも彼は、

「できるだけ来るようにしますよ」

と外交辞令を発した。

部屋に入って横になる。電気毛布が敷かれていて暖かかった。ウトウトしている間に、暑くて寝られなくなる。スイッチの目盛りを下げるが、十段階のうちの二まで下げないとスイッチが切れなかった。すると今度は寒くなる。目盛りを上げるが、今度は七にまで上げないとスイッチが入らない。電気毛布のスイッチとはそういうものなのだが、日本で電気毛布など使ったことがなかった彼は、この程度のものを市場に出しやがって、ケンチャナヨで作ったに違いないと思い込

んだ。

　ケンチャナヨというのは、適当主義とでも訳せばいいだろうか。とりあえず、いま目の前の体裁を整えておけば、あとは知らん、という無責任極まりない韓国人の気質だった。彼はこの気質は李朝の五百年の間に作られたと見ていた。何をしても報われない社会だったから、人々はみんな適当に生きるようになってしまった。そして日本に国を奪われた。歴史を反省しない韓国では今もケンチャナヨが続いている。いずれ外国で物が売れなくなって、痛い目にあったら、その時は修正されるだろうと思っている。

　文化や価値観は、革命か長い年月を掛けるかのどちらかでしか変わらない。革命に失敗した韓国は、長い年月を掛けて変えていくしかなかった。韓国は外国で物が売れなくなるという危機的状況を経験して、徐々に文化を変えていくだろう。そして国内では女性が儒教の価値観にノーといい続けることで、少しずつ変化していくだろう。歴史を反省すれば痛い目にあう前に変えることができるのに、韓国は過去の歴史を直視してない。五賊に厄を押しつけて終わりにしている。それでいいと考える叔父のような人間は、痛い目にあっても変わらんだろうと思う。愛は愚かだが、人間存在そのものも同様に愚かなものだろう。

　彼は押し入れから重い蒲団を引っ張り出して、電気毛布のスイッチを切った。そうやって何とか眠ることができた。

7

いきなり大音量の電話の音で起こされた。居間の電話が鳴ると客間でも鳴るようにセットされていた。朝の四時である。勘弁してくれよ、と彼は寝返りを打ち、少しまどろんだだけで朝になった。あとで聞くと、電話は間違い電話だった。

叔父が部屋に入ってきて、

「起丞《キスン》、わし会社に行くから」

という。起丞はもともと朝が弱い上に寝不足である。それでも何とかベッドの上に体を起こした。彼は低血圧だったので、暫くそうして座ってないと目も冴えないし体も動かなかった。叔父は、

「じゃあ行ってくる」

と部屋を出た。彼は廊下まで出て叔父を見送り、着替えてから居間に行った。熱いお茶を飲みたかったが、韓国にはぬるい麦茶か胃を焼くようなコーヒーしかない。

叔母はコーヒーを出してきた。彼はポットを貰い、コーヒーを薄めてから口にした。長儀堂叔《チャンウィタンスク》（父のいとこ）と長男の起満《キマン》がやって来た。堂叔はボソボソ声で、

「よく寝たか」

と聞く。

「はい。ええと、よくは寝られませんでしたけど」

と挨拶言葉なのに言葉の意味で答えてしまったな、といいながら思った。日本の、

「おはよう」

に対し、

「遅いです」

と答えたようなものだと考えた。

堂叔（父のいとこ）も起満もそれっきり黙ったままだ。親子揃って口数が少ない。食事が出て来る。堂叔にも勧めるが、自分たちは家で食べてきたという。それで起丞一人で食事をした。日本で食べる韓国料理とは比べものにならないぐらいおいしい。日本では朝は殆ど食べられないのだが、彼は今日はたっぷりの朝食を採った。

彼は日本では韓国料理を一人で食べに行かない。付き合いで行くのでもない限り、韓国料理は食べない。単純に不味いからである。それでいて値段は韓国の何倍もする。腹が立つから彼は一人の時は行かなかった。韓国の野菜は、日本と比べものにならないぐらい味が濃い。塩は天然の塩を使うからうまみが強い。唐辛子もニンニクも日本の物と違い味がまろやかだ。極めつけは水で、韓国料理は硬水でないと本物の味にならない。日本の軟水で料理しても寝ぼけた味になる。

但し焼き肉は食べに行くことがあった。焼き肉は日本の方が韓国より遥かにうまかった。韓国ではプルコギというと、肉の端切れや余った肉などを寄せ集めて、砂糖で甘く漬け込んだものが

出て来る。これはまずい。韓国でうまい肉を食べたかったら、部位を指定して頼まなければならない。しかし一般的なトゥンシム（ロース）でも日本の焼き肉には及ばない。うまい焼き肉を食べたかったら韓国に行かずに、近くの焼き肉屋で食べた方が遥かにおいしいものが食べられる。飛行機代もかからないからコスパはいい。

叔母がスープを飲まない彼を見て、

「汁は飲まないの？」

と聞く。彼はいいにくそうにいった。

「三倍に薄めていただけますか」

塩辛いものは、彼は口に含んだだけで心臓が痛んだ。叔母のスープは心臓が痛むぐらい塩辛かった。それで一匙飲んだきり、放置していた。一座の者は皆驚いたが、叔母はスープを薄めてくれた。彼は有難く頂戴した。これだけ食べれば少々の寝不足でも大丈夫だろうと考えた。

歯を磨こうと庭に出て裏に回ると、昨日岡田の兄さんの姉と一緒に来ていた小母さんがいた。一斗缶を使って臨時の竈《かまど》を作ったようで、一斗缶の中ではおき火が燃えていた。小母さんは料理の手伝いに来たようだった。彼は小母さんに挨拶してから歯を磨いた。空はどんよりと曇っている。いつ一雨来てもおかしくない。四月一日まであと二日ある。どうやって時間を潰そうか、と考えながら歯をごしごしと磨く。姑母《コモ》つまり叔父の姉がやって来て、

「兄さんが来たよ」

と告げた。彼は口をすすいで居間に戻った。

居間には兄と息子、それに三沢と見知らぬ男がいた。男は古ぼけたジャンパーを着ており、全身がうっすらと土埃に覆われていた。見るからに土地の人である。

「おはようございます」

と彼は皆に挨拶をする。皆も挨拶を返す。彼は腰を下ろすと、見知らぬ男を見て、

「この人は?」

と兄に聞いた。

「おお、そのことよ」

と兄は少し興奮気味に話し出す。顔は少し赤みを帯びている。兄はいつもオールバックにしている。普段から歳よりも老けて見えたが、今日はその顔に疲れも見えて、四十前なのにまるで初老の老人のようだった。

兄の話をまとめると概略次のようなことだった。

旅館に戻った兄は一風呂浴び、それから学生時代の話をしながら三沢と日本の空港で買ったオールドパーをちびりちびりやり始めた。

旅館の従業員に水を持ってこいといったが、通じない。そこで仕方なくストレートで飲んだ。結局二人で二本開けてしまうのだが、夜も十時頃になってどうにも頼まれた金が気になって仕方がない。捕まるなら捕まったでどうにでもなれ、と腹を決め、タクシーに乗って出かけた。

途中で検問があり、警官が窓を開けさせる。すわ、逮捕かと肝を冷やしたが、案に相違して若い警官は、

「シガレッ、プリーズ」

などと場違いなことをいう。兄ははたと考えた。こいつは煙草代が欲しいに違いない。で、住所を警官に見せると、

「OK、OK」

といって助手席に乗り、結局目指す家まで連れて行ってくれた。警官には一万ウォンを渡してタクシーの中で待って貰った。言葉が分からないので、タクシーを帰すわけにはいかなかった。

兄は相宰《サンジェ》の親戚の顔を見て、ああ、自分が持ってきた写真と同じ顔をしている、と感激した。向こうは言葉は通じないが、日本から来たということは分かる。そこで兄はまあええわい、とその男もタクシーに乗せて、警官まで入れると五人がタクシーに乗って、今来た道を引き返した。警官は途中の検問所で下ろした。旅館に戻ると少し寝て、今朝になってこうしてやって来たというわけだった。

暢気な警官に当たって幸いだった。意識が高い警官だったら、反共法の疑いを掛けられていただろう。それに五年前までは夜間通行禁止令があった。夜中の十二時から朝の四時までの間は、外にいると誰であれ逮捕されて豚箱にぶち込まれた。そんな時代でなくて良かったと思う。

「いやあ、参ったよ」

と三沢。

「学生時代に戻ったみたいに無茶なことをしてしまった。いや、酔ってないとできんよ。まるでジェームスボンドの気分やった」

兄も頷いて、

「警官に顔を懐中電灯で照らされたときは、もうダメかと思った。全くスリル満点やったぞ」

そう聞いて起丞は、脅かしすぎたか、と反省した。韓国の内情を知らずに反共法に触れるかも知れないことをするのは危険すぎる。親父なら警官をうまく懐柔できる。しかし日本文化しか知らない二世ではそれは無理である。丸裸にされて拷問されれば、やってなくても「北の指示でやりました」と自白してしまうのが人間だ。もっとも在日のスパイ事件に関しては、当局は証拠を握っている。国内の人間にするようなでたらめはしてない、と思っていた。しかし歯止めがないと、何でもしてしまう国であることもまた事実だった。彼には父親のように警官を懐柔する自信はなかった。一世と違い、価値観が違いすぎる二世は韓国では生きていけなくなっていた。

兄たちは膳に向かい朝食を済ませた。起丞は兄が持ってきた伝言を相宰の親戚に伝えた。それは以下のような内容だった。

相宰の父親の墓をかねて指定の山に移すこと。それから相宰とその家族は元気だから心配するなということ。もう一つ金を渡す件があるが、これは人のいないところでするから後回しにする。

彼が翻訳を終え、相手の返答を翻訳して聞かせると、兄はやっとにっこり笑い、

「あーやっと肩の荷が下りた。これでほっとした」

という。責任感が強すぎるぐらいの人である。起丞はここで証拠作りをしようと考えた。あとになって刑事に事情聴取されたときのことを考えて、反共法に触れないアリバイ作りをしておいた方がいいと考えたのだった。それで相宰の親戚にいった。

「今は昔と違って総連系の人のための墓参団というのがあります。聞いたことがあるでしょ?」

韓国は一九七〇年代後半から総連系の人間でも墓参りをしていい、という墓参団事業を始めた。身の安全を保障するから自分の目で韓国を見て行けというものだった。その上で北と南とどちらがいいか判断すればいいではないか、というものだった。

日本では北の情報は総連を通じた政治的プロパガンダしかなかった。また北は日本人のインテリや日本の新聞に情報を渡して、北の優位性を宣伝して貰う活動もしていた。その結果日本のマスコミやインテリは北は成功した共産主義国家で、南のような軍事独裁政権国家とは比べものにならないぐらい素晴らしい国だ、という論調を展開していた。北を褒め称える新聞記事を読んで、日本語しか知らない在日はそれを信じた。誰も活字を疑うということを知らなかった。そうやって踊らされた十万人の在日が、奴隷にされるとも知らずに北に戻っていった。日本のマスコミとインテリの軽挙妄動で、十万人もの人々が犠牲になった。そして日本国内ではそれよりも多くの在日が北を支持していた。日本では南の韓国は軍事独裁政権で乞食ばかりがいるどうしようもない国だと報道されていた。そこで韓国政府は、自分の目で確かめろよ、という作戦を実行したのだった。故郷を訪れた多くの総連系の在日が、日本に戻ってから民団に籍を変えた。彼等が見た韓国は日本で報道されているような韓国ではなかったのだ。その結果ソウルオリンピックを翌年に控えたこの頃では、総連を支持するのは、幹部や熱烈な共産主義者たちばかりとなっていた。民団と総連の力関係は逆転していたが、民団には民族的なものを伝える力も、将来に対するビジョンもなかった。

設立当初の民団は、日本の植民地時代に親日派だった者たちが作った組織だ。対して総連は民族主義者の集団だった。総連は一応共産主義というイデオロギーを掲げていたが、殆どの者は共産主義が何かを知らなかった。初めの内、共産主義というのは、それは人々を結集させるためのスローガンでしかなかった。簡単にいうと二つの組織の本質は親日派か、民族主義者か、ということだった。これに冷戦が影響を与え、民団は民主主義を標榜するようになり、総連は金王朝を支える主体思想の共産主義を唱えるようになった。こうした経緯から、親日派が作った民団は、口では民族というが、民族を守るための学校も殆ど無く、民族を維持していく仕組みも持ってなかった。そんなだったから、日常生活のどこにも民族など無い多くの在日は、次々と日本に帰化していった。国際結婚の割合も八割を超えていた。

日本は二年前に国籍法を父母両系に変えた。それまでは父親が日本人の場合しか日本国籍を得られなかったが、変更により、母親が日本人でも日本国籍を得られるようになった。国際結婚の割合が大多数になっているということは、次の世代はみんな日本人になってしまうということを意味していた。それは二世が消えれば、在日は消えてしまうということでもあった。しかし民団は何の対策も講じていなかった。在日社会は滅びの始まりに位置していた。

起丞はアリバイ作りの話を続けた。

「だから相宰さんに、墓参団を利用して一度韓国に来るように勧めなければなりません。電話も交換手に日本で払うといえば、お金を掛けずに日本に電話ができます。だから電話をして、韓国に是非一度墓参りに来るようにと、いって下さい」

親戚は頷いて、

「はい、以前伯父さんから電話がかかってきたことがありました。その時も私は申しました。お歳ももう八十に近くて、いつどうなるかも知れません。是非一度故郷に帰り、お墓に参って下さい、と申し上げました。すると伯父さんは、暫く電話口で泣いておられました」

韓国人にとってお墓というのは特別な意味がある。先祖崇拝が強い文化なので、墓の場所で子孫の繁栄が決まると考えている。それで相宰のおじさんはいい場所に墓を移せと日本から指示していたのだった。共産主義者だといいながら、おじさんの意識は昔と何も変わっていなかった。だから日本に行って以来一度も墓参りをしてないおじさんは不孝者の極みだったのだ。それは自分自身が一番良く知っている。だが、総連で幹部をしているから、南に墓参りにでも行こうものなら組織から閉め出されてしまう。そうすると生活の糧がなくなる。日本人に友人がいるわけでもないから、日本の地で精神的な孤立に追い込まれる。おじさんは生きて行くために、やむを得ず墓参りができないのだった。

日本では墓が自己実現やアイデンティティーのために必要とされることは滅多にないが、韓国では族譜と結びついた存在である。族譜というのは系図である。日本の系図と違い、そこには過去に存在した全ての一族が記録されている。それを事実だと示すのが、目の前の土まんじゅうの墓なのだった。韓国人の多くは系図を持っている。古い記録になると真偽は疑わしくなるが例えば、起丞の家の系図だと、西暦五百年頃の新羅の官僚だった人から始まっている。千五百年間の記録の全てが本当だとは思えないが、ここ百年程度なら、疑う根拠はない。怖らくは正しいだろう。そして系図を分析すると、日本の統治時代に生きた男たちは、多くが五十歳までに落命していることが分かる。前後の時代の男たちは十年から二十年長く生きている。自分の家の系図を分析するだけでも日本の統治時代が過酷だったということが読み取れる。しかし殆どの在日は自分の系図を読むことは愚か、見たことすらないだろう。墓を思い、墓参りできないことに涙するのは、在日一世に限ったことである。既に二世以下は根無し草になっていた。一世的にいうなら二世は、日本人みたいに系図もなく、どこの馬の骨か分からない奴らに成り下がった、ということになるだろう。起丞は二世を罵倒する一世に向かって心の中で呟く。そんな二世に誰がした、と。

彼と兄、それと相宰の親戚は応接間に移動した。そこで預かってきた現金を渡した。日本円のままである。日本円は強いので闇の交換屋で記録を残すことなく交換できた。金額を確認して貰って、領収書を書いて貰った。それを兄に渡すと、兄はやっと安心したという顔になった。

居間に戻って、彼は埋葬の日取りを兄に話した。四月一日まであと二日あった。南原市役所に勤めている起雲《キウン》が顔を出したので、観光に適切な場所を聞いた。起雲は起丞より三才ぐらい年下だった。それで彼は起丞のことを「ヒョン（兄さん）」と呼んでいた。起雲は広寒楼《クァンハンル》を勧めた。広寒楼というのは春香伝《チュニャンジョン》という韓国の古典小説の初めの部分に出て来る場所で、ここで李夢竜《イモンニョン》と春香とが出会うのである。春香は韓国では貞女の鑑とされている。ストーリーをざっと話すと、次の通りである。これは小説であって史実ではない。

むかし、南原《ナモン》にソウルから来ていたえらい人の息子に李夢竜というのがいた。同じく南原の妓《キー》生《セン》の娘に春香というのがいた。妓生というのは芸妓のことである。二人は広寒楼で出会い、いい仲になったが、李夢竜は父がソウルに戻ることになったので、仕方なく戻った。春香は夢竜の言葉を信じて待つが、長い間何の連絡もなかった。そこへ新しく南原の郡主として卞学道《ピョンハクト》というのがやって来た。彼は南原の妓生を全て検分し、美人だと噂の、検分に参加しなかった春香に自分の女になるように迫った。しかし春香はうんといわない。郡主は罪をでっち上げて彼女を獄に繋いだ。殺すぞといっても彼女はいうことを聞かない。死刑執行の日が近づいた頃、科挙に合格した李夢竜が暗行御使《アメンオサ》となって南原にやって来た。暗行御使というのは、王直属の監察官で、地方の役人が真面目に仕事をしているかどうか確認して王に報告する役目を負っていた。暗行御使は緊急時に役所の馬や警察官の動員が許可される馬牌《マペ》を持っていた。

李夢竜は落剥した乞食のような両班の格好をして内偵を進めた。途中春香の母親にも会ったりするが、母親は、「出世して戻ってくると思ったら、この体たらくか」と嘆く。しかし彼は卞学道の悪事を暴き、皆の前で馬牌をかざしてみせる。馬牌イコール暗行御使であるから、悪事がばれたということを一座の者は一瞬にして悟り青ざめる。それは水戸黄門が印籠を見せるシーンと重なるし、遠山の金さんが桜吹雪の入れ墨を見せるシーンとも重なる、この物語の大団円である。李夢竜は卞学道を捕らえ、春香は開放される。めでたし、めでたし、である。

李朝時代の人はこの物語を聞いて悪事ばかり働いている両班を誰かがやっつけてくれることを夢見た。女性は李夢竜のような出世する両班《ヤンパン》との恋を夢見た。そうやって現実のどうしようもない身分社会から逃避した。

現代でもこの話は世間一般から支持されている。広寒樓には春香の祠があり、肖像画まで飾られている。岡田の兄さんは春香は実在の人物だと信じ込んでいた。少しは学のある岡田の兄さんですらそうなのだから、その他大勢の文字も碌に知らない一世及びその年代の人たちは推して知るべしである。いやいや、起丞が歴史を学んだときの歴史の先生ですら、「春香《チュニャン》は成氏《ソンシ》なんですよ」と自分と同じ姓であることを誇った。そして成氏の女性はみな貞節だと強調した。

あほかいな、と起丞は思ったものだった。一つの事例で全体を断ずるのは、在日が犯罪を犯したとき本名で報道されるのを見て、在日全体を犯罪者のようにみなす日本人と同じレベルだった。

春香は一人の男に尽くしたとはいえ、妾の立場である。妓生が科挙に合格するような両班の本妻になることはない。身分が違いすぎるからである。李夢竜はいずれ良家の子女と結婚をする。

当時はそれが常識だった。春香は子供を生もうが死ぬまで一緒に暮らそうが妾の身分から脱出することはできない。そういう現実を全て覆い隠して、男を思い続ける春香を貞女の鑑として持ち上げるのだから、春香伝というのは全く李朝の両班たちに都合のいいお話でしかない。セックスで満足させてくれる女は自分専用の貞女にし、他に出世用の妻を家に置いておくというのが当時の男の理想の生活だった。現実を書くと興ざめなので、その点は覆い隠して語らず、悪代官をやっつけるという勧善懲悪で民のカタルシスを引き出した。そんな話を李朝時代ならいざ知らず、現代でも喜ぶ人たちがいるということは韓国人はまだ文明開化をしてない証だと起丞は考えるのだった。儒教と一度おさらばしないと、この国はいずれ立ちゆかなくなると、彼は思っていた。

起丞が思うに儒教的価値観では、勝ち組にしか活躍の場はない。現代の科挙である大学入試という受験戦争に勝ち残るのはせいぜい全体の二割である。残り八割はケンチャナヨで人生を諦めて過ごす。李朝時代はそれでも良かったが、現代のように世界が相手の場合は、これでは弊害が大きい。

入試というのは、知識量を計る試験である。知性を図っているわけではない。しかし実社会という戦いの現場で必要なのは、知識よりも知性の方である。ただ、知性は客観的に計るのが難しい。それで知識があれば知性もあるだろうという前提で、知識量を計る試験をしているだけなのである。その結果、競争に勝ち抜いた者の中には一定割合で、知識だけはある馬鹿者が混じることになる。これはやむを得ないことであり、許容誤差だと諦めるしかない。知性の量を計る客観的な試験の方法がない以上、知識量で選別するしかないからである。しかし試験に落ちた者の中にも、一定割合で、知識はなかったが知性はある人間が混じっている。この者たちを実績によって引き立てるシステムがなければならないのに、残念ながら韓国にはそのようなものはない。これを疎外しているのが、チング社会である。チングというのは日本語では親友と訳すが、日本の親友とはかなりその意味合いが異なる。韓国人が使うチングというのは派閥だとみなした方が間違いがないと思う。このため韓国人は自分たちの利益を公の利益よりも優先させることになる。違法なことでもチングのためならしてやり、能力がなくてもチングなら引き立ててやるのである。当然そうするからには相手もそうしてくれるだろうと期待している。このメンタリティーが落ちこぼれた八割の人間を腐らせることに繋がる。財閥支配の社会はチング文化が支えている。自由、平等、博愛のうち、平等はチング社会では達成が難しい。韓国がチング社会である限り将来は暗い、と彼は考えていた。

日本では成績とは関係なく自分の今の仕事をきちんとこなしているかどうかでその人を評価する。だから八割は働いている。韓国のように二割の人間しか働いてない国と八割がビジネスに参加している日本とでは比較にならない。韓国の二割は死ぬほど働いている。世界を相手に寝る間も惜しんで奮闘している。しかし残りの八割は能力があっても機会を与えられないから、最初から諦めて適当に生きている。この非効率さ、無駄の多さは、儒教的価値観から来ている。何度か国が潰れるような経済的な危機を経験して、そうやって初めて韓国は儒教から離れていくのだろうと、彼は予測していた。歴史に学べば痛い目にあう前に自己変革できるものを。彼には、韓国人は知識としての歴史しか知らない大馬鹿者の集団にしか見えなかった。

歴史を反省しない点では日本も似たようなものだった。しかし日本は島国だし自前で殆どのものを作れるので、極論だが、世界中から嫌われて孤立したとしても、人口を四千万人程度にまで落とせば、自給自足ができる国である。四千万人というのは、明治維新をした江戸末期の人口である。日本の田や森は四千万人ぐらいは養う能力がある。日本は世界中から嫌われても生きていける国だというのが、特異な点である。しかし韓国は孤立主義ではやっていけない。輸出で稼いでいるといっても、実質は日本から輸入したパーツの組み立て工場でしかない。また国内でパーツを作っていてもその素材や工作機械の多くは日本製だ。日本に蛇口を閉められると死んでしまうぐらい日本に依存している。だから日本や他国との繋がりなしに生きて行くことはできない。だからこそ歴史に学んで痛みを少なくしてソフトランディングする必要があるのだが、日本に対して根拠なく威張っているようでは、お先真っ暗である。精神的には秀吉に侵略された頃から全く成長してない。

起雲は広寒樓を皆に勧めてから市役所に出勤した。起満が案内をしてくれることになった。タクシーを呼ぶと直ぐにやってきた。

クリーム色に塗られた新車が来た。一世を風靡した前の時代のポニーより一回り大きい。起丞が留学していた頃は街中は現代自動車のポニーばかりだった。それより前は、トヨタと提携した新進自動車のクラウンが走っていた。確か日本から部品を輸入して韓国で組み立てていた車だ。

やって来たタクシーの運転手と起満は顔見知りらしく何事かを話していた。

タクシーに相宰さんの親戚も加わり、六人が乗り込んだ。運転手を入れると七人である。田舎は車もそれほど多くないし、それに警察関係者に親戚も多いからだろう。韓国の人間は誰も定員オーバーであることを気にしなかった。

タクシーは動き出すと、運転手が自己紹介を始めた。名前を起泰《キテ》といい、我々の親戚だった。韓国人は世代毎に使う漢字を決めているから、親と本人の名前を聞いただけで、高い確率で同族かどうかが分かった。この点は碌に系図を持ってない日本人とは決定的に違うところだった。

例えば李承晩《イスンマン》時代の副大統領は李起鵬《イキボン》といった。彼の子供は康石《カンソク》といった。これだけで彼らはうちの一族だと分かる。どれだけ離れているかは系図を見ないと分からないが、一族かどうかぐらいは分かるのだった。だからどうなんだというとさすがに韓国でも見ず知らずの親戚に便宜を図ることはないが、一応遠い親戚だというぐらいのことは名前を見ただけで分かるのだった。

雲は低く垂れ込めていて正面の遠くにある山を隠している。今にも雨が降りそうな空模様だった。

起泰は運転しながら大声でいう。

「色々見てから広寒樓《クァンハルル》に行ったらどうですか？　時間があるようだからそうした方がいいですよ」

大きく良く通る声だった。丸顔で目も大きく表情も豊かである。起丞がその旨を兄に告げると、兄たちも同意してタクシーで観光することになった。相宰の親戚は家に帰るというので、荷物を取りに一度旅館に寄ることにした。

信号で止まって、起泰は小学校の時の同級生が運転するタクシーに窓を開けて挨拶した。それから学校での思い出話をする。

「昔は私の学校は手で振る鐘で授業の開始と終わりの時間を知らせていたんですが、あるとき在日の金持ちが手で回すサイレンを寄付してくれましてね、それで時間を知らせるようになったんですよ。私が軍隊から戻って来たころの話ですけどね」

起丞は驚いていった。

「それ、うちのアボジですよ」

そして彼は兄に翻訳する。兄もサイレンのことは覚えていた。父親が南原の小学校にサイレンを寄付したいというので、家族はどこで買えるか色々と調べたのだった。しかし電話帳で見ても売っているような会社は見あたらなかった。それらしいところに電話しても売ってなかった。家族は皆疲れて諦めたら、という雰囲気になったころ、父親が、

「消防署に聞いてみよう」

といい出した。確かに消防自動車にはサイレンがついているから、買ったところがあるだろう。しかしそのためにさすがに一一九番を使うわけにはいかない。それで電話帳で一般の電話番号を

調べて下関消防署に電話をした。そして、サイレンをどうしたら買えるかを教えて貰ったのだった。初めは変な奴という対応をされたが、結局は売っている会社を教えてくれた。当時の韓国は電気事情が不安定だったので、電気が必要ない手回し式のサイレンを買った。そして小学校に寄付した。

「校長以下、みんな喜んでました」

と起泰。

親父のお陰で苦労させられたが、そのことを喜んでくれる人がいたなら、それは良かったと、兄弟はうなずき合った。

タクシーは旅館に向かい、相宰の親戚を下ろした。

8

起泰《キテ》は南原《ナモン》を見渡せる八八《パルパル》オリンピック道路の休憩所に向かった。

八八《パルパル》というのは一九八八年の八八のことで、ソウルオリンピックの年を指している。韓国では数字で年度や日付を示し、歴史的な出来事を表現することがよくあった。六二五《ユギオ》といえば朝鮮戦争だし、四一九《サーイルグ》といえば李承晩《イスンマン》を倒した学生革命のことである。これと同じで八八《パルパル》といえばソウルオリンピックを意味した。

起泰は途中でＬＰ（プロパン）ガスを充填した。日本では、タクシーはガソリンより安いのでＬＰガスを使っていた。

「韓国でもＬＰの方が安いのかな」

と兄。通訳すると、

「はい、五倍ぐらい安いです」

と起泰は答えた。

高速道路に入るとすれ違う車も殆どなく、白いコンクリートの道路がどこまでも続く。

「アスファルトの方が安いと思うんやけど、どうなんやろな」

と、雑貨屋をやるまで建築技師をしていた兄が三沢にいう。二人とも建築学科を出ている。兄は更に、

「日本でこれだけの道をコンクリートで作るとなると大変だぞ、なあ、三沢」

「ああ、大したもんだな。いや凄いよ。建築関係者はオリンピックに来たって、この道路を見ただけで感激して帰るよ」

起丞《キスン》は二人の会話の内容を起泰に翻訳して聞かせた。彼は、

「韓国は石灰岩が非常に多いのです」

と大声で話し始める。

「世界的にはアスファルトが多いのかも知れませんが、韓国がそれを買うためにはドルが必要に

なります。ですから外貨のない韓国では、自分の国にたくさんある石灰石を使って道路を作った方が安上がりなのです」

　そう聞いて兄は、

「へえ。日本じゃ高速道路は二、三年に一回やり替えるが、それでもアスファルトの方が安くつくんだけどな。国によって色々と事情が違うもんだな。日本でこれだけ立派な道路を作るとなると、一メートル当たり、二千万はかかるな」

「二千万!?」

　起丞が驚くと、

「いや、土地の購入費も全部含めてだけどな。そのぐらいはかかるよ」

　日本では一メートル一億ウォンかかると起泰に聞かせると、彼も驚きのあまり絶句した。兄は続ける。

「韓国のいいところはな、道を先に作れるってことだよ。この道路みたいに造りたいところに造りたいように造って、それから都市計画をやれば、機能的で無駄のないものができる。日本みたいに都市がゴチャゴチャになっているところへ、あとから造るとなると金ばかりかかって、碌なもんができん。なあ三沢」

「そう。おまけに補償だ、騒音だなんだで、非常にやりづらい」

　車は両側を山に囲まれた道を快適に走る。これで天気がよければ見晴らしもいいだろうに、どうやら雨が降るのは時間の問題のような雲行きだった。

「この道は」

と起泰が話し出す。

「全く必要もないのに造りました。経済的にはこの道で運ぶものは何もないのです。上下二車線ありますが、一本だけでも充分なぐらいのものです。しかし全羅道の開発が遅れているということで、必要もないのにこうやって政治的配慮から道路を造ったのです」

光州事件や全羅道差別といったものが起丞の頭で閃いた。その感情をなだめるためだとしても、それでも道路は造っておくべきだと思う。

朴正熙《パクチョンヒ》大統領が日本と国交を回復してソウルから釜山までの高速道路を造るときに、インテリたちは、走らせる車もないのに道を造る、と嘲笑した。しかし今やソウル近郊は片道六車線でも狭いぐらいになってしまっている。日本は東名高速道路でも片道二車線だ。貧弱なことこの上ない。それに韓国の高速道路は有事を想定してジェット機の滑走路になるように造られている。日本の高速道路は有事を想定してない。道路の向こう側から敵の戦車がやってくるなどということは夢にも考えてない。平和ボケで未来に対する備えが何もないのだ。

起丞は起泰にいった。

「今はそんなことをいっているけれど、何年か経つと、四車線にしておけば良かったというようになるよ。そのぐらい大量の物資を運ぶ時代が来るよ」

起泰はごにょごにょと何かいって、誤魔化した。

車は高度を上げていく。気温が下がったのが車内に居ても分かった。平坦な道に出ると道の両側には黒い瓦屋根の立派な家が並ぶようになった。

「ここらは余程裕福なんだな」

と兄。

「俺たちの田舎よりも数段いい家が並んでいるぞ」

起泰は得たりと答える。

「昔はこの辺りは非常に貧しい地域だったのです。大体ここら辺りは下より五度ぐらい気温が低いのです。ですから余り米ができないし、凶作にも見舞われやすかったのです。それがビニール栽培をするようになって、非常に金持ちになりました」

起丞が聞く。

「ビニール栽培って、野菜?」

「いえ、稲のビニール栽培です。籾を播いてそこにビニールを被せ、早く芽を出させるのです。そうして今までより一ヶ月早く田植えをするようになりました。お陰で霜が降りる前に稲の刈り取りができるようになって、それで収穫が増え、凶作にも見舞われなくなったのです」

皆は大いに感心した。兄が遠くの家を顎で指して、

「しかし、あっちの家は昔ながらのぼろ屋だな。どうしてかな」

起泰は気配で察したのか、起丞が翻訳もしないのに話し出した。

「実はこの新しい家は、政府が建てさせたのです。その代わりというか、政府はそのための資金を低利で長期で貸し出しました。ですから高速道路沿いの家はどれも立派です。同じ韓国人同士他人がいい暮らしをしているのを見ればよし俺も、とやる気が出ます。政府はそれを狙って道から見える家を全て新しく建て替えさせているのです」

起丞が翻訳し、兄と三沢は納得した。

車は展望台に着いた。皆は車を降りると辺りを見ながら起泰の説明を聞いた。しかし山は雨雲の中である。景色は何も見えない。起泰は、晴れていればこちらには何がある、あちらには何があるという話をした。皆は八八道路を記念して造った塔を見るために階段を上がっていった。二十人ほどの観光客が入れ違いに階段を降りてきた。

上がると、左側にブロンズの群像がある。中央には国旗を掲げた人がいる。起泰が説明する。

「この像の右側の人たちは慶尚道を、左側は全羅道を意味しています。慶尚道と全羅道が仲良くして祖国を盛り上げようという願いからこの像が造られました」

全羅道差別は百済が滅んだときから続いている。戦争に負けた者を差別し続けてきたのである。差別心は言葉によって学習する。日本人は日本語で日本人の差別心を学び、韓国人は韓国語で韓国人の差別心を学ぶ。起丞の父親が彼の結婚が決まってからいったことがあった。

「他人はどういうか知らんが、わしは気にせんから心配するな。済州島は昔は両班《ヤンバン》が島送りにされた島だし、陸地の得体の知れん奴らより、よほど両班らしいのがたくさんいるところだ」

起丞の妻の両親は済州島の出身だった。済州島もまた、陸地の者から差別され続けてきた。それで父親はそういったのだが、しかしそれは韓国語の持つ差別心だった。日本語で価値観が構成されている起丞にはそういう差別心は微塵もなかった。逆に彼は父親がそういったことで、父親が持つ差別心に気づかされたぐらいだった。

在日の二世以下の者は日本語しか知らない。それで日本人の差別心を持つにいたる。自分を差別しているのは自分自身だということを多くの在日は知らない。その結果、自分の差別心に怯えて韓国人であることを隠そうとし、日本人らしく振る舞おうとする。在日の基本的な精神構造は強迫神経症患者のそれに似ている。いつもビクビクし、自分が韓国人だとばれないか怯えながら生きているのである。怯えを作り出しているのは、自分自身が使っている日本語だと、全く気がついてない。在日の多くは差別されていると思い込んでいるが、実は、在日を差別しているのは、在日自身なのだ。日本を非難することはない。自分で自分を差別するのをやめればいいだけのことである。起丞は二十歳のころには、差別の構造に気がついていた。だから自分の差別心をどうすれば克服できるか、ということを考え続けた。外的な差別には、自分が自分を差別していなければ戦うことができる。しかし日本人よりも先に自分で自分を差別していたら、本当の差別に直面したときに、簡単に差別に負けてしまうことになる。

兄や姉が差別されたのを見て、いい学校に行っても仕方がないと勉強を諦めたのは、正しく自分で自分を差別していたからだと彼は思っていた。己の差別心と戦うために、彼は本名で生きることにした。俺は俺を差別しない。そう自分にいい聞かせるために、彼は本名を使い始めた。それは民族のためではなく、ましてや韓国のためでもなかった。自分もまた、差別する人間だと自覚したから本名が必要なのだった。

皆は記念碑を一周し、起泰に記念写真を撮ってもらってから、次の観光地に向かうべくタクシーに乗り込んだ。

起泰はハイウェイを軽快に走って行く。その内に遠くの山を指して、

「あれ、あの山の下の方、陰茎のように見えるでしょう?」

皆は指さされた方を見る。

「よく分からんが」

と起丞。

「下の方ですよ、下の方。勃起してない男のちんぽに見えるでしょ?」

まあ、そういわれれば見えなくもない。

「もうすぐ、素晴らしい明堂《ミョンダン》があるんですよ」

明堂というのは、墓として優れた場所をいう。もとはアニミズムやシャーマニズムによって良い場所を定めた。あとから陰陽五行説をつけ加えて理論化した。明堂の基本は母親の子宮に当たる自然界の場所である。まず南向きの山が三つ必要である。真ん中が顔で両脇の山は乳房になる。

そういう形をした三つの山が望ましい。次いで手前に川が流れていなければならない。川のあるところは陰部となるから、人の体ならそこより十センチほど上が子宮の場所になる。子宮に当たる自然界の場所が明堂とみなされ、そこに墓を作ると子孫が栄えると考えられた。これに陰陽五行が加わり、金さんにとっての明堂や李さんにとっての明堂が絞り込まれる。金さんは金の姓だから、金を助ける土の場所がいいことになる。逆に火の場所は金を溶かすから良くないと考える。李さんは木の姓だから、木を助ける水の場所がいいことになる。逆に金の場所は木を切り倒すから良くないと考える。このような考えを信じている人は、必死で明堂を探し、子孫の繁栄を願うのである。

起丞の父親も墓を選ぶときに風水師を呼んだ。風水師は羅盤を見ながら何かを説明して、自分が選んだ場所がいい場所なのだと説明した。風水師の羅盤は複雑怪奇である。細かな文字がびっしり書かれており、その上を磁針がゆらゆらと揺れている。信じる者は簡単に騙されるだろうと高校生だった彼は思った。父親は信じたのかどうか分からなかったが、今の場所に墓を定めた。

起丞には墓を守る気はない。彼は土から出たから、土に帰れば充分だと思っている。明堂という地球の特定の場所に固執するのは我執だと考えている。そのような執着は地獄に落ちる特急券である。彼は、生きている間だけ生きていれば充分だと思っている。淡々と生き、淡々と死ぬだけである。子孫の繁栄を願うのは、妄想でしかないと考えていた。

起泰は明堂といわれている場所に来て解説する。

「明堂の持ち主は」

何とかという人で、と起泰はいう。人の名前は良く聞き取れなかった。

「天才的な頭脳の持ち主で、弱冠二十七歳で教育官を勤めたような人で、それからずっと国会議員をしていました。しかしこの道路を造るために墓の下の方に流れていた川を埋めてこの道を造ったから、墓相が変わってしまいました。そのために家運が傾いてしまったのです。二期連続して落選してしまいました」

頭がいいのも墓のお陰、当選も落選も墓のお陰なら、誰も何の努力もしないわさ、と起丞は心の中で応じた。起泰にとって明堂は宗教のようなものである。信じている者に馬鹿げているからやめろという権利は自分にはない、と彼は思っていた。ただ聞き流せばいいだけのことだった。

兄や三沢は、へえ、そう、と単純に感心していた。皆は車に戻る。起泰は元国会議員氏の先祖の墓の前に移動した。墓を高速道路から見上げる形となった。起泰は車を止めて、車内から道路の端を示す。

「ここを川が流れていたんです」

見上げた墓の背後は女陰を容易に想像させる形をしていた。向かい側の山は男を連想させる山だった。素人にでも明堂と分かるような場所だった。起泰はいう。

「何年か前に墓の上の松を何本か伐った奴がいましてね。それはつまり陰毛を刈り取ったということでしょう?　これでもう全く運勢が尽きてしまいました。それで国会議員さんは自分で私立の高校を創りました。そして今は後進の指導に日夜当たっていますが、いや、実に惜しいことです。墓さえきちっと守っていさえすれば、こんなことにはならなかったのに、全く残念です」

そして彼は車を動かし始める。山道を降りると、車はやがて川沿いの道に出た。河原には大きな石が転がっている。川幅は十メートルほどあるが、実際に流れている水の幅は中央部の一メートルほどしかない。それ以外は全て大きな石である。

兄がいう。

「この石は凄いな。金が転がっているようなもんだ。日本に持っていけばいい値段で売れるぞ」

三沢が受ける。

「韓国人は庭石を使わんのかね」

「おい、あの石を見ろよ。あれなんか三千万はするな。おお、こっちもいい」

起丞には石の価値など分からなかった。二人の建築屋は、石また石の河原を見て感激していた。

起泰が口を開いた。

「十年ぐらい前に日本人がやって来て、ここの石を積み出そうとしました。そりゃあ、夜中にこっそりトラックでやって来て石を持っていくような悪い奴は韓国人にもいますが、その日本人は白昼堂々とクレーン車とブルドーザを持ってきて、石を持っていこうとしたんです。それで警察に捕まって、大損したそうです」

起丞はその日本人は韓国人に騙されたのだろうと想像した。許可を取ろうとして地元の人間に金を渡し、許可は取ったと嘘をつかれたのだろう。そうでもない限り捕まると分かっていて、白昼堂々とクレーン車やブルドーザーを持って行くわけがなかった。同じような手口で在日も多く騙された。下手な日本語を操って近づいてくる輩は、それだけで充分に怪しいのに、欲の皮が突っ張っていると、そういう詐欺師を見抜けない。そして簡単に騙されてしまう。

在日や日本人を騙して儲けようとするのは、起丞の叔父や岡田の兄さんの長男のようなタイプである。彼等は韓国人自身からも嫌われている人たちである。そんな連中が、日本語を操って、在日や日本人を騙すのだった。騙された在日や日本人は、韓国や韓国人の全体をろくでなしだと非難する。起丞は思う。ろくでなしと付き合って、ビジネスがうまく行くわけがない。韓国人が尊敬する韓国人と付き合わないからしくじるんだよ、と。

起泰は右手の高台にある木造のバラックを指さし、

「蜜蜂の巣箱です。私はここで取れる蜜を分けてもらって、年に一度人参を粉にしたのと混ぜて飲むんです。そりゃあよく効きますよ。お陰で私はこの十年間カゼ一つ引いたことがありません。蜜はやっぱり天然のものでないと効き目がありません。天然の蜜っていうのはざらざらで固まっているでしょ？　だけど町で売られているのはただの液体です。砂糖とか何か他のものが混じっているんですよ。あんなものは効きゃしません。本物の蜜でなきゃ駄目です。それと人参の粉ですよ。お客さんも是非ためしてみることを勧めますよ」

起丞は苦笑した。全く同じものを彼も妻の母親が送ってくれるので、日常的に飲んでいた。しかし彼は毎年春先には寝込んでいた。この頃まで日本では花粉症という言葉は一般に知られていなかった。それで彼は春先には毎年風邪を引くと思っていた。鼻が滝のように流れるので耳鼻科に行っても、医者は抗生物質を処方するだけだった。花粉症の存在を知らなかったのである。当然薬は効かず、彼は花粉が飛んでいる間は病人だった。毎年春先から梅雨のころまで、彼は寝たり起きたりの生活を続けていた。

農家の庭や田のあちこちに黄色の花をつけた木がある。兄がいう。

「熊本とか、大分とか、あっちの景色によう似とるな」

そしてつけ加える。

「こないだテレビで見たんやけどな。朝鮮から連れてこられた連中の子孫ばかりが住んでいる村があってな。村の連中も自分たちは朝鮮から来たということを知っとるんやけどな。その村の風景が、こことそっくりなんや。案外ここから連れて行かれた連中が、日本で似た風景を見つけて住み着いたんかも知れんな」

「ふむ」

と起丞は頷いた。

南原は文禄慶長の役、つまり秀吉が朝鮮を侵略したときの激戦地の一つだった。山城に閉じ籠もった朝鮮軍は殆ど壊滅状態になった。そして多くの陶工がこの地から日本に連行された。兄が、

「あの木は何の木だ?」

と多くの黄色い花をつけている一本の木を指さした。起丞は知っていたので自分で答える。

「山茱萸《さんしゅゆ》だよ」

「あっ、やっぱりな」

そして、

「庭のさんしゅーの木」

と一節歌ってから、

「ここの連中が日本でそういう歌を歌ったんやないやろか？ きっとそうだろ。それで九州に山茱萸の木が多いのが分かる」

と一人で納得している。根拠に欠けると思ったが、可能性としてはあるな、と起丞も考えた。

彼は会計監査をしている関係から、常に判断の根拠を求める癖がついていた。

数字というのは抽象概念である。素人は数字を見ると事実だと思うが、監査人は、根拠を入手して初めて数字が事実を反映しているとみなす。そのときまで数字は単なる記号でしかない。簡単な事例でいうと、帳簿に百円と書かれていても、金庫の中に百円あるかどうかは分からない、ということである。自分の目で確認して、初めて帳簿の数字は事実として使える、と判断するのである。兄がいったのは仮説である。それは帳簿上の数字と同じである。これから証拠を入手しなければならない。しかし兄は帳簿の数字を見ただけで、それを真実だと判断していた。部下に簡単に騙される社長のタイプである。根拠を示せ！ といいたいところだが、まあ、雑談だからこれでいいだろうと、彼は何もいわなかった。

起泰がこれから行く実相寺《シルサンサ》という寺について話し始める。

「この寺は昔から続いている由緒のあるお寺で、壮大な伽藍と領地を持っていました。しかし日本の軍隊に焼き尽くされて、今ではほんの一部が残っているだけです。私が思うに、政府は一日も早くこの寺を復旧しなければなりません。というのもこれほど霊験あらたかで重要な寺は他にはないからです。政府は慶尚道の寺や遺跡の復旧にばかり金を使って全羅道の遺跡の復旧にはなかなか金を使おうとしません。そりゃあ、慶尚道の方にそれだけ立派な寺があればいいでしょう。しかし韓国で霊験あらたかな寺といえば、みなこの地異山《チリサン》の周辺にある寺ばかりです」

起丞は留学時代に韓国全土を旅して回ったことを思い出した。地異山周辺の寺も多くを見て回った。

「私は双渓寺《サンギェサ》、華厳寺《ファオムサ》、泉隠寺《チョヌンサ》に行ったことがあるよ」

「おおそうですか。それらは全て名刹ですよ。私も皆さんが時間があれば、是非にでもそういう名刹を案内するのですが、しかしその名刹中の名刹が実相寺《シルサンサ》なのです。日本人もそのことを熟知していたんですな。ですからこの寺を徹底的に破壊してしまったのです。本尊である薬師仏まで爆破されて手や足がどこかへ吹き飛ばされてしまったぐらいですから。今は一応の修復はしてますけどね。しかし寺全体の復旧まではほど遠い状態です。なぜこの寺がそれほど重要かといいますと、中国の紫禁城から流れ出た精気が、東方に向かって白頭山《ペクトゥサン》に宿っています。そしてそれが南に流れて青瓦台《チョンワデ》に宿ります」

青瓦台というのは、韓国の大統領官邸のことである。起泰は続ける。

「その精気はあまりに旺盛なので、更に南に流れて日本にまで流れ着き、富士山に降り注いでいるのです。日本があれだけ発展したのも、全てはこの精気が日本に流れ込んでいるからなのです。昔から日本という国は碌なことをしていません。奴らは少しは我々韓国人の礼節に富んだ考え方というのを学び取らなければならないのに、まったく。とにかく、昔から日本は我々から文化や文物を得るだけで、我々には暴力でしかお返しをしてきませんでした。そこで我々の先祖は実相寺《シルサンサ》を建立し、薬師仏をお祈り申し上げて青瓦台《チョンワデ》から富士山へ流れている精気を遮ってきたのです。そのために日本人は怒って、韓国に攻め込んで来るやいち早くこの実相寺へやって来て薬師仏を爆破してしまったのです」

彼のいっている日本人や日本軍というのは、秀吉軍のことで一五九〇年代の終わりの話である。一方青瓦台は一九四八年に始まる。彼のいっていることは時間の流れもでたらめなら、どうして精気が紫禁城から出ているかの説明もなく、日本より精気が強いはずの韓国がなぜ日本に出し抜かれたのかの説明もない。とにかく日本はけしからんと、それがいいたいだけである。しかし、多くの韓国人は彼の説明を聞いて共感するのだろう。起丞が思うに、考えるべきは精気が強いはずの韓国が、なぜ日本に出し抜かれたのか、という点なのだが、しかし犯人捜しが大好きな韓国人は、日本を犯人に仕立て上げて、全ての厄を日本に押しつけると、それで終わりにしてしまう。

心に一点の穢れもない、清く正しく美しい韓国人になってしまうのだった。

詩人の尹東柱《ユンドンチュ》は自分と向き合って自分の心を純化しようとしたけれど、それは詩人だからできたことである。普通の韓国人は誰かに厄を押しつけることでしか、自分の穢れを取ることができないのである。韓国人の多くは詩人の詩に感激するけれど、現実にやっていることは、詩の心からはほど遠いことばかりだった。

同じことを日本人はみそぎで行う。自分に着いた穢れは誰かに押しつけるのではなく、水で洗い流すのである。そして水に流したことは奇麗さっぱり忘れてしまう。彼は、原爆二発で被害者面をする日本人の態度は、まさにここから発している、と感じていた。日本人にとって原爆というのはみそぎだったのだ。しかし、そうやって加害者であったことを忘れるのは、原爆で殺された人たちへの冒涜になる。多くの日本人はそんなことも知らず、太平洋戦争では日本人しか死んでないかのように振る舞う。どっちもどっちだと思うが、しかし、常に犯人を必要とする韓国の方が弊害が大きいと彼は考えていた。ヨーロッパは中世に於いては魔女という犯人を必要としていたが、近代の市民革命を経て、現代では一応は、卒業している。一応というのは、無意識レベルでは未だ支配されていると考えるからである。近年ではナチスがユダヤという魔女狩りをしている。だから一応、である。韓国にもヨーロッパと同様の精神革命が必要だった。しかし革命そのものは日本に叩きつぶされた。だから子孫は、常に自分たちの精神構造を客観視して、犯人が必要な精神構造から脱却する努力を続けなければならないと、彼は思うのだった。

抵抗詩人金之河《キムジハ》の詩に五賊というのがある。かつて五人の賊が国を売ったということを指摘しながら朴正熙政権を痛烈に批判した詩である。日本の植民地になるという条約に署名調印したのは五人の大臣だった。彼等を五賊というのだが、韓国人は奴らが悪い、で終わりである。彼等が印を押さなかったら、次の五人が印を押しただろう、とは考えない。そして怖らくは、次の五人というのは延々と続くのである。中には押印を拒否して日本軍に殺される者も出るだろうが、それは少数派である。韓国人の多数派は五賊と同じ精神構造をしている。五賊と同じ価値観を共有しているのだ。五賊を責めるのなら、自分も五賊たり得たという事実を認識すべきではないのか、と起丞は考える。他人を非難している場合じゃないだろ！　と思うのだった。

勿論こう考えたからといって、五賊の罪が免責されるわけではない。彼等は国を売った。その責めは負わなければならない。しかし彼が強調したいのは、問題はそこで終わりではない、ということだった。誰もが五賊たり得たという反省をしないでは、韓国は現代社会に適合する精神を獲得できない、ということだった。

韓民族は過去三千年間、危機の度に自己変革をして生き延びてきた。精神革命によってその時代に適合する精神を獲得し、そうすることによって生き延びてきたのだ。しかし李朝末期は、日本に革命を邪魔されてそれができなかった。植民地時代もできなかった。しかし独立後はできる時代である。今やらなければ、後世の韓国人から、非難されるだろう。しかし現代の韓国人には今が精神革命をしなければならない時だ、という認識すらない。日本を犯人に仕立て上げて、自分たちは清く正しく美しい韓国人だと安心しきっているからだ。起丞の目には、韓国人は累卵の上で安逸を貪っている、としか見えなかった。何とも情けなくもおぞましい現実だった。

起丞は起泰の演説を翻訳した。すると三沢がおどけた調子でいった。

「そりゃあ、富士山に流れ込む精気を少しぐらい残しておいて貰わんと困るな」

起泰は演説を続ける。

「薬師仏が破壊されたあとは、寺の者や近在の者が集まって、大きな鐘を作りました。その鐘には日本の地図が彫ってあります。そして朝な夕なにその鐘を突くときに、その地図を突きながら、日本よ滅べ、日本よ滅べと祈るのです」

「げっ」

と三沢はおどけて見せた。そして続ける。

「なんとも凄まじいばかりの恨みだな。いや教科書騒動の時に何であんだけ韓国で騒いでいるのか分からんかったが、いや、これで分かった。普通の人たちってのは日本にそれだけ恨みを持っているわけなんだ。いやあ、来て良かったよ。釜山《プサン》であのままとんぼ返りをしないで、ここまで来た甲斐があった。いや、本音を聞けて良かった」

起丞は三沢に対する認識を改めた。自分の国に対する批判を素直に受け止めるなどということは、なかなかできるものではない。

しかし起丞自身は韓国の態度に不満だった。鐘に彫った日本地図を叩いて摩滅させることでしか溜飲を下げられないというのは、何とも情けないことだった。秀吉が攻めて来るであろうことは事前に派遣した使者の報告で分かっていたことだ。しかし派閥争いのために一方の意見には他方が反対した。王は、秀吉は攻めてこないという聞き心地がいい方の意見を採用した。歴史を反省するのなら、なぜ派閥争いばかりをする国になってしまったのか、という点を分析しなければならない。韓国人は備えを怠った先祖の馬鹿さ加減を反省せず、攻め込んできた秀吉ばかりを非難している。起丞には、それは余りにも愚かな姿にしか見えなかった。

日本は明治維新という革命で古い価値観を打ち壊した。内戦が起こったが、百万人が住む江戸の街を火の海にしないで、話し合いだけでこれを革命軍に引き継いだ。こんなことは日本人にしかできないことだ。怖らく世界中でこんなことができるのは日本人だけだろう。尚かつ、西郷隆盛と勝海舟という特別な二人でないとできないことだった。この点の両国の文化の比較も誰もしてない。誰かがしているのかも知れなかったが、彼は聞いたことがなかった。

李舜臣《イスンシン》将軍は日本水軍を完膚なきまでに叩きつぶした。それができたのは日本軍の戦い方を徹底的に分析していたからである。「乱中日記」を読めば、冷静に分析していることが分かる。一方で現代の韓国人のように、根拠無く日本人を見下していた元均《ウォンギュン》などは、突撃攻撃ばかりを繰り返して、日本軍に粉砕された。馬鹿である。日本だからと理由もなく見下した者は滅び、日本を徹底的に分析した李舜臣将軍は勝った。この事実から韓国人は何も学ばない。将軍を神に祭り上げてそれで終わりである。そして現代でも根拠無く日本を見下し続けている。日本を徹底的に分析した将軍を真似る者は少ない。経済界にはサムソンを創業した李秉喆《イビョンチョル》さんなど僅かながらいるが、政界、学会、マスコミ、その他大勢の人々の殆どは日本を根拠無く低く見ている。

韓国はいずれまた痛い目にあう。彼はそう思っていた。

三沢は続ける。

「日本もなぁ、教科書に嘘なんか書かんと、こういう現代の韓国人の気持ちをきちんと書いて、どうしてそういう風に思うようになったか、ということを教えんと、海外に出てからえらい目にあうで」

彼は起丞を見て一つ頷いて続ける。

「自分じゃ好かれとると思うて来たのに、実は嫌われていたなんてのは、バーやキャバレーなら笑い話ですむが、外国に来て嫌われたんじゃどうしようもないぞ。教科書できちんと教えるようにせにゃいけん」

起丞は翻訳のしすぎで喉が痛くなっていたこともあり、起泰には翻訳しなかった。三沢は続ける。

「釜山の旅館に戻ったら、ミスター韓《ハン》に小西たちのことを聞いてみよう。あいつらミスター韓《ハン》の勧める女なんぞを抱きおって、ばかだね。こうしてこうやって南原にまで足を伸ばせば本当の韓国の姿を見ることができたというのに。いや、わしの持論なんだけどな。真の理解無くして真の日韓関係は無く、真の友好のないところには真の商売もない、と思ってるんだ。女房の目の届かん釜山に来たからといって、女ばかり抱いとるようじゃ真の日韓友好にはならんな、うむ。そんなことをするよりは、国際市場で立ち食いをしたりやな、おい、あの屋台は凄かったな」

と前に立っていた兄の肩をつつく。兄も直ぐに返事をして暫く釜山の食べ歩きの話が続く。それから話が再びもとに戻る。

「ミスター韓《ハン》の奴に金を掴ませて、どんな女を斡旋したか聞き出してやるんや。そして日本に戻って小西を揺すってやろう。ことあるごとにな。いやあ、小西君、奥さんにばらしていいのかなあ、とかいってさ。あいつは小心者だからこれでもう、わしの思うままだね」

はっはっはっ、と三沢は高らかに笑った。兄が聞く。

「ミスター韓《ハン》がお前にそんなことというかね」

「なに金で女を斡旋するような奴だ。金を渡せばしゃべるだろうし、わしにも小西と同じ女を紹介しろといえば、金を渡さなくてもどんな女か直ぐにしゃべるさ。もっともわしは小西と兄弟なんかには成りたくないけどな。いやあ、あいつら、わしと旅行したときに女を買いに行ったのは運の尽きだね。これで一生わしからゆすられるな、ははは」

起丞は苦笑した。その頃から雨がぽつぽつと降ってきた。

タクシーは寺をあとにすると、田が広がる地域へ降りていく。やがて幅五メートルほどの川の手前に造られている、砂利敷きの駐車場に入った。車を降りると、そぼ降る雨が冷たい。起泰が、

「ここを終わったらお昼にしましょう」

という。

「何がいいですか？　少し先に川魚なんかのこってりとした料理を食べさせてくれるところがあるんですけどね」

今にも彼の喉が鳴り出しそうな雰囲気だ。大好きな料理なのだろう。しかし日本から来た者は、韓国の味が濃い料理には食傷気味である。今はこってりしたものよりも茶漬けを一杯といった気分だった。起泰は雰囲気で察したか、

「そうでなければずっと離れたところに季節の山菜を食べさせるところがあるにはあるんですが、今は観光シーズンでもないし、さあ、まともなものがあるかどうか」

と川魚を食べるべきだとほのめかす。どうも韓国人は自分の思っていることをストレートにはいわない。相手にいわせようとする。それが両班らしいと思っているようだ。

起丞は兄と三沢の意見を聞いた。果たして二人は山菜料理を選んだ。

「山菜料理にして下さい」

と起丞が告げると、起泰は我が耳を疑うかのような表情になり、それからもう一度川魚料理を勧めようとしたが、直ぐに諦めた。

目の前には広大な黒褐色の田が広がっていた。左手には丘のような小高い山があり、びっしりと松の幼木が植えられていた。背後の山は灰緑色をしているが、松の木が植えられている手前の丘は明るい緑色をしている。右手には黒っぽい田に囲まれた小さな建物があった。それが先程まで
でいた実相寺だった。起泰がいう。

「昔は今見える田んぼの全てが実相寺の敷地だったのです」

「え？」

と皆は改めて周囲の田を見渡した。野球場が幾つも入るような広大な敷地に寺が建っていたというのだから驚くばかりである。起丞はいう。

「仏国寺《プルグクサ》も相当に広い寺だったらしいですが」

「あっ、行ってみましたか？」

「ええ。二回行きましたけど、あれでもまだ何分の一かの規模らしいですね。それでも立派に復旧されていました」

「その通りです。せめてあれぐらいこの実相寺《シルサンサ》を復旧すれば、精気が韓国に留まって日本なんかより、もっともっと韓国が発展するというのに、全く残念な話ですよ」

残念なのはお前の思考回路だよ、と起丞は心の中で答えながら、境内に入っていった。すでに観光に来ていた韓国人のお爺さんやお婆さんたちもいた。三沢は韓国服を着て白い鬚を蓄えた老人に近づくと、なにやら話しかける。手振りから一緒に写真を撮ろうということらしい。お爺さんは快く応じた。一緒に来ていた起満がシャッターを押す。

「よくやるね」

と起丞は兄にいった。

「ああ。あいつはいつもあの調子さ。日本語一つで世界中どこへでも行く。それでいて意味を全部通じさせてしまうんだからな。大した才能だ」

寺の規模は小さくお堂も四つぐらいで、大して見るものはなかった。起泰は薬師仏を案内する。本体は鉄の鋳物のようだ。しかし衣のレリーフと足は木で継がれている。横に人の背丈ほどの梵鐘があり、撞木《しゅもく》がぶら下がっている。起泰が鐘を指さす。見ると、釘で彫ったような細い線で描かれた日本の地図があった。マルコポーロの時代のような地図で北海道は描かれてない。長い年月撞《つ》かれた結果なのだろう、日本の中心部は消えて、東北と九州の南部だけが残っていた。この鐘を撞き続けてきた人々の恨みの強さが想像できる。彼等の気持ちは理解できる一方で起丞は、エネルギーを注ぐところはそこじゃないだろう、と心の中で呟く。やるべきは日本に二度とやられない国を作ることであって、そのためには日本の研究が欠かせない。日本を恨んで丑三つ参りのようなことをしたところで次に日本がどう出るかを知らなければ、いずれまたやられることになる。日本を地図から消して溜飲を下げるというのは、あまりにも後ろ向きで情けない反応だった。

三沢が地図を見ておどける。

「うわあ、福岡県は消えてしもうとるな。こりゃあかん」

起泰が解説をする。

「韓国が日本に奪われる前と、六・二五《ユギオ》の韓国動乱が起きる直前にこの仏様は全身に汗をびっしょりとかかれて、国難を皆に知らせたそうです。これからも何か大事件があればきっとまた汗をかかれて知らせてくれるはずです」

普通のおじさんやおばさんはこういう話に感激するのだろう。しかし起丞は、それは単に湿度が高かっただけだろう、としか感じない。湿度が高ければ鋳物の表面に水滴がつくのは当たり前のことだ。御利益でも霊験でもなんでもない。目を見開いて日本を良く見張れ、といってやりたくなる。しかし迷信で安心できるなら、平和な世の中では目くじらを立てるほどのことでもないだろう。彼は何もいわずに淡々と翻訳をした。

寺を出て駐車場までぶらぶらと歩いて行く。左手の遠くでは水を張った田で牛に鋤を引かせていた。どうやら代掻きをしているようだ。手前の田では三十代ぐらいの女性が一人で田の壁に濡れた土を塗りつけていた。田植えの準備だと知れる。皆が彼女の田を通り過ぎるときに、丁度彼女も腰を伸ばして目が合った。少し照れたように笑うと彼女は皆に背を向け、田から足を抜いた。そして側の小さな水の流れに足を入れた。手首から下は泥にまみれ、指先からは、泥の雫がぽとりぽとりと落ちていた。


起丞は代掻きという韓国語を知らなかったので、起満に、

「うちの村ではいつ頃ああいう作業をしますか？」

と聞いた。聞かれて起満は少しどぎまぎしながら、

「ええと、あと十日か十五日ぐらいしたら始めるな、うん」

「田植えはいつ頃ですか？　梅雨ごろ？」

「いや、その頃にはもう終わってる」

なるほど、九州や関東以西の太平洋側と同じような時期だと納得した。日本の田植えは暖かい地方ほど早く、寒い地方ほど遅い。どこも同じような気温になってから田植えをするからだろうと考えた。そして恐らくは東北の稲は成長が速い品種なのだろうと想像した。

韓国の梅雨は緯度の関係で東北と同じ頃に始まる。大体六月の下旬ごろから梅雨に入り、二週間ほど狂ったように降って終わる。日本でも梅雨の終わりは集中豪雨になることが多いが、韓国では集中豪雨の方が多い。梅雨の長雨という現象はあまり起きない。それで毎年のように水害が発生する。

起丞は小粒の雨に濡れて体が冷えてきたのを感じる。タクシーに戻るとほっとする。起泰は山菜料理を食べさせる店に車を向かわせた。

9

山菜料理の店は地異山《チリサン》国立公園の中にあった。十件ほどのバラックと呼んだ方がいいようなみすぼらしい建物が並んでいる。お土産屋も兼ねているのだろう。店先には小物が色々と置いてあった。

「この後ろに新しいのを建てているんです」

と、起泰《キテ》がこちらの思っていることを察したかのようにいった。彼は一度注文のために店に入り、直ぐに戻って来た。それから直ぐ近くにある戦争博物館に向かった。

地異山は朝鮮戦争の時、北のゲリラの拠点となった場所である。マッカーサーが仁川に上陸作戦を敢行したために、釜山周辺の北朝鮮軍は南北から挟み撃ちされる形となった。この戦いは「スレッジ、ハンマー作戦」と名づけられた。スレッジというのは金床である。作戦名はハンマーと金床で、間の北朝鮮軍を叩きつぶすという意味だった。起丞《キスン》が大学生になったころ、自衛隊の陸史研究会が朝鮮戦争の戦場での記録を出版した。全十巻のシリーズ本だった。彼は当時出版されていたものを読み南北双方の戦い方を時系列で追っていた。北朝鮮軍の一部は太白山脈を北上して逃げた。しかし一部は取り残された。彼等は地異山に閉じ籠もってゲリラ戦を展開した。

こうした戦い方で、日本人と韓国人の差が分かる。日本軍は指揮命令系統がある場合は、徹底的に闘い続ける。乃木将軍が二〇三高地を攻めたときがそうで、兵の損耗率が八割を超えても、それでも戦ったといわれている。通常は四分の一の兵を失うと、新たな部隊と交代するか、降伏して捕虜になる。しかし日本軍はロシアとの陸上戦では、延べ十三万の兵に対して六万の死傷者を出している。ネットの数字だと分母が少なくなるから、損耗率は更に高くなるだろう。それだけ兵を損耗しても闘い続けたのである。これは世界の常識からはかけ離れている。こういう軍隊に接近戦を挑むのは愚かだ。離れて戦かわなければならない。実際、離れて戦った李舜臣《イスンシン》将軍は大勝利を収めたが、将軍の同僚で突撃を繰り返した元均《ウォンギュン》は日本軍に粉砕された。

しかしこれだけ徹底的に戦う日本軍も、指揮命令系統が失われると、途端に烏合の衆になる。

指揮官を失った日本軍は、南方ではただ彷徨うだけの集団になったし、満州ではソ連軍が攻めてくると、一般人を置き去りにして一番最初に逃げ出した。

ところが韓国（朝鮮）人は指揮命令系統がなくなると、直ちにゲリラになる。戦える内は一人になっても徹底的に戦う。いよいよ駄目となったらさっさと捕虜になって、後方での撹乱を試みる。韓国人はそうやって三千年間国を守ってきた。戦場では自分で判断して自分で決める。一秒でも長く生き延びて、一人でも多くの敵を殺すにはそうしなければならなかった。だから韓国人は常に自分の判断で動く。これはビジネスの場ではマイナスになる。勝手に現場の判断で命令を無視して動くからである。勿論韓国でも指揮命令系統は重視するが、現場の裁量が日本人とはまるで異なっている。日本人なら絶対にしないようなことでも韓国人なら勝手に判断して勝手に行動する。上の者も百パーセントは命令できないから、明らかに損害が出るようなことでもない限り、細かいことには目をつぶる。

日本のビジネスマンは勝手なことばかりする韓国人を見て、何をやってるんだと彼等の行動を全否定する。しかし韓国人のこの価値観は国を守れるかどうかに関わってくる部分だから、全否定は、韓国人であることをやめろ、というのに等しい。もし韓国人が日本人のように、命令されたことしかしない民族だったなら、三千年も民族を守り続けることはできなかっただろう。

日本人はこのような場合は、勝手に動く韓国人を全否定するのではなく、あなたが判断するのはいいことだが、と韓国人の存在に関わる根幹は尊重し、この局面に於ける今回の判断は妥当ではない、と部分否定で説得することになる。そうすれば相手の文化を尊重しつつ、ビジネスでの結果も出せるようになる。尤も日本人でここまでできる人間を起丞は見たことがなかった。全てといって良いぐらい日本人は韓国人を、「碌な奴らじゃない」と、否定して終わりである。しかし、碌でもない行動を続けるメリットがあるから、韓国人はそのような行動パターンを現代まで維持しているのである。「なぜか?」と一度考えてみるべきである。常に日本が正しいと、宇宙の中心で日本愛を叫んでいると、いずれ世界中から嫌われることになるだろう。人は神の横にしか座れない存在なのだから。

韓国人は韓国人で自分たちの行動パターンには歴史的必然性があるということを説明できなければならない。しかし韓国人は歴史を反省しない。元均が日本軍に粉砕されたのに、未だに日本を根拠無く軽んじている。日本をきちんと分析しないで負けた先人の真似ばかりしていてどうする、と彼は思うのだった。

戦争博物館は鉄筋の小さな二階建ての建物だった。朝鮮戦争当時使われていた北とアメリカの小銃や手榴弾がある程度で、特別に目新しい展示物はなかった。ただ北の装備品の中に日本の薬品があるのは目を引いた。

彼は留学時代、ＫＣＩＡ（韓国中央情報部）の本部に見学に行ったことがある。そこで見た北の電子機器は全てが日本製だった。どうも北と南のいがみ合いで日本だけが得をしているようで気が滅入った。

二階に上がると三十八度線を挟んで、北と南の経済状況をミニチュア模型で示した展示物があった。北側はトンネルを掘っているが、その後方の生活は貧しい。韓国も北に向いて軍隊を配備しているが、その後方には近代的なビルがそびえている。

模型は現状を正確に示していた。しかし北の貧しさは、体制維持のためにはマイナスではない。共産主義は民が貧しい間は維持できるからである。いや北は金王朝であって、共産主義国家ですらない。王朝は「史記」や「春秋左氏伝」「三国志演義」などの中国の古典を読むと、豊かになると滅びるということが分かる。このような本には「貧しさは共に出来ても豊かさは共に出来ない奴」という台詞が良く出て来る。豊かになると人は自分より多く受け取る者を妬むようになる。その妬みから王朝は滅びてしまう。しかし皆が貧しければ、妬みはまだ小さくてすむから、王朝は維持できる。

むかし高麗が元に攻められたとき、高麗は元軍に殺され、焼かれて人影もまばらになるぐらいになったが、それでも闘い続けた。戦うことだけが自分たちのアイデンティティーを証明してくれたからである。貧しかったから武官たちは闘い続けることができたといえるだろう。今の北朝鮮も当時と全く同じ状況にある。高麗は最後には文官が元に下ってしまったが、戦いの場では高麗は遂に敗北しなかった。当時の超大国である元に負けなかったのは、高麗とベトナム、それとヨーロッパだけだった。そして現代の超大国であるアメリカに負けなかったのは、またもや北朝鮮とベトナムだけだった。ベトナムに至っては勝利まで納めた。日本人がこうした韓国の歴史を知っていたら、韓国を植民地にするよりは貿易相手とする方を選んだだろう。属国にしたらどれだけひどい目にあうか、歴史をひもとけば容易に分かったことである。日本人はあまりにも歴史を知らないといわざるを得ない。勝海舟が氷川清和で、日本人には異民族支配は無理だといっているが、その意見に起丞も同感だった。

博物館を出ると、先程の食堂に向かった。中はテーブルが二つあって、簡単な食事ができるようになっていた。左手は台所のようで、正面は部屋になっていた。箪笥が置かれ、鴨居のハンガーフックに何枚かジャンパーやシャツが掛かっているので、この家の人が寝起きしている場所だろうと察しがつく。その部屋に上がって腰を下ろすと、床が冷たい。起丞は起満《キマン》に頼んでオンドルに火を入れて貰った。

起泰は蛇酒はいらんか、と勧める。そして彼はまむしの入った一升瓶を持ってきた。液体は黄色くなっている。

「腰痛にはこれが一番」

と彼は自分の友達が腰を悪くした経緯と、そしてそれが蛇酒でどれだけ劇的に治ったかを話して聞かせる。起丞はこいつはマージンでも取っているのかしらん、と思いながら値段を聞いてみた。

「四万ウォン」

八千円か。思ったより安い。しかしグロテスクだ。本当に腰が悪くならない限り飲む気にはなれない。

次いで彼は木の実で造った酒はどうかと勧める。四合瓶ぐらいの山葡萄の入ったものを持ってきたが、瓶そのものが汚いし山葡萄も腐ったような色をしている。見るからに不味そうだ。折角だがと皆は遠慮した。

料理が出来るまで四十分ほど待たされた。三沢が今日のうちに釜山《プサン》に戻りたいというので、起丞は地図を借りてバスのコースと列車のコースを教えた。三沢は寝台列車で行きたいといったが、聞くとその路線に寝台列車はないということだった。釜山まで高速バスで行くと三時間ぐらいだが、列車で行くと大回りとなり、倍の時間がかかる。それでも三沢は列車で行きたいといった。

起丞は昨晩叔父が話した田畓《チョンダプ》の件を、兄に伝えなければならないと思っていた。しかし人前で話すことはできないから、仕方なく黙ってその場に座っていた。子供の頃は父親の悪しき影響で、無理におどけて場を持たせ、あとでひどく落ち込んだ。父親は場の空気を掌握して、皆の注目を集めなければならないと信じていた。それが商売の基本なんだと力説していた。しかし父親には近江商人のような三方良しの哲学はなかった。商売は盗人よりも悪いことだが、稼げばいい、勝てば官軍だといっていた。中学生ぐらいまでの起丞はその言葉を信じ、父親が望むような人間になろうと努力してみたが、率先してその場の空気を盛り上げるというのは疲れる。やがて彼は、これは自分の生き方ではないと悟るようになった。

長じるに連れ、人生は生まれてから死ぬまでのことだ、と考えるようになった。だから話すことがなければ死ぬまで黙っていればいい、と思うようになった。何もすることがなければ呼吸にだけ神経を注ぎ、ただ息を吸い、そして吐くことだけを繰り返していた。それだけで一日でも二日でも何もしないでいられた。大学生のころは寝床に横たわって、二週間ぐらい息だけをしていた。その時の感覚は、時間に乗っている、といった感覚だった。時間が勝手に自分を死へと運んでいた。その姿を空中の自分が、ただ見下ろして眺めているだけだった。そうやって彼は日本語から離れる訓練を積んだ。言葉そのものを使わないで考える練習もした。半年ほどで、彼は映像だけでものを考えられるようになった。そうやって日本語から言霊を抜き、道具として使えるように自分を鍛えた。在日は日本語に操られている内は自分の差別意識を克服できない。そう考えて、彼は言葉と距離を置く修練を続けた。

料理がやって来た。広い膳に隙間もないぐらい小皿が並べられた。五十やそこらはあっただろう。その皿の全てが異なる山菜だった。中央には椎茸が入った卵とじの鍋が置かれた。周囲をわらび、ぜんまい、大豆もやしのナムルと、おなじみの野菜が取り囲む。桔梗の根はさっと茹でたものをごま油だけであっさりと味付けしている。胡麻の葉、大根を四角く切ったキムチ、大根の葉のキムチ、白菜キムチ、水キムチと、キムチの種類も豊富だ。皆が一番気に入ったのが蔓《つる》人参の根で、唐辛子味噌で和えていた。少し苦みがあるが、香りが良く、うまい。起丞はこれまで、ソウルでもこれだけうまい蔓人参を食べたことがなかった。天然物と栽培物の差だろうと考えた。朝鮮人参でも天然のものになると何倍も価値が高くなる。三百年物ぐらいになると、日本円で一億円ぐらいの値段がつくこともあった。

味付けは薄味だった。

韓国語では塩辛いという時の辛いと、唐辛子辛いという時の辛いとで違う言葉を使う。だから料理が上手な人は、唐辛子辛くても薄味が基本だ。

日本には言葉の差がないせいか、多くの場合、辛いカレーを選ぶとやたらと塩辛いカレーが出て来る。キムチも同じである。日本人が作るキムチは塩辛いものが多い。ソルティー（塩辛い）とチリィー（唐辛子辛い）の区別がついてない日本人の料理は、一口食べただけで、塩辛さに閉口してやめてしまうこともあるぐらいだ。

その点この山菜料理屋の人は料理が上手だった。唐辛子は利かせても塩は利かせてなかった。日本から来た全員はそのうまさに感激して、御飯をおかわりしてたらふく食べた。川魚料理なんかにしなくて大正解だったと一同は喜んだ。

食事のあと、車は次の観光地を目指す。起泰がまた大声で説明を始める。

「今から行くところは我々のご先祖であられる李太祖《イテジョ》の活躍された場所と、戦勝記念碑のあるところで荒山《ファンサン》というところです」

李太祖というのは、李氏朝鮮を開いた李成桂《イソンゲ》のことである。

「昔倭寇が韓国を荒らし回っていたとき、李太祖は数々の勲功を立てられました。その中でもこの南原《ナモン》の地での大勝利は輝かしいものでした。今から行く地形を見れば分かりますが、荒山というのは川沿いの小さな道を通らないと平野へ出られません。李太祖はこの道の向こう側に陣を敷き、倭寇はこちらから攻め登ったのです」

倭寇は日本の教科書ではただの海賊ぐらいにしか書いてないけれど、殆どは正規の軍隊と変わらないぐらいの組織と兵力を持っていた。それで、朝鮮半島の海岸から馬で三日ぐらいの距離までは、どこも荒らしまくられていた。南原は海まで最短で七十キロである。しかしそういう事情でこの地が倭寇撃退の最前線になっていた。

「あ、ここがちょうどそれです」

起泰は車のスピードを落として、左手を流れている川を指し示した。見ると六畳ほどの赤い大きな岩がある。

「あれは血の岩と呼ばれている岩で、あの岩の上で倭寇の大将が全軍を指揮していました。李太祖はご承知の通り弓の名人でした。李太祖は二本の矢を持ち、まず一本を兜をめがけて射ました。そしてすかさず次の二本目を射ました。日本の将軍の兜は分厚いから、矢で射抜くのは無理です。しかし矢が当たった勢いでのけぞりますから、李太祖は二本目の矢で将軍の口を狙ったのです。一本目の矢でのけぞって、あっと口を開けていた日本の将軍の、その口の中に矢が入り、喉を射抜きます。おびただしい血が出て、この岩を赤く染めたのです」

講談師、見てきたような嘘をいい、の類だな、と起丞は苦笑した。どこまでが本当で、どこからがフィクションか分からない。

ただ、朝鮮の弓は射程が三百メートル以上ある。これは怖らく世界一の性能だろう。だからアーチェリーのように、百メートルほど離れたところから、水平に一点を射抜くということも不可能ではない。対して日本の弓の射程はせいぜい百メートルである。だから百メートル先を狙うときは、四十五度の仰角で放物線を描いて狙うしかない。これでは水平に一点を射抜くのは不可能である。だから日本の弓の性能を基準にしてこの話を聞くと、あり得ない、ほら話だ、という事になるが、朝鮮の弓の性能を知っていれば、うまい奴ならやるだろうな、あるいは、名人ならできる、という話になる。

起泰は調子に乗って更に畳みかける。講談師の張り扇の音が聞こえてくるかのようだった。

「これほどの弓の名手となるには、それだけの練習も必要です。李太祖は岩を射抜く練習をして腕を磨かれたのですが、今から行くところには、その弓の練習をした結果、穴だらけになってしまった岩というのもあります。初め李太祖が獣だと思って射たら、それは岩でした。が、矢はしっかりと岩を射抜いていました。次いで射てみると、今度は岩を射抜けませんでした」

起丞は中国の故事にそういうのがあったな、と思う。それから中島敦の名人伝も思い出した。彼は起泰が中国の古典を借りて話しているという解説も混ぜて翻訳した。兄は笑い、

「まあいいさ。この人がどれだけ故郷を愛しているか分かるというものだ。自分の国に誇りを持ち、自分の故郷にも誇りを持ち、そして自分の仕事にも誇りを持つ。一番幸せなことだ」

それは実に日本人的な感想だった。韓国人だったら、起泰がどれだけ幸せでも、タクシードライバーという職業を蔑む。自分が就いた職業に最善を尽くす人間を讃えるという価値観を持たな

い限り、韓国は新しい時代の精神を獲得できないだろう。

そんな日本人的な感覚を持っていながら、兄は韓国人的価値観で、上場企業の設計技師という職業を捨てて雑貨屋の親父になった。父が経験からしか判断しない人間だったせいで、兄は女房子供にも逃げられて人生を棒に振った。弟の起丞も父親が自らを朝鮮人だと卑下する姿を見続けたせいで、生きる気力を失っていた。父親の、実に朝鮮人的なコンプレックスのせいで、家族はみんな生きる道を邪魔されていた。

家族の人生を邪魔し続けた父は、一方で子孫繁栄を願い自分で墓の場所を定めた。しかしどれだけ立派な場所を選んだところで、子供たちが生きるのを邪魔し続けたからには、子孫が繁栄するはずもなかった。必要なのは死者のための場所ではなく、生きている者が自由に呼吸できるようにすることだったのだが、父は死ぬまでそれを知らなかった。家族全員から自由を奪い、搾取し続けて死んでいった。親父は碌な奴じゃなかったと起丞は思う。そして儒教を後生大事に崇めている朝鮮人ってのは碌な奴らじゃないと、ついつい考えてしまうのだった。

冷たい雨の中、彼等の他には誰もいない場所で、彼等は戦勝碑と李成桂が弓で射抜いたという岩の穴を見た。それから移動をする。

雨は本降りになってきた。すれ違う車も大して無い。起泰はスピードを上げて走る。雨がフロントの視界を遮ると、ワイパーがそれを拭う。何度か繰り返している内に、車のスピードが急に落ちた。起泰は素早くウィンドーを下ろすと、道路脇に止まっていたパトカーに「スンマセン」

というように手を上げる。パトカーの方では警官が一人スピードガンを持っていて、それを上下に動かしながら、話しかけてくる。起泰はもう一度謝るような仕草をして、

「何キロオーバー?」

「二十キロオーバーです」

「スンマセン」

と彼は大きな声でいい、ウィンドーを上げる。そして再び走り出す。

日本では絶対に起きないな、と起丞は思う。韓国人は現場の兵に多くを委ねて三千年間国を守ってきたが、しかし平和な時代ではこの行動パターンは弊害が大きい。韓国は法治国家ではなく、人治国家になる。人によって取扱に差が出るし、民衆の声の大きさで判決が変わってしまう。日本では法は万人に平等に適用される。韓国のように適当ではない。日本では、たとえ悪法であったとしも、法を優先させる。韓国では悪法は誰も守らない。例えば、タクシーの相乗りは日本でも韓国でも違法だと在日の法律家から聞いたことがある。それは日本ではきちんと守られているが、韓国では誰も守らない。皆が悪法だと思うと、法律を変えずに皆で無視するからだった。日本だと守った上で、法律を変えるという手続をとる。だから法を無視する韓国は人治国家である。法治国家ではない。起丞はそう思っていた。

人治国家で困るのは、人により何が悪法かという判断が異なるという点である。加えて韓国には勝手に判断して勝手に暴走する輩が多すぎる。明らかな屁理屈なのに、自分を正義だと主張す

る連中もまた多い。

こんなことがあった。韓国から来た会計士に「フーテンの寅」の映画を見たことがあるか聞いたことがある。見たというので、感想を聞くと、

「韓国にはああいう困った奴が普通にいるよ。そんな奴の映画を見て何が面白いの？」

というのだった。日本だとフーテンの寅は映画の中ぐらいにしかいないレアケースだが、韓国では普通にどこにでもいるのである。フーテンの寅は、他人事なら笑っていられるが、自分が関わり合いになると、腹が立つ相手である。まともに仕事もしないくせに能書きばかり垂れて、普通に日当を請求してくる。フザケンナ、といいたくなる人間なのだ。韓国の会計士は、それを指して、何が面白いんだ？　といったわけだった。

日本の「フーテンの寅」というのは、世俗の欲や競争に背を向けている人である。彼は欲望渦巻く、競争の激しい現代社会のアンチテーゼとして存在している。そこが韓国に普通にいる困った連中とは決定的に違うところなのだが、韓国の会計士には、その点が分からなかったようだ。

韓国の「エセ寅次郎」は能力も無く、努力もしないくせに、うまい物を食って奇麗な姉ちゃんを抱きたい人たちである。起丞の叔父や岡田の兄さんの長男なんかがそのタイプだ。韓国全体で五パーセントはいるだろう。そんなエセ寅次郎が、世界中で韓国の評判を落とし続けている。中には成績が良くて上流社会に食い込むものもいる。しかし彼等は、勝手に法律の解釈を曲げて自分とチング（仲間）だけがいい目を見ようとする。

こうした性格は国を守る精神と不可分の所があり、マイナスだけを修正するのはなかなかに難しい。かといって日本人みたいな性格になったら、次に侵略されたときに簡単に民族が滅びることになりかねない。

派閥（チング）だけの利益を求める韓国式儒教は、女性を含め能力ある者が働けないという非効率が大きい。取りあえずは儒教的価値観を廃し、若者が希望を持てる国にしなければならない。そのような総論は分かるのだが、どうやって、という具体論になると、難しかった。取りあえず女性が生きやすい社会にすべきだということは見えていたが、その先となると、まるで分からなかった。それで考える度に溜息が出た。韓国の精神革命は容易なことではなかった。

起丞は、雨中の警官を見やりながら、

「知ってる人ですか？」

と聞いた。起泰は元気に答える。

「はい。狭い町ですから殆どは見知っています。私はここで十八の時から二十年間タクシーの運転手をしています。優良運転手としての表彰もされてます」

と肩のワッペンを示す。

「それに私は南原《ナモン》観光協会の特別会員でもあります。ですから市役所や警察やらのたいていの人と顔見知りです。それでまあ、本当はスピード違反ですが、大目に見てくれたりします。というのも、いつもは本当に南原《ナモン》の観光発展のために尽くしているからです」

と、彼は自慢話を始める。日本からの客を連れて釜山までいったときの話だとか、忠清道近くまでいった話をした。それから優良運転手は何人かしかいなくて、個人で観光協会に関わっているのは、数人しかいないのだと自慢した。

彼が観光協会の特別会員だというので、市の観光課に行って南原市のカラーパンフレットと観光地図を貰うことになった。韓国では地図は戦略上の機密のせいか、モータリーゼーションが始まる前の世代はまず地図を読めない。地図そのものを見たことがないのだ。

起丞は留学したときに、ソウルで一番大きな本屋に行って、ソウル市の地図を買ってきた。それを部屋の壁に貼ると、下宿の五人のソウル大学生全員が見学に来た。彼等は、

「へえ、ソウル市とはこんな形をしているのか」

「ソウル市にも地図があったのか」

などと話していた。

しかしオリンピック前のこの頃から韓国でもソウル中心部の観光地図を無料で配ったり、全国の地図を普通に本屋で見るようになった。それまでは普通の人間は地図など見たことがない生活を送っていた。

途中の道路に、鉄で作った移動式の三角形のバリケードを置いて検問をする場所があった。そこも起泰の顔パスで通過し、一度市役所の観光課に寄ってパンフレットと地図を貰った。起満が連絡をしたのだろう。市役所に勤めている起雲がどこからかやって来て皆と挨拶をした。一度旅

館に戻り、三沢の荷物を車のトランクに入れた。それから時間の許す間、観光を続けることにした。起泰は萬人義塚《マニンウィチョン》に皆を案内した。

相当に広いコンクリート舗装の駐車場があった。起泰の解説を聞きながら階段を上がっていく。雨は霧雨になっていた。皆はそれぞれに傘を差していた。起泰がいう。

「ここは壬辰《イムジン》・丁酉《チョンユ》倭乱（文禄慶長の役）の時に戦って亡くなられた、無名戦士の方々が葬られています。また何年か前にこの地方を襲った水害で数百名の方が亡くなられましたが、その方々も一緒に葬られています」

彼等の前方に、韓国のどこかの農協の団体らしき一団がいた。大きな土まんじゅうの前に整列し、ラッパの音が緩やかに響いている間、彼等は黙祷を捧げていた。それが終わると一人の赤ら顔のおじさんが、大部できあがった様子で、周りの者にいう。

「つまりここには我々の祖国を守るために命を捧げられた方々が眠られちょるというわけだ。分かったか、みんな。あーん」

一緒に来ている誰もおじさんを相手にしない。いつも知ったかぶりをしては威張っているのだろう。それは在日の一世にも圧倒的に多いタイプだった。いま誰かがいったことを自分の意見としてその場の皆に聞かせるのである。そうやって誰かがいったことを、自分がいったことにしてしまうのだった。簡単にいうと、ノウハウの横取りである。起丞から見ると一世というのは、そういう困った人たちばかりだった。自己顕示欲や名誉欲ばかり強いくせに、そのための努力はしない人たちだった。

彼の父親もそうだったが、皆、やればできた、という。そしてそれは自分のせいではなく、時代のせいでできなかったという。犯人は俺ではない、時代だ、というのだった。いつもの厄払いである。時代が悪かったというのは否定できない。父の実の弟のように、日本に徴兵されて、日本のために戦って戦死するなどというのは、時代のせい以外の何ものでもない。しかし努力が伴うことで、やればできたというのはみっともないものである。起丞が思うに、在日の一世は、やったけどできなかったという方が、どれだけ格好いいかを知らない人たちだった。

総じて在日の一世は目立ちたがり屋で名誉欲が強く、話す内容に信頼を置けない人が多かった。これはしかしコンプレックスが強い人に共通の性格だった。だから日本人でも在日の一世的な人がいた。業界でいうなら、起丞の経験からは証券業界にそういう人が多かった。ある会社でのことだった。その場の誰もが日経新聞を読んでいるのに、証券会社から来たその人は何日か前の日経の記事を自分の意見として滔々と述べるのだった。周りは大人だから誰も咎めないが、起丞は、こいつは文字が読めるのに、文字を知らなかった在日の一世と同じレベルだな、と思いながら聞いていた。

農協の赤ら顔のおじさんは、仲間が無視するので、今度は起泰に話しかける。

「眠られちょる方々は、我々のために命を捧げてくれたんじゃ。うん？　そうじゃろうが、若いの。どう思う？」

起泰は笑顔で、

「その通りです。いや全く、おっしゃる通りです。ところでどちらからおいでになりましたか?」

「うん、わしか? わしらはじゃの」

と、駐車場に戻るまでおじさんの、中身のない話を長々と聞かされる羽目になった。

次いで当初の目的であった広寒樓に行った。車を川沿いに駐車させると橋を渡って広寒樓に入った。敷地内は緑が多い。広葉樹には葉がついてないが、松は青々としていた。中央に池があり、玩月亭という名の樓がある。これより手前までが広寒樓になる。敷地内には春香の祠があり、春香の全身立像が画かれている。勿論それは後世の人が画いた想像図である。しかし三沢は絵を一目見るなり気に入って、

「いやあ、代表的な韓国美人を見たな。うーむ、これは感激だ」

と喜ぶ。だが起丞の目には美人には見えなかった。まあ、好みは人それぞれだから、みんなに結婚相手がいることになる、と彼は自分で納得して黙っていた。

池をぐるりと巡ると李朝時代の衣裳を貸すところがあった。既に観光客が李夢竜と春香の衣裳を着て写真を撮っていた。男性の貸衣装は、元服前の子供が着るものだった。それを大人が着て写真を撮っているのだから、いささか滑稽だった。観光気分で浮かれてないと、そういうこともしないだろうと考えた。

観光客が写真を撮り終えたので、皆はその場を離れた。月梅《ウォルメ》の家という居酒屋があったので入っ

てみた。月梅というのは、春香の母親の名前である。以前はここで密造した酒を売っていたらしいが、酒税法に触れるということでいまは売ってなかった。

酒税法はこれも韓国と日本で差は無いらしいが、韓国ではお祝いの時には普通に密造が行われていた。韓国の市販されている酒は不味いので、うまい酒を飲みたかったら密造するしかなかった。韓国のお上は、自分で作って自分で飲む程度なら、うるさいことはいわなかった。しかし日本は法律を厳密に適用する。たとえ自分で飲むためであっても、酒を造ると摘発される。あまりに法の適用が厳しい日本は息をするのもしんどいような側面があった。韓国は大らかだ。しかしそれでも他人に売って、利益を上げるとなると許可が必要だった。その許可を得るには賄賂が必要になる。必要な賄賂と、見込まれる利益とを比較して、店の主《あるじ》は割に合わないと判断したのだろう。それで密造酒は売られなくなった。起丞はそう理解した。

ソウルから来ているらしい三人の娘が軒先で記念写真を撮っている。お互いふざけたりはしゃいだりしている。ソウルの娘らしい身のこなしだが、その内の一人は雰囲気が違っていた。韓国人的ではなかった。三人は話しながら通り過ぎる。皆ソウルの言葉だ。三沢が三人の一人に話しかけて、一緒に写真を撮ってくれと頼んでいるようだった。と、その娘は急に日本語を話し出した。

「あれ、日本語できるんですか?」

と三沢。

「わたし、日本からの留学生なんです」

「じゃあ、日本人ですか?」

「はい」

「なあんだ」

起丞も納得した。言葉はできても染みついた日本人的感覚までは消せない。それは自分も同じだろうと思う。

この頃まで、ソウルにいて歩く姿を見るだけで日本人と韓国人の区別がついた。日本人と韓国人とでは特に目の光が違った。韓国人は、殆どの人の目がぎらついていた。何とかして儲け話にありつこうと必死な様子だった。しかし日本人はのほほんとしている。明洞のロッテホテルの前にいて、そこを歩く人の誰が日本人で誰が韓国人かは、何もいわなくても大体分かったものだ。しかしソウルオリンピックのころからは韓国が豊かになるに連れ、韓国の若者も日本の若者もまるで区別がつかなくなってしまった。

三沢は女の子三人と写真に収まった。起満は彼のカメラ担当のようになっていた。娘たちは貸衣装屋の方に行く。戻って来た三沢に兄がいう。

「おまえ日本人と知らんで、日本語で変なことをいわんで良かったのう」

「いやあ、もう十年若かったら住所を聞いたりして頑張るんだけど、もう歳だねえ。かあちゃん以外の女性にまで手を伸ばそうという元気がないよ」

南原駅の駅舎は白いペンキ塗りの、木造の二階屋である。明治時代の日本の西洋式建築を思わせるデザインで、案外日本人が建てたものかも知れなかった。この建物は外から見るよりもプラットホームに立って見る方が風格があった。プラットホームは高さ十センチほどのコンクリート板で、長い廊下のような造りだった。

皆がホームに駆け込むと、丁度列車が入って来るところだった。停車時間も殆ど無かったので、起丞は三沢の周りの人々に釜山まで頼むと声を掛ける暇も無かった。三沢は列車のタラップを慌てて駆け上がった。そして振り向くと何度も礼をいった。列車はゆっくりと動き出す。牽引はディーゼル車だ。エンジン音がひときわ大きく響くと、列車は速度を上げた。低いプラットホームは旅情をかき立てる。タラップを上がって列車に乗り込む行為は、旅をする、という思いを再確認させてくれる。三沢を乗せた列車は直ぐに小さくなってしまった。

雨がまた強くなってきた。起泰は地異山の九龍渓谷に車を向けた。到着して地異山国立公園管理事務所の前を歩いて行く。起泰が上の方にある墓を指さし、

「春香《チュニャン》の墓に詣でていきませんか」

という。起丞は呆れた調子でいった。

「春香は小説の中の人物ですよ。墓があるわけないでしょう。他の観光客は、本気で墓に詣でているんですか？」

起泰は照れ笑いをしただけで答えなかった。日本でいうなら、東大に三四郎の墓があったり、松山に坊ちゃんの墓があったりするようなものである。まあもっとも日本でも「あしたのジョー」

の力石が死んだときはフィクションの人物なのに、有志が集まって葬式を出したことがあった。春香は日本の力石ぐらい韓国人の思い入れが強い存在なのだろうと理解した。

渓谷に向かう岩場を下っていくと、川の縁に砂地があった。かなり広い。夏場はキャンプ場になるのかも知れなかった。その辺りでは硬いはずの岩が、水の流れの形にえぐられていた。下流には淵があり、水は深い緑色をしていた。見上げると裸木の木立が鬱蒼としている。その背後は濃いガスに包まれて真っ白だった。比較的粒の大きい雨は冷たかった。

車に戻ってから建設中の地異山ハイウェイを進んだ。この道路は相当の難工事であり、予算もかかることから長い間建設が見送られてきたそうだ。しかしオリンピック開催を控え、観光と軍事的な見地から着工されたとのことだった。道を上がっていくと、直ぐに工事現場に行き当たった。雨の中を男たちが作業をしている。壁の岩はむき出しで、いつ崩れるか分からないような急な勾配が切り立っていた。工事の人とどう話をつけたのか、起泰は舗装されてない道路を上がっていく。三百メートルほど登っただろうか、目の前を濃いガスに塞がれて彼は車を止めた。そして、

「晴れていたら、ここは素晴らしい景色のところなのに」

と悔しがった。崖っぷちに立って下を見ると、下のガスは薄く、川が蛇行しているのが見えた。彼等がいる場所より上ではガスが濃くて何も見えなかった。道はあるが、それ以上進むのは命がけになるので、起泰は諦めて引き返した。

旅館への道で、起丞は昨晩の叔父との話を兄にした。起東《キドン》の名前をそのままいうと起満に分かっ

てしまうので、中華料理屋といった。しかし単語が長いので、途中からうどん屋に変えた。

兄も父親からその話を聞いたことがあるといった。そして、

「誰か一人の名義にしろというのなら、うどん屋にするしかないだろう。しかしそういうと叔父さんの面目丸つぶれだしな」

そういってから、

「しかしうどん屋も問題やな。銭を預かっているのに出さんかったり、会計報告もせんじゃ困るな。一回うどん屋のところに行って話を聞いてみるか？」

「ふむ。そやね」

と起丞も同意する。兄は続ける。

「俺たちは別に韓国の土地を欲しいとも何とも思ってないし、親父が韓国に金を持って行くのも好きにさせてきたけど、叔父にも、うどん屋にも名義を変えないとなると、俺の名義にするしかなくなるが、そうなると、それはそれで大騒動になるやろな」

起丞も黙って頷いた。彼は韓国の土地など欲しいと思ってない。父親が持ってきた、親戚から
したら莫大な金は、一円も戻らないと思っている。それは父親自身もそう思っているはずだ。仮に貸した金があったとしても、父親はやるつもりで貸しているはずである。そういう人だった。

父は家族が立ち食いそば一杯食べることも禁止して作った金を、全て韓国に持って行って散財した。子供たちは、それで親父の自己満足が買えるならそれでいいさ、と考えていた。

兄は続ける。

「ああ、俺が韓国に来るときは必ず騒動が持ち上がる。初めの時は言葉ができんの、なんのと周りから文句をいわれるし、二回目の時は新婚旅行だったけど、周りがうるさすぎて嫁さんがストライキを起こすし、そして今度は土地の騒ぎだ。まあ、親父が死んで来てるんだから、いずれ何かそれに類したことが起こるだろうとは思っていたが、とにかくこっちの人はそういう争いになると、うるそうてかなわん。わしは言葉ができんで良かったわ、ほんま。おまえ、うまい具合通訳して、がんばってや」

「えらい損やな」

と起丞は腕を組んだ。彼は起泰に起東の中華料理屋に行くように頼んだ。着いてから起満を村にまで連れて行く料金も含めて幾らかを聞いた。起泰は、

「本当は親戚でもあるし、お金を貰うなんてことはとんでもないことで、この辺りの観光を全てさせてあげなければ成らないことなんだけれど」

ごにょごにょと言葉尻を濁す。またまた韓国人の儀式が始まったと起丞は考える。自分の希望を相手にいわせるための儀式である。こういうのは韓国人にしか通用しないんだけどな、と彼は思う。

一方で日本人にも日本人にしか通用しない儀式というものがある。謝罪の儀式である。日本人が求める謝罪の殆どは、損害に対するものではない。「俺の気分を害させたから」謝れという、

情緒的な謝罪である。殆どの日本人は自分たちが情緒的な謝罪を求めているということを知らない。怖らく世界中で情緒的な謝罪を求めるのは日本人ぐらいのものだろう。日本以外では謝罪は専ら実害に対して行うものだ。それで日本人が韓国人に謝罪を求めると、韓国人は憤慨する。損失が発生してないのに謝れといわれるからだ。韓国人は日本人が非難するように謝らない人たちではない。韓国人も損失が発生していれば謝る。しかし損失が発生してないのに謝れという日本人には憤慨する。「あいつらは韓国人をバカにしている」と怒り出す者まで出る。文化の差というのは埋めがたいものである。日頃からそう感じているから起丞は、起泰の儀式に付き合うことにする。

「いいえ、親戚と商売とは別ですよ。お金を受け取ってくれなければ困ります」

「え？　そうですか？　だけど」

と起泰も粘る。

「生活しなければならないのですから、今日の稼ぎを受け取るべきですよ」

と何度かのやりとりがあって、起丞は四万ウォンを起泰の手に押し込んだ。どうにも韓国的な大義を通すというのは大変である。

起丞と起潤《キユン》、それと息子の康一の三人は起東の中華料理屋の前で降りた。そして起満を見送る。

10

起東《キドン》の中華料理屋に入ると真ん中に四角い石油ストーブがある。淡いオレンジ色の炎が揺らめいている。左右にテーブルが二つずつと、奥に四畳半ぐらいの座敷が一つあった。何とも狭い店だしあちこちに油汚れがこびりついていて、衛生的な店とはいえなかった。しかし当時の韓国ではごく一般的な店だった。当時の韓国ではかなり高級な店でもない限り、衛生的な店は希だった。

起東は皆を笑顔で迎えた。通されるままに座敷に上がり、ビールで乾杯をした。韓国のビールはこれもまた不味い。炭酸水に麦茶を入れてアルコールを加えたような代物だ。バドワイザーが好きな人には合うかも知れないが、日本のビールのようにこくや切れのあるビールが好きな人には飲めたものではなかった。しかし酔うと味が分からなくなるから、そんなビールでも酔ってしまえばハッピーだった。

今日行った観光地の話をしていると八宝菜が出て来た。それをつついて、それから本題に入る。起丞《キスン》は叔父から聞いた話をした。兄は彼等が何の話をしているかは察しているが、内容は全く分からない。淡々とビールを飲み、淡々と八宝菜を食べていた。甥も横で箸を動かしている。

起東は話を聞くや、あきれ果てた、という顔になった。彼の口の周りにはまばらな無精鬚が生えていた。

「そんなことをいったのか、堂叔《タンスク》（父のいとこ）は。全く驚いたな。大体皆で米を売って、皆で祭祀《チェサ》をしているのに、何の会計報告が必要なんだ？　未だかつて誰一人としてそんなことをいった者なんかいないのに、それに、会計報告をして欲しいのなら、俺にいうのが筋だろ？　俺には何もいわないで起丞《キスン》にそんなことをいうとは、何を考えているんだあの人は」

なるほど、なるほど、と起丞は頷く。会計報告そのものは彼の仕事上、どんな場合でも必要だというほかはなかったが、しかし起東が憤慨しているので何もいわなかった。起潤《キユン》もついてふんふんと頷く。言葉の調子でどういう展開であるかは察しがついているのだろう。起丞は、

「で、叔父さんはお金が残っているはずだ、というんですが」

「ちょっと待てよ、起丞。田畓《チョンダプ》から上がる金はせいぜい五万ウォンだよ。そんなもの祭祀をして残ったりするもんか。全部使っちまうよ」

祭祀というのは法事のことである。

「でも少しは残るでしょ」

「残らない」

「残る年がないとなると、足りない年は誰が負担するんですか？・」

「それは、それは確かに日本の堂叔（父のいとこ）、起丞《キスン》のアボジだけど、資金を補充して貰ったことはあるよ」

「いくらですか」

「二十万ウォンぐらいだったかなあ。足りないときはそれから出して使ったことはあるよ」

「じゃあ、金はあるんですね。その金は幾らぐらい残ってますか」

「残ってない」

「残ってない？　じゃあ、これからの祭祀はどうするんですか？」

起丞は会計監査をしているような気分を感じていた。質問して少しでも矛盾点があるとそこを突いていくのである。会計士には税務署のような反面調査権がないから、会社内部の証言や証拠が全て整然と辻褄が合っているかどうかを確認していくしかなかった。

起東の返事は、しどろもどろになっていった。堂々巡りをしながら起丞は起東から事実を聞き出そうと奮闘した。二十分ほどやりとりをして事実が大部見えてきた。まとめるとこういうことだった。

田畓からの上がりは五万ウォンほどある。他に彼等の父親が足りないときの基金として二十万ウォン出している。祭祀をして残れば基金に加え、足りなければ引き出して使っている。基金そのものは一定額あるから、それは高利で貸して運用している。貸している相手は起東自身である。起東は基金に対して利息を払う。これはきちんと帳簿につけている。彼等の父親が生きているうちは、韓国に来る度にこの帳簿を見せていた。起東が現在借りている金は五十万ウォンである。そして彼等の父親の埋葬費用としての二十万ウォンは明日叔父のところに届ける予定である。

起東は意図的に話をはぐらかそうとしていた。しかし起丞は質問慣れしている。相手が悪かったというほかないだろう。起丞は些細な疑問点も残さず質問し続け、起東から全てを聞き出した。初めに基金に金がないといったのも、自分が借りているから基金そのものには残ってないという意味であった。言葉尻だけを捉えた子供みたいないい訳だったが、それは思うに、彼等が起東を疑って査問に来たと受け取ったからかも知れなかった。

起丞は兄に通訳した。起潤も同じ雰囲気を感じていたようで、父が自分たちに話したことを起東に話してやれといった。起東の警戒心を解くためだった。起丞は起東に父親がいっていたこと、つまり、全てを起東のものにしたいが、叔父の面子を考えてそうしなかったということを話した。そしてつけ加える。

「だから我々兄弟は起東《キドン》さんが、田畓《チョンダプ》の全てを自分のものにしたとしても、文句をいいません。好きなようにして構いません。しかし起東さんと叔父さんとはこれからも同じところで暮らすわけですから、どちらも気分を害さないようにこの話を収めなければなりません。この話がもとで仲違いするようだと、我々も困ります」

そうそう、と起潤は弟のいっていることが分かっているかのように頷いた。起東は落ち着きを取り戻していう。

「しかし俺は、今回は失望した。堂叔《タンスク》（父のいとこ）は時々変なことをいったりする。しかし嫁さんは常識がある人だと思っていたのに、たとえ堂叔（父のいとこ）が馬鹿なことをいったとしてもあの人が止めなきゃならないのに、止めもしないで話させるなんて」

見るところは同じだな、と思う。起丞も起東と同様の感想を持ったので、あとでこっそり叔母に聞いてみた。叔母は叔父が話すその時まで何も知らなかったと答えた。起丞は起東にその事実を伝えた。韓国の女性は夫から相談があれば母の如くに振る舞うが、人前では夫に恥をかかせないために夫の発言に口を挟まないのが普通である。だから何もいわなかったのだろうと起丞は理解した。起東は韓国文化しか知らないから、当然そのように理解して、仕方がないと引き下がったのだった。しかし起丞はもう一歩突っ込んで、叔母に、叔父のいったことをどう思うかと聞いてみるべきだったと大部あとになって後悔した。監査人としては突っ込み不足だった、まだまだだなと反省した。

起丞は一人タクシーに乗って叔父の家に戻った。仁川の叔母夫婦が来ていた。それで今日が叔父たちの母親の法事の日だと思い出した。仁川の叔母はどうしてこれだけ太れるのだろう、と思われるぐらい太っていた。ただ太り方が脂肪太りのそれではなく、筋肉のように見えるから、非常にがっしりとしていた。対して亭主の方は中肉中背だったから、か弱く見えた。他に何人かの村人もいた。幹儀《カニ》の叔母は起丞にコーヒーを出した。新しい表彰状が壁にあったので、

「あれは」

と聞くと、叔母は照れながらも、地元の婦人会で活躍して表彰されたのだと話した。人望はあるようだ、と感じる。しかしそんな人がどうしてこんな変な男と結婚したのか、全く奇怪な話だった。男女の仲は分からないものだと考えた。自分の母親にしてもどうしてあれだけ自己顕示欲が

強くて、子供を罵り続けていた男と結婚したのか未だに理解できない。

彼は客間に入った。今日はオンドルに火が入れられていた。床が暖かかった。これで今晩はゆっくり休めそうだと思った。

本来なら叔父の母親の法事だから居間に顔を出すべきなのだろうが、叔父を尊敬できないし、生きていたころの叔父の母親も尊敬できなかった。加えて父親の遺骨の受入を拒否されたこともあって、彼はズルをすることにした。

初めて韓国に来たとき、叔父の母親はまだ存命だったので挨拶をした。若いときは奇麗な人だっただろうと思わせた。祖父は女が好きな人だったから、見た目がいい彼女を口説き続けたのだろう。しかし叔父の母親には気品が感じられなかった。悪くいうと美人意外に取り柄の無い人で、無知で無教養だった。その点自分の母親は貧しい暮らしをしていても気品があり凛としていた。そんな尊敬できない叔父の母親には頭を下げたくなかった。不遜だと分かっていても、彼は居間に顔を出す気にはなれなかった。こんな時彼は、李朝五百年の両班のプライドが、父親を介して自分にも伝わっていると感じるのだった。

親がいて子があり、子がいて孫がいる。女好きの祖父がいて、自分がおり、また叔父たちがいた。死んだ者から生きている者へと続く道は、いま現在生きている者も、直ぐに死者の列に組み込んでしまう。現在目の前で行われているドタバタ騒ぎは、既に鬼籍に入った人たちの設計したものに違いなかった。

死者がお祭り騒ぎをしている。起丞には現実がそう感じられた。いずれは自分の子や孫たちもこの世での祝祭を繰り広げるのだろう。そんなことを思っている内に、彼は眠りに落ちていった。

11

起丞《キスン》は朝食を済ませると、兄に頼まれていた帰りの便の予約をすることにした。ソウルの大韓航空のカウンターに電話をしようと、

「ソウルの電話番号を調べるにはどうすればいいですか?」

と叔母に聞いてみたが分からない。仁川《インチョン》から来た叔母夫婦も分からない。

「市外に電話を掛けるとき、どうしてるんですか?」

と聞いても誰も答えられない。いまと違いインターネットもスマホもない時代である。ソウルの大韓航空の電話番号を調べられなくて、起丞は頭を抱えた。

叔母は電話局に勤めている叔父に聞いてみるといって電話をするが、工事に出ていて留守である。親戚たちはああでもない、こうでもないと話し始めた。十人ほどの人がいて、誰も市外の電話番号の調べ方を知らないのだった。彼は電話帳を開いた。目次を見る。そして市外電話のかけ方のページを開けると、たったの一ページしか説明がない。曰く、市外局番を回せ。次に相手の番号を回せ。それだけである。相手の番号が分からないとき、どうやって調べるかは書いてない。

国際電話のかけ方は、延々十ページにも亘って、懇切丁寧に書いてある。多くの者が日本に親戚を持っていたし、日本では一世が生きていた時代である。それで韓国から電話を掛ける機会が多かったのだろうと理解した。

叔父から電話があった。彼も分からないので、調べてから電話するということだった。

仁川の叔母がコーヒーを入れてくれた。凄いスピードで瓶からコーヒーとミルクをがばがばと注ぐ。それから砂糖も山と入れる。起丞は一口飲んでアウトだ、と思った。

南原《ナモン》の叔母が思いついたように、

「旅行代理店では飛行機の切符は売らないのかしら」

と仁川の叔父に聞いた。

「旅行代理店は何でも売るだろ?」

「起満《キマン》、大韓航空の代理店はなかったっけ?」

「確か、去年できたはずだよ」

それだ、ということでそこの電話番号を聞くために電話局の叔父に電話した。誰も電話番号サービスがあるということを知らなかった。起丞も思いつかなかった。日本にあるのだから、韓国にも当然あるはずなのだが、なぜかそのことに思い至らなかった。

叔父から電話が来たので、彼は予約すべき内容を話し、代わりに予約して貰うことにした。暫く雑談をしていると、旅行代理店から彼に確認の電話が入った。その時電話を受けたのは仁川の

叔父だった。彼は、

「起丞、電話を受けろ」

といった。一瞬かちんときた。てめえ何様だ、と思う。これが日本人の親戚なら、「丞《すすむ》さん、電話ですよ」というだろう。親戚の間で対等の関係を示す呼称がない韓国語には、いつまでも馴染めない。しかし彼は直ぐに気を取り直して、

「ありがとうございます」

と電話を受けた。仁川の叔父は韓国の常識で話している。腹を立てるべき理由はなかった。罪は対等の関係を示す呼称がない韓国語にあるのであって、叔父にあるのではなかった。

起丞は韓国語は使えても、それを日本語の言霊をもとにして操っているから、上下関係でものをいわれるとカチンと来るのだった。しかし韓国語でやられる分にはまだ諦めもつく。在日の一世は韓国語の言霊で日本語を操っていたから、一世が話す日本語はとんでもなく横柄だった。まず、子供は誰であっても呼び捨てである。他人の子供だからとさん付けをすることもない。一世は彼を見て、

「丞《すすむ》、おまえ、なにしとるんか」

などという。こういう言葉を聞くと、

「どうしてお前なんかに呼び捨てにされなきゃならんのだ」

「お前に、お前呼ばわりされる覚えはない」

などと反応してしまう。起丞は自分の母親から、たいていは「丞《すすむ》さん」とさん付けで呼ばれていた。だから一世から呼び捨てにされる度にいつも腹を立てていた。朝鮮人の奴らは常識がないと思っていた。

起丞は韓国語を学んでから、一世は韓国語の言霊で日本語を操っており、その言葉づかいは韓国語では普通のものだった、と知った。特に相手を貶《おとし》めようと、わざと無礼なものいい方をしていたわけではなかったのだ。韓国社会に自由、平等、博愛の精神が根付くようになれば、韓国語もそれに応じて変化するだろう。その時は親族間や他人であっても対等の関係を示す呼称が使われるようになるに違いない、と彼は考えた。しかし自分が生きている間に、そういう日は来ないだろうとも思っていた。

日本で対等の関係を示す呼称が使われるのは、日本人が情緒的な謝罪を求める精神と同じ発想から来ていると、彼は考えていた。日本は逃げ場がない島国である。それでトラブルを嫌い事前に回避しようとする。そのため、あなたを煩わせて申し訳ないのですがと、何かを聞くときでも事前に「すみません」と謝罪してからものを聞く。日本人は常に相手を煩わせるときは謝罪から入る。それだけ他者という存在を意識するので、対等の言葉づかいである「さん」というのが発明されたのだろう。しかし「さん」は単なる対等ではない。相手の存在を尊重した上での対等である。英語の「ｙｏｕ」や韓国語の「あなた」には、恋人を呼ぶ場合など特別な場合を除いて、通常は尊敬の念は含まれてない。日本人が年下の者を「さん」付けで呼ぶのは美しい習慣だと彼は思っていた。しかし、これを実践している日本人は日本人の中でも少数派だった。彼の母親や日本人の親戚は子供たちをさん付けで呼んでいたけれど、それは例外的な人たちだったということを、彼は大きくなってから知った。日本人でもよその家ではそうではなかった。多くは目下の者を呼び捨て、あるいは「君《くん》」づけで呼んでいた。多数派は韓国と大差がなかった。

言葉づかいの他に日本と韓国で顕著な違いがあるものとしては、腹の立て方があった。日本人は我慢できる間は我慢して、いよいよ我慢できなくなったら、切腹覚悟で腹を立てる。日本人が腹を立てるときというのは、死を覚悟したときである。高倉健は映画の中で理不尽な親分の仕打ちに耐え続けて、いよいよ耐えられなくなったとき、唐獅子牡丹の歌をバックに、ドスを片手に死地に赴く。あの姿が日本人の腹の立て方である。しかし韓国人はパフォーマンスとして腹を立てる。机の上のものを投げ飛ばしたり、椅子を蹴り上げたところで、彼等はそれを見せるために行っているのであり、本当に腹を立てているわけではない。彼の父親もそうだったが、怒った振りを見せ続けて、子供が怯えて自分から親の望む言葉を発するようにするために、怒りのパフォーマンスを演出しているのである。韓国人は全部計算尽くである。少なくとも無意識レベルでは演技である。それで起丞は、中学生ぐらいからは、父親が怒ると「またやってやがらあ」と腹の中で嘲笑しながら迫真の演技を眺めていた。こうした違いのため、日本人と韓国人が交渉すると、大抵は日本人が負けてしまう。韓国人がパフォーマンスで怒り出すと、日本人は、こいつは腹を切るつもりか、と驚いてしまう。で、譲歩してしまうのだ。韓国人が怒ったときは真に受けず、「おお、すばらしい」とその演技を褒めてあげればいいのである。

韓国人が本当に腹を立てたときは、手が出る。暴力を振るわずに怒っているだけなら、それは全て演技である。日本人は眼前の迫真の演技を楽しんでいればいいのである。

飛行機の予約がすんで、叔母が市内に行くというので、起丞は仁川の叔母夫婦と共についていくことにした。家に一人でいても、することもなかったからである。

家を出ると土の塊が転がっている田んぼがある。手前には小さな川が流れている。少し下るとコンクリートで造った洗い場がある。以前はここで砧で洗濯をしていたが、いまはどこの家にも洗濯機があった。

そこを過ぎると右手にコンクリートの橋がある。川は誰も名前を知らない小さな川で、川幅は二メートル程度であった。

父親はこの川のことを自分が渡りきれないぐらい大きな川だと思っていた。成人して村に戻ったとき、その川があまりに小さな小川だったので、驚いたという話をしたことがあった。起丞にも同様の経験がある。彼が幼いころ使っていたこたつは、彼が簡単に通り抜けられる大きなものだった。それを大学の下宿に持ち込んで、

「おれんちのこたつは大きいぞ」

と自慢したけれど、荷物をほどいてみると、一番小さなタイプのこたつだった。彼は自分の体が大きくなったことを忘れていた。大きい自分の体が通るから凄く大きいこたつだと信じ込んで

いたのだった。幼いころの記憶は大人になると自分を驚かせるものである。

そんな父親や自分の過去を振り返りながら、起丞は川を渡る。渡ったところに集会場があり、前は広場になっている。広場から左は田の中のあぜ道で、三十分ほど歩くと国道に出る。広場から真っ直ぐ行くと、小高い丘がある。その丘を越えると国道に出る。バス停は丘を越えた先にあった。叔母が、

「明日からあの集会場の前の広場までバスが来るようになるのよ」

という。この人は話すときはいつも笑顔だ。

「へえ」

と彼はいぶかしく思った。バスが来るには道がひどすぎるし、狭かったからだ。

「これでうちの人も市内まで毎朝子供たちを乗せて行かずにすむわ」

「え？　今までバイクで行っていたの？」

「そう。バイクに三人乗りして市内に行っていたのよ」

「へええ」

そういえば自分も兄と一緒に父親のバイクに三人乗りをしていたと思い出す。

「起丞《キスン》、子供は何人？」

と仁川の叔母が体を揺らしながら聞く。

「二人です」

次の会話の展開が見えているから既にいい気分ではない。

「男の子は何人?」

「どちらも娘です」

「じゃあ、次は男の子を生まなきゃね」

その考えが国を滅ぼした、と起丞は心の中で呟く。

彼が思うに韓国は過去二回、民族の価値観の大転換をしてきた。一回目は新羅時代の創始改名である。韓国人は元々日本の大王が「御間城入彦五十瓊殖天皇《みまきのいりひこいにえのすめらみこと》」などと呼ばれていたのと同じく「訥祇麻立干《ヌルキマリプカン》」などという名前の付け方をしていた。「麻立干《マリプカン》」というのは「高い切り株に座る偉大な人」という意味である。会議のとき各代表者は切り株に座った。その会議を取り仕切る人は、他の者より一段高い切り株に座った。韓国の史書は漢文で書かれているので、その者をどのように呼んだのかはからない。意味が分かるだけである。「訥祇《ヌルキ》」は言葉で霊を鎮めるという意味である。だから「訥祇麻立干《ヌルキマリプカン》」は、「言の葉で神を鎮めるすめらみこと」といった意味になるだろう。

このように新羅の名前の付け方は日本と類似のものであった。しかし中国文化の導入に当たって、名前を中国式に変えた。自ら創始改名をしたのだった。そうやって中国の文物の輸入をスムーズに行えるようにした。

次に高麗の時代に科挙を始めた。目的は儒教システムの導入だった。日本も百済滅亡後、新羅が攻めてくるかも知れないと考えて、律令を整備し、儒教システムの導入を試みたことがあった。儒教システムの最大のメリットは、中央集権化であり、強力な軍隊を持てるという点にあった。しかし日本は新羅が攻めてこなかったので、律令制度はうやむやになり改革をやめてしまった。日本が地方分権と世襲による人材登用をやめたのは、明治維新後のことである。

韓国は高麗の時代まで、軍隊は地方豪族の連合軍であり、人材の登用は世襲に依っていた。しかし当時北方では遼が急速に力をつけていたので、高麗も中央集権により軍隊を強力にし、試験をして優秀な人材を登用する必要に迫られた。百済滅亡後の日本と同様の状況に置かれたのである。

高麗は英断を下し、システムとしての儒教を受け入れることにした。科挙を実施し、地方豪族を滅ぼして、中央集権化を達成して強力な軍隊を持つことにした。これは満州族が八旗という地方分権軍の連合軍を強力にしたのとは異なる方法だった。怖らく満州族のやり方は侵略に向いており、高麗のやり方は防御に向いていたのだろう。起丞はそう考えていた。

こうした事情から、高麗の初期にあっては、高麗人は騎馬民族の風習を失っていなかった。それで王族の間でも近親婚が行われていた。親の側室の姉妹を自分の側室にしたり、異母妹を后にし、姪を側室にするということが行われていた。彼らは儒教的価値観とは異なる世界で生きていた。

朝鮮民族は危機に直面する度に、自らを自己変革して生き延びてきたのである。本当は三度目があるはずだった。李朝の終わりに東学革命があり、儒教の害毒を洗い流すはずだったのに、日本に潰されて自己変革の機会を失ってしまった。過去の文化を否定し、新しい文化を根付かせるには時間がかかる。高麗時代も、科挙という新制度を導入できたのは、建国の時から四十年経ってからのことだった。古い価値観を持った人たちが死んでくれてから、やっと新制度の導入ができたのである。

李朝末期にも四十年ぐらいの時間が必要だった。儒教の価値観に毒された人たちが死んでくれてから、新しい時代に合った新しい価値観である、自由、平等、博愛を社会制度の中に行き渡らせなければならなかったのに、朝鮮はそれだけの時間的余裕を持つことができなかった。そのために儒教という、時代に合わない価値観を維持したまま、アメリカが持ち込んだ民主主義を受け入れ、資本主義市場で戦わなければならなくなった。その結果科挙に勝ち残った二割の人間だけが必死に働いて、科挙に落第した八割の人間と女性の能力を全く使わずに世界と戦うという愚かな戦い方をし続けている。

遅ればせながら儒教の害悪をなくすような教育や啓蒙活動をしなければならないのに、残念ながら殆どの韓国人は先祖たちが自己変革をしながら国を維持してきたということを知らない。知識としては過去に何があったかを知っているが、それは受験にパスするための単なる知識であり、それが現代社会でどういう意味を持つかという知恵は全く知らずにいる。簡単にいうと韓国人は、歴史から何も学んでないのである。歴史に学ばないものは愚者である。この国はいずれまた痛い目にあう。起丞はそう思っていた。

彼は仁川の叔母にいう。

「これからは女性の時代ですよ。今までは男が女を選んでいましたが、これからは女性が男性を選ぶようになります。男は余程心を入れ替えないと結婚できなくなりますよ」

「ふむ」

とおばさんは口をもぐもぐさせてから不満そうにいう。

「私たちの時代が一番損な時代だったよ。韓国も今じゃ起丞《キスン》がいったような時代に入りつつあるものね。女性も自分のいいたいことをいい、したいことをするように成ってきている。私たちは、男性というのは神さまと同じだという風に教育されてきたから、主人のいうことは何一つ逆らわずに聞いてきた。本当は自分がしてみたいこととか、習いたいこととか一杯あったんだけどね」

叔父の方は苦笑いしながら二、三歩先を歩いている。

起丞は思う。笑っていられるのも今の内だ。女性が反旗を翻すことでこの国は生まれ変わる。その時代に今の男たちは生き残れない。百年前に変わっていなければならないのに、手を抜いたからだ。その結果、無能な先祖のつけを子孫が払わされることになる。

やがて彼等はバス停に着いた。明日から村までバスが来るから、このバス停を使うのも今日が最後である。

「今一番頭が痛いのが教育だよ」

と仁川の叔母がいう。

「そう、うちもそうよ。こんな田舎で教育してたんじゃソウルの子に遅れるんじゃないかとそれが心配」

と南原の叔母が受ける。仁川の叔母が更にいう。

「都会にいたらいたでまた心配が多いのよ。遊ぶことがいっぱいあるしね。うちのは勉強もしないで遊んでばかり。これからは大学を出なきゃ、しょうがないというのに」

起丞は黙って聞いていた。彼は多くの会社を監査していたから、色んな会社で働く人たちを横から覗き見ていた。偏差値の高い大学を出た人は総じて仕事ができたが、中には本当にあの大学を出たのか、と聞き返したくなるぐらい無能な人もいた。仕事ができるかどうかは、必ずしも成績と連動しているわけではなかった。そして幸せという観点からは、仕事ができる人が必ずしも幸せというのでもなかった。仕事は平均程度にして、趣味に生きている人もいた。本人はそれでたぶん幸せなのだ。詰まるところ、欲を持たない人が幸せだった。

彼が思うに、幸せは、その人の能力と欲の関係で決まった。年収一千万稼ぐ能力がある人でも、欲が二千万だったら、その人は理想の半分しか稼げてないわけだから、不幸である。しかし年収三百万の能力しかなくても、欲が二百万で足りるなら、その人は百万も余分に稼いでいるわけだから、充分に幸せである。学校ではこういう事は教えてくれない。難しい数学の公式を覚えるよりも、欲と幸せの関係性を知っている方が遥かに有意義だと彼は思っていた。だから欲に従って立身出世を追い求めている人間は、どれだけ成績が良く、どれだけ仕事ができても、欲に支配されているという点からは愚者である。逆にどうすれば自分は幸せかを知っている人間は、賢者である。だから日本では「フーテンの寅」が評価される。そう考えて彼は一つの結論を得た。生きている間は、淡々と生き、死ななければならなくなったら、淡々と死ぬ、ということだった。出来るかどうかは自信がなかった。案外余命宣告などされたら慌てふためくのかも知れなかった。しかし理想としては、彼は淡々と死んでいきたいものだ、と思っていた。

バスが来るまで、二人の叔母は雑談を続けていた。男二人はコートに手を突っ込んで立っていた。寒かったが耐えられないほどではなかった。薄い雲の裂け目から時々太陽が顔を覗かせた。やがてバスがやって来た。

彼が留学していたころのバスは、エンジンの膨らみが運転手の横にあった。それ以前は運転席の前にエンジンの入ったボンネットが突き出ていた。韓国人は見た目を気にするので、取りあえず先進国と同じように箱型のバスを造った。しかしエンジンを小さくしてバスの後部に納めるだけの技術がなかった。結果としてカバーをしてはいたが、エンジンが運転手の横の床から車内にあふれ出すことになった。外観は立派だが、中はびっくりのバスができあがった。しかしそれから十年経ち、韓国はやっとまともなリアエンジン、リアドライブのバスを造れるようになった。起丞たちが乗り込んだバスの床は平らだった。昔のようにエンジンが溢れ出てはいなかった。バス賃は百二十ウォンだった。タクシーだと二千ウォンぐらいした。だから庶民はバスに乗る。しかしあと十年もすればみんな自家用車に乗るようになり、このバスも廃業になるだろう。

市内に入り、一度皆で旅館に向かった。路地を歩いていると高い竹の先に白い紙をつけたものがあちこちの家に立っている。彼は仁川の叔母にあれが何かを聞いた。

「ああ、あれ。クッ（お祓い）をしてるんだよ」

竹は相当な数である。あれだけの家が、色んな苦しみを抱えているわけである。我が家は苦しんでます、とあの竹は告げていた。

韓国のシャーマニズムは北方系の影響が強い。それで人は死ぬと魂が鳥に乗って天に還ると考える。素佐之男命《すさのおのみこと》が死んで白い鳥になり、飛んでいったのと同じ発想である。というか、古事記の方が韓国のシャーマニズムの影響を受けていると考えた方が妥当だろう。高句麗人の墓の壁画には頭に鳥の羽の飾りをつけた人が描かれている。新羅人の古墳からは、船の舳先に鳥がいる埴輪が出土している。こうした発想の延長線上に日本の神社もあると推測できる。神社は鳥居の内側にある。鳥居は鳥、居ますところ、である。鳥がいるところの内側は神の領域だった。韓国の南部では、細い木の棒の上に鳥がいる。それより内側は神域である。有名な魏志倭人伝の前の段に書かれている魏志韓伝には、そのような場所を「ソト」と呼んだと記録している。

日本のお祭りでも竹に白い紙をつけたものを神の依り代とする地域がある。韓国の南部辺りでもそれは同じである。南原の家々にある白い紙が付いた竹の細い棒は神の依り代であり、家々にはその竹の棒を伝わって神が下りて来る。そして悪鬼を追い払うのである。神降ろしをするシャーマンのことを韓国ではムーダンという。ムーダンの体に神が入るときには、ムーダンが持っている細い棒が小刻みに揺れる。神が入ると、ムーダンは本人とは異なる声音で神の言葉を告げる。

これと関係するのだろう、韓国語では、楽しくて堪らない、あるいは楽しくて我を忘れる、という状態を「シンナンダ（神が出る）」と表現する。

旅館に着いた。仁川の叔父と兄の挨拶がすむと他に話すこともない。兄がいう。

「昨晩は、あれは商売女やろな。電話がかかってきて、取ったら韓国語で何やらいうんや。二万ウォンいうのだけ分かったけどな。二万ウォン、二万ウォン、そればっかりや。あれはやっぱり商売女やろな」

「たぶんそうやろ。フロントの男は、女から紹介料を貰って小遣い稼ぎができるから、金のありそうな客が来たら紹介するんだと思うよ。そうじゃないと電話はかかってこん」

「ああ、なるほどな。フロントもグルか」

「オリンピックも近いし、あの人たちも稼ぎ時やね」

「韓国の評判を落とすだけだと思うが」

「分かっててやってると思うよ。それでも金が欲しいんだよ」

「欲ばらんかったらええのに」

「欲が無いのはうちの家族ぐらいだよ。親父が好き勝手なことをして俺たちには一切の贅沢を禁じたから、うちの家族はみんな欲が無い。うどん屋に基金や土地を全部やっても何とも思わない」

「そういわれりゃそうやな」

仁川の叔母が何の話か、と聞くので、起丞はオリンピックの話を始めた。それで座が持った。

暫くして叔母たちは市場に買い物に行った。起丞は久しぶりに風呂に入ることにした。風呂は浸かると息苦しくなるので、いつもはシャワーだけだった。風呂から上がると兄が、

「お前その目どうしたんや」

という。ああ、またやったか、と彼は鏡を覗いた。彼は疲れがたまると目から出血した。多くは右目で左目はあまり出血しなかった。今回も右目が出血していた。白目の殆どが真っ赤になっている。中国の古典を読んでいると血涙という言葉が出て来るが、あながち大げさではないと思う。この状態で涙が出れば、血の混じった涙になるだろう。

「オーバーヒートするとこうなるんよ。まあ、休めというサインやろ」

「痛みはないんか?」

「うん、それがないからまだ救われとる。初めてやったときは眼科に行ったけど、眼底の血管には異常がない、いうことやった。しかし目の血管は大して強くないみたいやね」

「そうか。うちは代々血管で死んどるからな。気いつけなあかん」

「まあ、気いつけるも何も、全く無理が効かんから腹立たしい。少し頑張ろうとしても、疲れると熱が出て寝込んでしまう。情けないわ」

「お前は子供の頃から弱かったが、そこまで弱かったとはな」

「自分でも少し弱いぐらいに思っていたけど、三十すぎてからまるで体に粘りがない。普通のサラリーマンやってたら命を縮めてたね。会計士やって時間の自由が効くから何とか生きてるけど

ね」

　コーヒーを飲もうとフロントに電話した。暫くすると、喫茶店の濃い化粧をした女性店員がポットにコーヒーを入れて持ってくる。起丞はこの子が昨晩兄に電話をした本人かも知れない、などと考えた。

　岡田の兄さんから電話があった。夕食を自分の家でするように、とのことだった。それで夕方まで南原市内を散歩することにした。兄と甥は既に何度か歩いたようだが、彼は初めてだった。

まず旅館の裏の川に出てみる。土手を上がると川幅二十メートルぐらいの川が左から右へと流れていた。この川は蓼川《ヨチョン》といい蟾津江《ソムジンガン》に合流する。蟾津江は全羅道と慶尚道の境界となりながら南の海に至る。

　川の対岸には山水画に描かれるような岩山が飛び飛びにある。後方で緑灰色にけぶっている山々は地異山である。韓国では山というのは、山塊を指す。その中に幾つもあるピークは、峰という。地異山の最高峰は天王峰である。標高は一五〇七メートルでさほど高くはないが、険しいことで有名だ。日本ではピークも山と呼ぶので、韓国人と山の話をしていると時々混乱する。

手前の岩山に生えている裸木には、心なしか緑がついているように感じられた。あと数日で二十四節気の清明だった。緑が一気に吹き出す準備をしているのだろうと考えた。

　土手からは所々に土管が出ていて、そこから生活排水が川に流れ込んでいる。彼は以前見たドキュメンタリー映画を思い出した。それは東京オリンピック前の神田川が生活排水のためにどぶ川になった様子を報告したものだった。

「東京オリンピック前の日本と同じやな」

彼がそういうと、兄が受ける。

「いや、韓国は建設と下水整備を同時にやるんじゃないかな。昨日のニュースは、言葉は分からんかったけど、下水垂れ流しの現状を改めなければならん、みたいなのをやっていた」

「へえ、そう」

と彼は感心した。本当にそうなればと思う。しかし釜山や南海岸の海の汚染はひどく、その悪臭のためにヨットレースが出来なかった、という記事を日本の新聞で読んだことがあった。

上流に歩いて行くと砧で洗濯をしている女たちがいた。その何メートルか上流では労務者風の男たちが歯を磨いていた。この辺りでは生活排水はさほど問題ではないようだ、と感じた。

更に歩いて行くと子供たちが十人ほど集まってなにやら魚を捕っている風だ。起丞たち大人二人は革靴だったが、土手を降りて子供たちの側までいった。

「何を捕ってるの?」

と起丞は女の子に聞いた。

「さかな」

「なんていう魚なの?」

「わかんない」

よく見ると水中のあちこちの石の周りで、マッチ棒ほどの無数の魚が泳いでいる。石より上に浮くと流されそうになって、慌てて潜って石の陰に隠れる。

「はやかな?」

と起丞は兄を見る。

「わからんな」

と兄は首を捻る。息子の康一も首を捻った。

広寒樓《クァンハルル》から右に曲がると、そこでは広寒樓の拡張工事をしていた。工事案内の絵を見る。どうやら今の倍ぐらいの規模になるらしかった。

彼等は通りをぶらぶらと歩いて行く。腹が減ってきたのでどこかに入ることにした。兄はもう韓国料理は要らないというので、適当な軽食堂に入った。

そこでラーメンを頼んだ。できあがるのを待つ間におでんと天ぷらを食べた。

おでんは自分の家で売っているものが一番うまかった。彼ら兄弟は、おでんの鍋一つで大学に行ったといっても過言ではなかった。そのぐらい彼等の家のおでんは売れに売れて家族を養ってくれた。考案は父親である。若い頃板前の修行をしていたので、その経験を生かして作った。ベースは牛のラードである。味付けは岩塩だった。それと薄口醤油。それだけで実にうまいおでんになった。起丞は東京に出てから色んなところでおでんを食べたが、自分の家のおでん以上のものを食べたことがなかった。コンビニのおでんは、一度食べたきりで、以後一度も買ってない。彼等の家のおでんは次元が異なるうまさだった。

ラーメンを持ってきたついでに店のおばさんが聞いた。

「どこから来たの?」

「日本です」

「何しに来た? 観光?」

「いえ、こちらが故郷なので、親戚の家に来ました」

「へえ、僑胞《キョッポ》は言葉を知らないって聞いたけど、嘘だね。あんた、言葉、上手だよ」

起丞は苦笑いをした。そして、

「それはどうも、ありがとうございます」

日本でも彼は同じことをいわれる。監査で行った会社の人に、

「李さん、あんた、日本語上手だね」

といわれる。多くの日本人は日本に定住外国人がいるということも、母国の言葉をしゃべれない在日二世がいるという事も知らない。それで彼は、

「私は日本生まれの日本育ちで、学校も日本の学校を出ましたから」

という。すると相手は、

「ああ、それでか」

と納得する。在日は韓国語を話せないということは黙っておく。彼自身はそういう状況が耐え

られなかったから勉強してできるようになった。それは自分の趣味だと心得ている。全ての在日二世が言葉ができるようにならなければならないとは思ってない。彼は言葉ができることだけを鼻に掛けて、皆に「歴史を学べ」「言葉を学べ」「俺たちは韓民族だ」などという連中に向かって、「馬鹿いってんじゃないよ」といってやりたかっただけである。知識がある馬鹿に対しては、こちらも馬鹿と同程度の知識がないと対抗できない。同じ知識がないと、そのことによって、こちらの全てを否定されてしまうからだ。

彼が学んだのは馬鹿に対抗するためだったから、普通の、馬鹿ではない、言葉を知らないだけの二世に対しては、自分が言葉を知っていることも、歴史を知っていることも、誇る気はなかった。学んだのは趣味である。趣味を他人にひけらかすのはアホである。だから聞かれない限り彼は韓国について話すことはなかった。その点彼の妻となった朴純玉《パクスノク》は徹底的に韓国や民族、日本の地でどう生きるべきなのか、などを問いただしてきた。そして彼が全ての質問に対して論理的に答えた結果、彼女は彼と結婚した。「捨てる神あれば拾う神ありだな」と彼は感じた。

ラーメンを食べてお金を払うとき、おばさんが再び、

「いつ頃日本に戻るの?」

と聞く。

「今週の終わりの予定です」

「そう。自由に行き来できていいね。私たちは日本に行きたくてもいけないよ」

とまるで恋人と別れるときのような表情になったのでこちらは驚いてしまった。日本も東京オリンピックがあってから旅行が自由化されたはずだと思い返す。それで、

「直ぐに韓国も、自由に海外旅行ができるようになりますよ」

しかしおばさんは。

「ふん」

と鼻を鳴らして涙を流す。

ああ、芝居してるなあ、と起丞は思う。普通の人間でも簡単に涙を流せるのだから、韓国人の演技力は大したものだ、と思う。全員が生まれながらにして役者じゃないかと思うぐらいだ。交渉の場でこれをやられたら、うぶな日本人は太刀打ちできないな、と感じる。例えば飲み屋で、「あなたが好きなのよ」と可愛い女の子に泣かれたら、日本人の男は簡単に騙されてしまうだろう。彼女は嘘はついてない。彼女は客の全員が好きだからだ。特別に彼だけを好きだといっているわけではない。単なる事実を、簡単に流せる涙と共にいっただけである。しかし日本人の男は勘違いする。彼女はこんなにも俺を愛しているのか、と思い込む。そして持てた、と感激する。飲み屋では持てて当たり前である。持てない方がおかしいとは考えない。それで女に入れあげて困窮する。人生を誤るものまで出る。韓国女性は恋愛ごっこを提供しているだけなのに、日本人の男性はそれを本物だと信じ込んでしまう。

しかし起丞は父親を見、周りの一世を見て、韓国人の芝居は見慣れている。それで彼は食堂の

おばさんが涙を流すのを見ても、ああ、またやってやがらあ、としか感じなかった。

食堂を出て暫く歩くと、街はもう終わりである。それで今度は違う通りを引き返していく。映画館があった。韓国で作ったカンフーものがかかっているようだった。どぎつい色の看板が高いところで踊っている。

通りにはそこそこの活気があるし、手近なところで何でも揃いそうだし、コンパクトでいい街だと思った。疲れを感じてきたので、旅館の前にある市場を見学して戻ることにした。

十年前に来た内陸の南原では魚は非常にまずかった。せいぜい干物がいいところで生ものは食えたものではなかった。しかし、今回はどこで食べてもなかなかにうまい。それで魚売り場を探した。

市場は十メートル四方ほどの広さで、野菜や魚などの生ものを扱っていた。周囲は鉄筋建てのビルである。ビルの店では雑貨や金物などの類を置いていた。魚は生きが良かった。ぴちぴち跳ねるほどではなかったが鮮度は良かった。

市場の中で偶然叔母さんたちと会った。明日の埋葬のために色々と供え物を買い揃えたようだった。

旅館に戻って休んでいると、不意に起東がやって来た。座るや彼は、

「どう考えても納得がいかない」

と話し出す。

「いままで田畓《チョンダプ》をどうするという話は一度もなかったのに、急にこの話だ。おまけに俺がお金を横領しているようなことまでいうし、昨日の晩、俺は金を持って堂叔《タンスク》（父のいとこ）の家に行ってきたんだ。起丞《キスン》はもう寝てたけどね。しかし堂叔（父のいとこ）はそんな話は全くしないしね」

「お金を持っていったんですか？」

と起丞。

「うん、持って行った。だからその金で今日の買い物をしてるんだ」

「なるほど」

「それで起丞、俺は堂叔（父のいとこ）と直接話し合ってみようと思うんだが、どう思う。こうやって起丞を介してああだ、こうだといっていても始まらん。どういうつもりなのか聞いた方がいいと思うし、それで話がまとまらなきゃ一族で集まって決着をつけた方がいい。俺は起丞のアボジから墓の件を任されて以来、必死にやって来たつもりだ。それだのに陰で不正を働いているかのようにいわれたんじゃ、どうにも面白くない」

当然の主張である。しかしこうやって直ぐに腹を立てる起東よりも、叔父さんの方が役者が一枚上手だった。叔父さんは日本という援軍を得ようとして、起丞を懐柔する作戦に出ている。それで起東の外堀を埋めようとしたわけだ。しかし日本は起東の味方である。叔父はその点を読み誤っているが、土地を自分のものにしようという目的のために、彼はこざかしい知恵をフルに発揮して、政治力で勝とうとしていた。対して起東は突撃態勢である。起東が突撃したところで、

会計報告をしてないのは事実だし、

「どうなっているか疑問に感じたことを起丞《キスン》にいっただけだ」

といわれればそれまでである。まともにぶつかると、誠実な起東の方が負けてしまうだろう。それで何もしないのが最善の策だろうと起丞は考えた。彼はいう。

「昨日もいいましたが、我々は直ぐに日本に戻る人間です。韓国が近いといっても年に一回来れるかどうか分かりません。しかし起東《キドン》さんと叔父さんは、ずっとこの土地で暮らしていかなければなりません。ですから、できるだけ決定的な衝突は避けた方がいいと思います。もし、どうしても土地を誰か一人の名義にしなければならないというのなら、我々は起東さんを応援します。我々は日本で暮らしていますから、韓国に土地があっても仕方がないのです」

起東はふむ、と頷いた。起丞は続ける。

「思うに叔父さんは欲が深すぎます。我々のアボジが亡くなったものだから、我々に頼めば、何でも自分のものになると思っているのでしょう。しかし我々が同意しなければ土地は今のままです。それでいいんじゃないんですか?」

ううむ、と起東は腕を組んで考え込んだ。そして、

「いや、実際あの堂叔《タンスク》（父のいとこ）は欲が深すぎる。我々の中であの両班《ヤンバン》が一番の金持ちなんだよ。田んぼだって我々の中で一番いいところを持っている。それだのにまだ土地が欲しいというんだからな、まったく」

「我々は起東《キドン》さんのことを良く分かっているし、信頼もしています。それでいいんじゃないんですか?」

うむ、と彼は力強く頷いた。それから顔を上げ、

「ところで堂叔《タンスク》(父のいとこ)には、この話どう話すつもりなの」

ふむ、と今度は起丞が首を捻った。彼は兄にどうするか聞いた。今までのやりとりを全て翻訳しているから聞かなくても兄がどういうかは分かっていたが、兄を差し置いて自分が決定を下すわけにはいかなかった。兄は少し考えていう。

「まあ、難しく話すことはないだろう。田んぼの件は親父が決めたことだ。それを親父が死んだからといって変えるのは親父の意志に背くことになる。だから今まで通りで行くと、まあ、こんなところやないか? これなら誰も傷つかんやろ?」

うまくまとめた、と起丞も同意した。そして兄の言葉を起東に翻訳して聞かせた。聞き終えると起東は、

「うむ。分かった」

と潔く頷いた。

岡田の兄さんの家に着くと、先ずはお茶をご馳走になった。韓国では滅多に緑茶を飲めないからこれは有難かった。但しどれだけいい日本のお茶でも韓国の水で入れると番茶の味になる。韓国の水は硬水だから、カルシュウムや鉄分がお茶の成分とくっついて色も味もがた落ちになるか

らだった。この日も番茶程度のお茶だったが、濃い韓国のコーヒーを出されるよりは遙かに有難かった。

お茶の話やら、岡田の兄さんが下関で家を買ったときの話などをした。

起丞が住んでいた朝鮮人部落は十年ほど前に立ち退きになった。そのまま住みたい人間には市価より少し安く土地が払い下げられた。岡田の兄さんは家を建てた。家の敷地の半分は起丞が育った家のものだった。岡田の兄さんは商売がうまく行かず、家を売って家賃が安い市営アパートに引っ越した。家を買い取ったのは起丞の妻の実家だった。お陰で起丞は下関に戻る度に、岡田の兄さんが建てた家で過ごすことになった。土地の持つ力だろうか、と起丞は不思議な縁を感じた。

世間話がすんでから、

「起東《キドン》が行っただろ」

と岡田の兄さんがいう。

「ええ、来ました」

「そっちへ行く前にな、こっちへ来たんじゃ。昨晩おまえらから、これこれこういう話があったんだけど、どういうことなんじゃろうかいうてな。で、丞《すすむ》ちゃん、なにかね、幹儀《カニ》がやっぱりそういう話をしたんかね」

「はい、しました」

「そうか。おかしな話じゃのう」

「兄さん」

と兄の起潤《キユン》が口を開く。

「墓を守る田んぼというのは、あれはやはり誰か一人の名義にするものなんですか？　もしそうなら、我々としては面倒だから起東《キドン》の名前にして戻ろうと思うんですが」

「いやあ、そんなことはないよ」

岡田の兄さんは咳払いをする。

「もともと田畓《チョンダプ》というのは一族みんなのものじゃから誰か一人の名前にするということはない。逆に一人でも多くの名義にするのが普通じゃ。それじゃないと誰か一人がその田んぼを売って食うてしもうたらそれっきりじゃろ？　それでは一族の墓が維持できん。それで多くの人間の名義にするんじゃよ。だから起東の話を聞いてな、おかしいな、と思ったんじゃ。三人の登記を六人にするというのなら分かるが、一人にするというのは、どうにも話が通らん」

そう聞いて起潤がいう。

「そうやろ。あの幹儀《カニ》は欲が深いから親父が死んだ機会に全部自分のものにしようと思うとるんやね。汚い奴じゃ。わしらに話したら直ぐにでもできるぐらいに思うとるんやろな。わしらを馬鹿ぐらいに思うとるんやろ」

「だからな、どうも話がおかしいから、丞《すすむ》ちゃんを間に置かんと、直接話しおうて見たらどうや、と起東にいったんだよ」

起東に入れ知恵をしたのはこいつか、と思う。岡田の兄さんはいい歳をして目の前のことしか見えてない。起東がそれをやったら、事態がどうなるかという予測をしてない。今のままだと悪い叔父が勝って、正義の起東が敗れる。そして二人は同じ村にいて一生口を利かなくなる。そうなるということが岡田の兄さんには見えてない。だから起東に直《じか》談判を吹き込んだわけだ。女を口説くこと以外何の能力もない、どうしようもない奴だな、と起丞は思った。しかし、いって分かるような奴ではないと、彼は黙り込んだ。だが兄の起潤は、

「それはまずいでしょう」

という。

「二人で対決させたら、若しかしたら仇同士にならんとも限らんから、それよりは親父の意志だから、現状維持で行く、というふうにした方が、ええんやなかろうかと思うんですが」

「ああ、そう答えるか。それならそのほうがええやろ」

と岡田の兄さんも納得した。

夕食が始まって少しして幹儀がやって来た。岡田の兄さんが呼んだものらしい。食事が終わってから、起丞は叔父にいった。

「叔父さんがいった、田畓《チョンダプ》の件だけど、起東《キドン》さんに、どうなっているのか聞いてみました」

「え!? 起東に聞いたの?」

とひどく驚いた顔になる。

「はい。聞きました」

彼はそう答えながら、こいつは何も考えてなかったんだ、と知った。自分が何かをいったら相手がどう動くかを全く考えずに叔父は行動していた。普通の人間なら、現状を知るためにもう一人の当事者に事情を聞くだろうことは容易に推測できることだった。しかし叔父には日本から来た甥たちがまともな人間だという認識すらないらしい。自分がいったことをそのまま信じて行動する馬鹿者と思っていたのだ。相手の動きを推測できないような奴と付き合うのは疲れる。能力がないのなら、欲を捨てろよ、といってやりたくなる。起丞は、

「兄とも相談しましたが」

と結論をいう。現状維持である。叔父はいくつか頷いてから、

「分かった」

と小さく答えた。

起東に結果を話す必要があったので、その晩起丞は、旅館に泊まることにした。叔父はバイクに跨がり暗闇の中へ消えていった。

旅館に戻ってから起東に電話した。八時頃だった。一番忙しい時間帯だったので、起東は店を閉めて、十時頃に行くといった。

兄はオンドルが熱くて汗もを作っていた。起丞はフロントに温度を下げてくれるように頼んだが、なかなか下がらなかった。彼は蒲団を三枚重ねにした。それだけ分厚いと、床の熱は上がっ

てこなかった。兄にも勧めたが、兄は生返事でビールを飲みながら韓国ドラマを見ていた。息子の康一は壁にもたれて日本から持ってきた図鑑を広げていた。

十時半ごろ起東夫婦がやって来た。兄はビールを追加注文し、四人は飲みながら話した。起丞はまず岡田の兄さん宅で幹儀叔父さんに結論を話したことを伝えた。次いで、

「しかし起東《キドン》さんも悪い」

というと、夫婦は不快な顔をした。起東は直ぐに、

「俺のどこが悪い」

と突っかかってくる。

「会計報告をしてないというのが良くありません。だから叔父さんがいいがかりをつけてくるのです。現状で一族の会議になれば、会計報告をしてないのは事実ですから、起東さんは負けますよ。だから、いつもきちんとしておけば、変な叔父さんに言いがかりをつけられることもないし、負けることもありません」

「起丞《キスン》、だから昨日もいっただろ？　皆でやってるのにどうして会計報告がいるんだ？」

「皆でやっていても報告は別でしょう。計算の結果は知らせるのが基本です。それを起東さん一人が俺を信じろといっても、通用しません。自分の正しさを証明するためにはきちんと帳簿をつけて、金の出入りを証明するために必ず銀行口座を通すとかして、証拠を残しておかないと、疑われたときに困るでしょ？」

起東は全く呆れた、という顔をする。

「いいかい起丞《キスン》。小作料の収入というのは、皆が見ている前で計って売るんだよ。それにうちの親戚で字が読めるのは、女連中では堂叔《タンスク》（父のいとこ）の奥さんぐらいだ。だから売った金をその場で奥さんに渡してるんだ。奥さんは祭祀《チェサ》に必要なものを全て買い揃えて、お釣りがあれば自分が作った計算書と一緒に俺にくれるし、足りなきゃ俺が追加を渡して、そして計算書を持ってくるんだ。それだのに、その堂叔(父のいとこ)が会計報告をしろというのはおかしいじゃないか」

起丞は頭を抱えた。それなら会計報告をしなければならないのは叔父の方になる。どうしてこういう重要なことを今頃になっていうんだ、と思う。起東のいったことが事実なら、叔父の主張は全く根拠がないことになる。起東は計算書を保管し、基金の計算を正しくしていればいいだけだ。起丞は兄に翻訳して聞かせた。兄もまたがっくりきたようだ。そしていう。

「まったく、教育を受けてない奴は言葉が多くていかん。どういえば相手を理解させることができるかが分からないんだな。同じことを何度も何度もくどくどというし、まあ、それならそれでいいわ。この件は幹儀《カニ》の完全な横車やな。よう分かった。しかし帳簿はお前一回見とけ。帳簿を見るのはお前の仕事やしな。親父の代わりに見るようにせい」

起丞は兄がいうように、彼等が無教養なために言葉が多かったとは思っていない。起東の場合は疑いを掛けられているという不満がそうさせたのであろうし、また回りくどく話すのは韓国人の国民性でもある。相手を説得する能力は教育とは関係がないだろう。彼等の父親も無学文盲だったが、説明能力は高学歴のものと比べても遜色がなかった。下手な学者程度ならいい負かすぐらいの能力を持っていた。論点が整理されていたからだろうと彼は思っている。

教育が専ら教えるのは知識である。それをどう使うかは、一つの学問分野の範囲内でしか示されない。それに日本も韓国も修辞学などというものは哲学科でもない限り教えない。異なる分野で説明がうまいかどうかは、人によるのであって、教育のせいばかりではないだろう。

起丞は起東に対して、

「じゃあ、帳簿は私が一度見ることにします」

と告げた。起東は頷いた。奥さんがいう。

「私たちはあんな小さな食堂で日々やっとの暮らしをしています。だけど、皆のものを盗んだりなんかしません。家族は十人もいます。十人。十人が小さなお店一つで生活をしています。だけど田畓《チョンダプ》を売ったりすれば、子々孫々ここでは生きていけません。お店を真面目にやっていれば何とか生きていけますが、田畓を売ったりすると、生きては行けません。世間の目というものがあります」

しかし叔父の奴なら売るだろうな、と思いながら、

「分かってます。分かってますって奥さん。我々は起東《キドン》さんを疑ってはいません。ただ、うちの叔父さんが疑義を示したからには、事実を確認しないわけにはいきません。それで話を伺っただけです。疑いは晴れました。機嫌を直して下さい」

奥さんは唇を引き結んだまま頷いた。涙は流さない。いい態度だ、と思う。起東はビールを少し飲むと、

「悪くいわれたからといって悪くいうわけじゃないけれど」

と起丞たち兄弟を見る。

「堂叔《タンスク》（父のいとこ）の行動は正直いって水準以下だよ。子供でもいわないようなことを時としていったり、したりする。それで親戚中のものが非難したりすると、自分が後妻の子供だから皆がいじめるんだ、といい出す始末でね。今回の件も全く驚いたし、明日のことにしてもどうなるものやら。会社の人を呼ぶといっていたでしょ?」

岡田の兄さんのところでそんなことをいっていたな、と起丞は思い出した。

「あれにしてもやっちゃいけないことですよ。埋葬というのは忌み事です。それだのにその機会に祝い事をやるということがありますか?　そうじゃない?」

起丞は、明日は彼等の父親の埋葬だから、叔父の会社の者が皆集まると聞かされていた。当然弔問に訪れるのだと理解していた。それがどうしてお祝いになるのか理解できなかった。起東は日本から来た兄弟が反応しないので話を切り上げた。そして、

「韓国で暮らす予定はないの?」

と聞く。

「うまく行けば」

と起丞は答える。ソウル駐在員に手を上げているのだが、彼が毛嫌いしているパートナーが、彼を行かせないと頑張っていた。パートナーというのは、会社の利益を山分けする人たちである。だからコストがかかれば、自分たちの収入が減る。パートナーは十人ぐらいいたから、起丞にかかるコストの十分の一を彼が負担する形となる。それがいやだといって猛反対していた。そのパートナーは起丞が見るに、叔父のような人間だった。目先しか見えず、自分個人の利益しか分からない人間だった。将来日本で韓国ビジネスが盛んになり、韓国系のクライアントの全てを取れる可能性があることなどは、微塵も考えてなかった。しかし彼はそんな事情は話さず、駐在員制度というものがあることをいい、

「うまく行けば韓国に駐在員としてこれるでしょうが、分かりませんねえ」

と締めくくった。それから起東は九州の姉のことを聞いた。

「由子《ユジャ》は元気か?」

聞かれるままに起丞は姉の現況を話した。十一時半ごろになって起東夫婦は戻っていった。起丞たちも疲れていたので直ぐに寝た。

12

朝起きて顔を洗い、鏡の中の自分を見てみると、目の出血が大部引いていた。日本だと完全に

治るのに一週間はかかる。しかし今朝の血の引き方を見ると、もう三、四日経ったぐらいの治り方だった。それは怖らく食べ物のせいだろうと思われた。多量のニンニク、そして味噌、醤油、ヤンニョムと呼ばれる醗酵材料、味の濃い野菜、そうした食べ物が、日本でなら三、四日かかる治療を一日で成し遂げたのだろう。韓国に来たら虚弱な自分も健康になるかも知れないと思った。ただ韓国料理を韓国人と同じように食べたのでは逆に命を縮めてしまう、と感じる。唐辛子の量は韓国人の三分の一ぐらいが妥当なところだろう。唐辛子の取り過ぎは消化器官にいいはずがなかった。それに塩の量も韓国は日本より多かった。濃い味は命を縮める。野菜が濃いのはいいが、スープが濃いのはいけない。そういうことに気をつければ、韓国は世界でも有数の長寿国になるだろう。

八時半に起泰《キテ》が皆を迎えに来た。起丞《キスン》は九時だと聞いていたので、コーヒーを注文してしまっていた。そのことを告げると、起泰も九時からだと聞いていた、という。それではとコーヒーを待ったがいくら待っても来ない。

九時になるので着替えて旅館の玄関に出ると、魔法瓶と盆を抱えた化粧の濃い娘さんが来る。兄は下げていた遺骨を椅子の上に置いた。座るところもないので大人三人は玄関で立ったままコーヒーを飲むことにした。娘は手早く三人分のインスタントコーヒーを作る。起丞はどうして遅くなったかを聞いてみた。娘は悪びれることもなく、

「今日最初のお客さんだったから、湯を沸かすのに時間がかかったの」

という。そしてガムをくちゃくちゃと噛む。日本でもそうだが、仕事ができない人間というのは、客のために仕事をせず、仕事のために仕事をする。客のためという意識があるなら、先ずは少量の湯を沸かして、待っている客の時間を少しでも少なくしようとするだろう。それから大量の湯を沸かせばいいのである。しかし彼女はいつも通りの作業手順で仕事をして客を待たせた。日本でもこういう輩は時々いるから大して気にもならないが、韓国で困るのは、困った人間の比率が日本よりもかなり高いという点である。怖らく困った奴は日本の倍ぐらいいるだろう。それで腹を立てる機会も多くなる。腹が立ったとき、起丞には自分にいう魔法の言葉があった。それは「自分を宇宙の中心に置いてるぞ」という言葉だった。自分が絶対に正しいと思うから腹が立つのである。自分の正しさは観点の違いでしかないと思えば、大して腹も立たない。「できたときが、できるとき」である。できるようにしようとすると、できない状態では腹を立て続けることになる。しかし、できたときが、できるときであれば、人生を傍観していられる。達観にはほど遠いが、いつか達観できるようになれればいいな、と思っている。

雲は明け方よりも濃く厚くなって来ているようだ。やはり、これは降るな、と感じる。タクシーは、叔父の家の裏手にある細い道を進んだ。直ぐ側を細い川が流れている。行き止まりで降りて、彼等は正面遠くに見える墓へと向かう。既に四五人の男たちがいて穴を掘っていた。

起丞は周りの景色を見る。なるほど、原則通りの場所に墓を作っている。明堂の内に入るだろう。彼は兄の胸の前で揺れている白木の箱を見て思う。俺たちの人生を奪っておいて、自分だけいい墓に入って、さて、それで子孫が栄えますかねえ、と。儒教というのは、若者を犠牲にして年寄りが既得権を得て甘い汁を吸うシステムだ。こんな価値観はぶっ壊さなければならん、と思いを新たにする。

墓所はブロック塀で周囲を囲っている。内部には階段状の段が五つ造られている。上から順に五代前の先祖からの土まんじゅうがある。系図を可視化したような構造だ。父は自分が五段目に入ろうとしてこの墓を整備した。いまこの世にいるのは、そんな死者たちが残した者たちである。生者は死者の価値観を受け継ぎ、この世で一場の喜劇を演じている。その喜劇は死者の演出で行われる。儒教的価値観が、時代に合わないが故の悲喜劇が、現代という舞台で展開される。韓国では百年前に捨てていなければならなかった価値観を、いまも後生大事に守り続けて、壮大な不条理劇が続けられている。日本が朝鮮に対して犯した最大の罪は、植民地化でも、慰安婦でも、強制連行でもない。朝鮮の自己変革の機会を潰した点にある。その結果、いまも死者たちが祝祭を繰り広げている。

起丞はそう認識するだけである。日本に罪を問う気はない。韓国の自己変革は、韓国自身が、自ら成し遂げる以外に方法がないからだ。日本を恨んでいる閑があったら、自らを変えなければならない。先祖たちが過去二回そうやって生き延びてきたように、子孫も自分たちの力で自己変革を達成しなければならない。

墓には彼ら兄弟が入る場所はない。もっとも彼等にはこの墓に入る気など毛頭ない。兄はどうするつもりか知らないが、起丞はどこかに適当に散骨すれば充分だと思っている。墓を作るのは来世を信じ、次の世を信じているからである。来世も復活も何も信じてない起丞には無用のものだった。ただ土から出て土に帰るだけのことである。たまたま自分という意識が己の肉体に芽生えたから、意識がある間はこの世を漂っているだけだと、彼は思っている。だから淡々と生き、淡々と死んでいくだけである。その間、誰かの役に立つことができれば自分の幸せである。何の役にも立てなければ、それまでのことである。彼はそう思い定めていた。

叔父が二つの鬼神が家にいてはいけないというので、父親の遺骨を墓の側の林に安置した。それから叔父の家に行って、食事をした。再び墓に戻ると、トゥルマギを着た老人が来るところだった。トゥルマギというのは韓国式の外套である。絹のそれを着た背の低い老人は、昔の両班《ヤンパン》のように見えた。顔だちには気品が感じられた。聞くと父とは気が合う人だったらしい。

父親は常に自分が一番で威張ってないと気が済まない人だったから、日本での父の知り合いはみんなろくでもない屑のような人間ばかりだった。父親が罵倒しても、へらへらと笑っているような連中ばかりで、父は自分よりも知識見識が優れている尊敬できる友人など持っていなかった。例外的に二人の紳士がいたが、その人たちは下関では食べていけなかったので、大阪に引っ越した。韓国の両班は日本で父が付き合っていた見識がある人たちと同じ雰囲気があった。それは知識や見識があっても決して驕らず、それゆえ父の邪魔にならないような人だった。そう、父と共にいるためには無欲でなければならなかった。欲があると父親とぶつかる。起丞は自分たち兄弟がこれだけ無欲になったのも父親のせいだろうと考えていた。

両班は兄が下げている遺骨に手を掛けると、哭《こく》をした。涙は出てないが、顔はくしゃくしゃである。兄はいづらそうだった。両班が哭をしている間、何度も小さく頭を下げていた。

掘られた穴に遺骨を下ろすことになった。顔面神経痛なのか、顔の歪んだおじさんが居て、皆を指図していた。墓造りを生業《なりわい》としている風水師なのだろうと思った。

遺骨を包んできた布は下の田へ持っていって、燃やされた。燃やしながら一人の小父さんが、

「何やかやと口うるさい人じゃったが」

と火が燃えやすいように小枝でつついた。父が口うるさいのは家族に対してだけではなかった。誰彼構わず、自分が正義だと思ったら突き進んでいた。まるっきり、講談や浪花節の中の人物を、生きている間中演じていたようなものだった。韓国人は芝居気が多いが、父はその気が人一倍多かった。芝居で怒り、芝居で嘆いて見せて、子供たちが自分の思う通りに金儲けをして、自分に貢ぐように仕立て上げようと懸命だった。しかし少なくとも弟の起丞は父親の芝居を見切っていた。何時間も説教をされている間も、

「あーあ、またやってやがる。ようやるね」

と思っていた。

掘られた穴は、薄い石版で四方を補強されていた。兄はそこへ遺骨を下ろし、石の蓋をした。それから風水師のおじさんが指示するままに蓋の中央の、上部に土を盛り、真ん中に盛り、そし

て手前に盛った。それからスコップでの土掛けが始まった。

起満《キマン》や仁川の叔父、それに近所の人たちがチゲで下の方から土を運んできては墓に土を降ろした。チゲというのは、韓国式の背負子のことである。

土まんじゅうが半分ほどできたころ、岡田の兄さんがぶらぶらとやって来て、

「ああ、できよるな」

という。

いままでの親父からの恩義を感じているのなら、旅館から行動を共にするのが普通じゃないの？　と起丞は思う。しかし岡田の兄さんはそうしなかった。結果から見て、岡田の兄さんは父親に何の恩義も感じていないのだと理解できた。父親は家庭や子供たちにひどく当たり、親戚を大事にしてきたが、しかしその結果がこれである。まあ、頭のいい人だったから、こうなることは分かっていただろう。相手がどう出るかというのは、起丞よりも数倍早見えがしている人だった。彼はよく父親から、

「お前は一といえば二しか分からん奴だ。ボケが」

と罵られた。そんな人が、いずれ裏切られると分かっていて、それでも親戚を大事にしたのだから、幼いころに植え付けられた価値観というのは怖ろしいものである。

起丞の冷たい視線を感じたからか、岡田の兄さんはいった。

「わしも久しぶりに故郷に来たから、お父さんやお母さんの墓に参ってきたんじゃ。少し遅うなっ

てしもうたな」

この人は一言いう度に墓穴を掘る。故郷に来てから今日まで丸二日の余裕があった。それだのにどうしてわざわざ墓参りを今朝にしたんだ、と突っ込まれたら、この人はどう答えるのだろう、と思う。そういう人だからこちらは最初から何も期待してない。本来なら外したいところだが、兄が親戚の年長者だからと立てたので仕方なく一緒に来ているだけだ。あんたなんか居なくても、別に腹は立たんよ、と思う。

墓の土盛りが行われている間、兄弟は岡田の兄さんに墓で眠る先祖と自分たちの関係を教えて貰った。曾祖父は、起東たちの曾祖父でもある。自分たちの祖父同士が兄弟なので、その前の人は起東にとっても、起潤《キユン》、起丞にとっても同じ先祖になる。こうやって死者と生者の関係を見ていると、死者がこの世で騒いでいるような気分になる。

一番手前の土まんじゅうに百儀《ペギ》の墓という墓標がある。起丞はいう。

「この人は確か、親父の実の弟だよね」

「そうそう丞《すすむ》ちゃん、よう知っとるな」

「親父に何度か聞いたことがあるよ。確かサイパンで玉砕したといっていた。よくお骨があったね」

父親は送られてきた白木の箱には、石が一つ入っていただけだといっていた。「ばかにしやがって」と父親は石ころを投げ捨てた。それでも日本が、日本人として戦死させた朝鮮人を、日本人と同等に補償していればまだしもだったが、朝鮮が独立した途端に日本は、日本人じゃない、と知らん顔である。日本人として日本のために死んだ百儀叔父は、全くの犬死にになってしまった。韓国は韓国で日本のために死んだ人たちを「親日派」の一言で括って無視である。日本に居て、逃げ場がなくて無理矢理徴兵されたのに「親日派」である。犯人捜しが好きな奴らめ、と起丞は溜息をつくことしかできなかった。岡田の兄さんはいう。

「そこら辺の石を一つ拾って、墓に入れただけだよ。百儀《ペギ》のものは、遺骨はおろか何一つ戻って来んかった」

時代に翻弄されたとはいえ、哀れな死に方をしたものだ。父親がいうには、もの凄く頭がいい奴だった、ということだ。そういう人となら、一度話してみたかった、と思う。

土まんじゅうがほぼできあがった。風水師のおじさんが、糸で計って、縦横を調整する。最後に芝で覆う。一人の若い小父さんが、

「この両班《ヤンバン》には、かなりいじめられた。この野郎」

と土まんじゅうを蹴りつける。それは芝を定着させるためでもあったが、蹴り方がいささか強すぎる。父親は誰に対しても上から目線でものをいうので、嫌われるのが普通だった。この人にも上から目線でバカにしたのだろうと思う。それで、手伝いに来てくれていることもあり、墓をぞんざいに扱わないでくれ、とはいいかねた。

「この両班は俺がわざわざ夏の暑い中、歩いて会いにいったら、どうしてオートバイに乗ってこ

ないんだ、とバカにしやがった」

おじさんは起丞を見ていう。

「当時の韓国の、この田舎のどこにオートバイがある？　この両班《ヤンバン》」

そしてもう一度土まんじゅうを蹴る。怖らく父親は、

「俺はオートバイを持ってるぞ」

と威張ったことだろう。ガキみたいな人だった。何でも威張れるものがあると威張ってしまうのだった。大工をしている人には、俺も大工修行を十年やったと威張り、料理人には自分は板前修行を十五年やったといって威張る。父親が経験したという職業の年数を足し合わせると、優に百年を超えていた。そういう嘘を平気でついて、そしてその場の主導権を何が何でも握ろうとする人だった。困った人だったと思う。だから小父さんが墓を蹴飛ばすのは、やむを得んなあ、と諦める。

墓を蹴飛ばした小父さんは起丞を見て、

「それでも両班は飯を一度おごってくれたからな」

という。一宿一飯の恩義という奴か、と思った。恩知らずの幹儀《カニ》よりは遙かに増しだな、と感じる。

隣の大人しそうな小父さんがいう。

「このぐらい蹴り固めればいいだろう」

それから起丞を見てつけ加える。

「この墓の鬼神たちも驚いていると思うよ」

起丞にはそれがどういうことなのか分からない。小父さんは続ける。

「火葬した者を土に返すのは、三年以上経ってからなんだ。三年経たない鬼神を、自分たちと同じところに入れるのだから、この墓に元々居る鬼神たちはびっくりさ」

そう聞いて起丞は、初めて「分かった！」と思った。父親は火葬して一年半しか経っていない。埋葬してはいけなかったのだ。岡田の兄さんはそういう韓国の風習も知らない人だった。

韓国では子孫が居て天寿を全うした者はそのまま土に帰る。土葬をされるのである。しかし事故や旅先で死んだ者、父母よりも先に死んだ子供などは、通常の死に方ではないとして火葬にされ、遺灰は山や川に散骨する。人は土から出て土に戻るのだが、どういう死に方をしたかで土に戻る過程が異なるのだった。日本で死ぬと、一部土葬の地域を除いて、自然死か事故死かを問わず火葬にされる。火葬されると韓国人の目からはその事実だけが重要視される。それはまともな死に方ではないものとして扱われる。

こうしたことから叔父は土葬された母親の法事をする場所に不吉な鬼神が入ってくるのを嫌ったのだった。それは叔父がいったように、「二つの鬼神が居るといけないから」といったことではなく、火葬して三年経ってないから不吉だと考えたのだろう。怖らく三年経たないと焼かれた鬼神は成仏しないのだ。だからこそお寺に祀って厄払いをしようとしたのだろう。起丞はそう理解した。

一番の問題は岡田の兄さんがこういう事を知らなかったという点にある。彼が普通の人間なら、事前に埋葬したい旨を親戚に通知して、本国の人間の考えを聞いただろう。しかし岡田の兄さんは何もしなかった。適当にやってきて、適当に埋めてしまおうとしていた。起丞たち兄弟はそのとばっちりを受けて、来てはいけない韓国に、のこのこ来てしまっていた。その結果、韓国の親戚にも大変な迷惑を掛けることになった。みな大恩ある起丞の父親の葬儀だから、埋葬の儀を執り行ってくれているが、そうでなければ追い返されていたことだろう。

風水師のおじさんがが風水用の羅盤を出して墓の方角を確認する。直径は十センチはあるだろう。円形のガラスの中に磁針が浮かんでおり、そこの台紙には風水に関することが小さな文字でびっしりと印刷されている。立派な羅盤だ。墓は真南から五度ほど西寄りに向いていた。

「うん、よしできた」

とおじさんはほっとした顔をした。先程までの厳しい顔が嘘のようである。

女性陣が盥《たらい》に入れて料理や果物を運んできていた。それらを墓の一番手前にある大きな石の膳に並べる。起東の母親が率先して差配している。先ずは墓全体に対して拝礼をした。それからできあがったばかりの父の墓前に料理を並べて、父のために拝礼をする。

兄が初めにやる。そしてお前やれと手で示すが、起丞は甥を促した。

父親が彼一人にいったことがあった。成功した弟と落ちぶれた兄とがいて、弟が盛大な法事をしても、ろくに供え物もない兄の家に父親の霊が行き、長男の隣で、粗末な食事をしていた、という話だった。父親はそれを美談として話しているようだった。彼は心の中で呟いた。心配しなくても、俺はアンタの祭祀《チェサ》（法事）なんか絶対にしないヨ。安心して兄貴のところに行ってくれ。そんな昔の光景が頭をよぎったので、長男の次は次男ではなく、長男の長男が礼をするのがよいと考えたのだった。

それに彼は性格からして周公旦の方が好きである。李朝の世祖のように、甥から王位を簒奪するというのは趣味ではない。

周公旦は周の武帝の弟で、武帝亡き後、幼い甥のために摂政を務め、甥が成人してから政権を甥に返した。孔子が出た魯の国の開祖（初代の父親）でもあった。世祖というのは李朝の第七代の王で、世宗大王の次男だった。彼は甥のために摂政となり、そのまま王位を簒奪して甥を殺した。中国の歴史書を見ると世祖の行動パターンが普通である。周公旦の方がレアケースである。だから世祖は正しいというのは、数の論理を信じる人たちだろう。起丞はいささか違う。彼は、何百年かに一度の激動の時代でもない限り、朝鮮では誰が王をやろうが大した違いはないと思っている。加えて朝鮮は大陸と一部が陸続きなだけで、防御しやすい特徴がある。だから朝鮮族は満州族と違い、代々子供の中から優秀な者を選んで後継者に指名し、民族を守っていくという必然性に乏しかった。世祖は歴史と朝鮮の地理的特性を読み誤った、と起丞は考えていた。誰がやっても大差がない時代に、彼は、俺が俺がと、しゃしゃり出たのだった。

起丞は甥の拝礼が終わってから礼をする。在日の二世以下の者はこれがうまくできない。どうかするとイスラム教の拝礼のような形になる。韓国の礼は、生者には一礼、死者には再拝である。礼の始まりは立ったところからである。だから地面に両手両膝を着いて頭を下げたところで一回ではない。そこから体を起こし、立っていた元の位地に戻って一回である。こうした基本的なことを知らないから、在日が礼をすると、アッラーの神に祈るような拝礼になってしまう。意味も分からず、親がやれというからやりはするが、多くの二世以下の者は、どうしてこんな馬鹿げたことをしなければならんのだ、と思っている。

礼を二回すると、少し立つ動作をしてそのまま座る。なぜそういう形式的な動作をするのかを在日は知らない。礼が終わればそのまま酒を注げばいいではないかと思う。どうして一度腰をひょいと浮かせなければならないのかが理解できない。

起丞は本を読んでいて、礼の仕方というのを悟った。李朝時代に、ある官僚が王に礼をしたが、王が見てなかったと思ってもう一度すると、王が「お前は俺を死人扱いするのか」と冗談をいったという話を読んで、死者には再拝するということが分かった。一方、結婚の時、夫婦は最初の挨拶として一礼を二度する。つまるところ大切に思っている人には礼を二回するのだと理解した。また、礼の始まりを臥せったときだと理解すると、最後に立つ動作が理解できない。二回目の礼が終わってそのまま酒を注がないのは、最初に相手に正対したときの形がスタートだと考えなければならない。そう考えると、礼のあとで立ち上がることで一回が完結することになる。在日がしている最後にちょこっと腰を浮かせるのは、最後まで腰を伸ばして立つ動作を簡略化したものに過ぎなかったのだ。原則を知っている者が簡略化する分には様になるが、二世以下の者は原則を知らずに形を真似ているだけだから、不様な格好になる。そういうことが分かってからは、彼はきちんと腰を伸ばすところまで立ってから、座るようにしていた。それから酒を注ぎ、介添えの者に渡す。彼に続いて親戚の者が礼をしていく。女性陣は全員揃って礼をする。時間の節約のためである。

それから風水師のおじさんが祈りの文を読み上げる。ゆっくりとした読み方で、全体的に何ともいえない抑揚のある節がついている。全員は頭を下げてそれに聞き入る。

山神祝

維　幼学

歳次丁卯三月丁丑朔初四日庚辰

敢昭告于

土地之神令為

顕考学生全州李公漢儀

窆茲幽宅神其保佑俾無後難

謹以清酌脯醢枤薦于神尚

饗食

平土祝
維
歳次丁卯三月丁丑朔初四日庚辰　孝子
　敢昭告于
顕考学生府君
宅兆新薦體魄永安叫號以逮
痛慕罔極謹以清酌用伸虔告
謹告

これは次のような意味である。

山の神さまに申し上げます。私はまだ学幼き者でございます。（陰暦）丁卯《ひのとう》の年、三月丁丑《ひのとうし》の月、四日庚辰《かのえたつ》の日に、謹んで申し上げます。土地の神さまに命じて下さいませ。科挙の勉強を続けていた全州李氏の漢《ハニ》儀を、いまこの墓に埋めたが、お前が良く保ち、後難がないようにせよ、と。酒を注ぎ、肉を木に刺して供えますので、どうぞ召し上がって下さい。

土地を納めている方に申し上げます。私は親孝行な子でございます。（陰暦）丁卯《ひのとう》の年、三月丁丑《ひのとうし》の月、四日庚辰《かのえたつ》の日に、謹んで申し上げます。科挙の勉強を続けていたこの者は、いま墓に納められました。遺体と魂が永遠に安かれと願う叫びが、山の隅々にまで届いていることと思います。故人を思う深い悲しみの中、酒を注ぎ、供え物を広げてお頼み致します。どうぞお聞き届け下さい。

風水師のおじさんは祈りの文を読み終えると、二つに畳み、割り箸に刺してから兄に持たせた。そして火をつけた。紙は韓国の伝統紙で、韓紙《ハンジ》という。和紙よりも強い。拓本を取るときは和紙よりも韓紙が最適だと聞いたことがあった。薄い韓紙は直ぐに燃え上がり、灰も残らないぐらい奇麗に燃えた。風水師のおじさんは僅かに残った灰を手の平で下から扇ぎ、天へと送る。死者を天に帰すため、あるいは天の神に願い事を聞いて貰うためだろうと起丞は理解した。

儀式が終わり、皆は供え物を食べ、マッコルリを飲んだ。そして叔父の家に入り、本格的な食事となったが、その頃から雨が降り始めた。まるで墓作りが終わるのを待っていたかのような降り方で、起丞が思っていた通りであった。

彼は縁から外の雨を見ながら、

「やはり親父は雨男だったね」

というと兄も、

「降ると思うちょった」

と答える。甥が、

「おいちゃん、雨男って?」

兄が直ぐに説明をしてやると、

「知ってる。お化けのQ太郎であった」

「ドラえもんじゃなかったか?」

と起丞。

「Q太郎だったよ」

「そうだったっけ?」

そんなことをいいながら部屋に入ると、左の部屋の膳は父親の世代が占め、右の部屋の膳はその子供たちの世代が占めていた。起丞たちは右の部屋に入った。ほぼ食事が終わって、墓作りを手伝ってくれた人の中の一人がいった。穏やかな面立ちの人だった。

「私は日本生まれで、三才まで日本に居たんだ」

と話し出す。

「私の名前は崔家秀《チェガス》というんだが、これは日本語ではイエヒデだろ? 徳川家康の家に、豊臣秀吉の秀だ。ね、そうだろ。当時日本にいた韓国人は皆そういう名前をつけさせられたんだ。お陰で変な名前を貰ってしまった」

一緒に墓を作った男たちは、煙草を喫いながら、

「そう、こいつ、ガスっていうんだ」

「ガス、ガス」

「ガスっていうんだぜ」

とはやす。崔家秀は少し苦笑いをして続ける。

「あなたのお父さんを日本に連れて行ったのは、実は私のお爺さんなんだ。確かカコガワとか、いうところだよ」

「そうです。加古川です。父からそう聞いています」

「ね、そうだろ。あなたのお爺さんとお父さんとね、二人を連れて行ったんだ。でもその後お父さんには大変お世話になっている。実は私の父は日本海軍で水兵をしていたんだが、私が三才の時に戦死してしまってね。我々は韓国に戻っていたから日本には遺骨を引き取る者が居なくてね。それでお父さんがわざわざこの村まで持ってきてくれたんだよ。今から四十三年前の話だ。その恩に報いたくて今日は仕事を休んできたんだ」

「そう、こいつ仕事休んで来たんだ」

と再び周りから合いの手が入る。

「一万ウォン消えるんだものな、それで煙草一つだ」

と横で一人が不満そうにいった。

「いや、そういうことではない」

と崔家秀。

「四十三年前、こちらのお父さんが遺骨を届けてくれなかったら、私は死ぬまで骨の無い墓にお参りをしなければならなかった。それをわざわざ、ただ遺骨を届けるためだけに村まで来てくれたんだ。その人のお墓を作るというのに、私が来るのは当然だろ。そうじゃない？」

うむむ、と周りの者は黙り込んだ。

起丞は考える。同じ村で崔氏ということは、いつか挨拶したことを咎められた、先祖の使用人の子孫だろう。父親はその者のために、日本から遺骨を運んだのだ。韓国人特有の、階級意識の強い両班思想に染まっていたら、そんなことはしてないだろう、と思う。それに一九四四年といえば、玄界灘を渡るときにアメリカの潜水艦に沈められる危険性があったころだ。その危険を冒して父は遺骨を運んだ。元使用人の子孫という意識が強かったなら、そんな危険を冒して玄界灘を渡らなかっただろう。

確かに父親は昔から義理人情に篤い人だった。起丞が生まれて育った場所は朝鮮人部落と呼ばれていたところだったが、三分の一ぐらいは日本人だった。朝鮮人が仕方なく住んでいるところに住んでいるのだから、そこに住んでいる日本人は、社会のクズといってもいいぐらいの、どうしようもない連中だった。多くは前科持ちだったし、男は大抵入れ墨をしていた。幼い起丞は、日本人は大人になると、みんな入れ墨をするのだと思っていたぐらいだ。朝鮮人は日本人に強制された名残でみんな日本名を使っていたが、日本人は過去を隠すために多くの者が偽名を使っていた。詰まるところ日本人も韓国人も嘘の自分を演じ続けている集落だった。そんな集落は別名

「ごっとん部落」と呼ばれていた。ごっとんというのは警察用語で泥棒という意味である。下関で盗みがあると、警察はまず「ごっとん部落」に来て聞き込みをした。そうすると高い頻度で盗品が見つかるのだった。盗みを働いていたのはどうしようもない日本人ばかりだったが、そんなことを知らない多くの日本人は、朝鮮人は悪いことばかりする、と思っていた。悪いことをしてるのは日本人なんだけどなあ、と起丞は子供心に不満だった。

そんな町内で日本人が死ぬと、何もしなければ無縁仏になる。父は字を知らなかったので、日本人の妻、つまりは彼の母親に全ての住民の連絡場所を台帳に記録させていた。それで日本人が亡くなると、その者の連絡場所に連絡して、亡くなった人が無縁仏にならないように尽力した。後年母は起丞に、父から死んだ人を湯灌してやれと命じられ、蝋燭一本の明かりの中で死人の体を拭いたときは、恐くてたまらなかったと述懐した。二回そういうことがあったそうだ。

それほど苦労して無縁仏にしなかったのに、感謝する人は僅かだった。お礼の手紙一つ寄越さないのが普通だった。もっとも、ごっとん部落に流れ着いた日本人は家や一族の厄介者だっただろうから、親戚も仕方なく、渋々遺骨を引き取りに来るのが普通だった。余計なことをしてくれた、とまではいわなかったが、仕方なしに骨を引き取りに来ているのは子供心にも分かった。

そんな出来損ないの日本人の中に一人だけ気品のある老人がいた。ある日ぶらりとやって来て、そしてすきま風が吹き抜けるバラックの中で死んだ。家族に連絡すると、誰もが知る製鉄会社で役員まで務めた元エリートだった。長男の嫁と折り合いが悪く、家出をしてごっとん部落で死んだのだった。息子さんは十数年間、毎年必ず新年の挨拶を寄越して来た。が、ある年からぱたりと年賀状が来なくなった。怖らく息子さんも亡くなられたのだろう。嫁は夫ほど感謝していないから、年賀状を書かなくなった。そういうことだろうと起丞の家族は理解した。

そんな中、崔家秀さんは四十三年前の出来事を恩に感じて手伝いに来てくれた。有難いことだった。起丞は兄にも話をかいつまんで伝え、兄弟二人で礼を述べ、頭を下げた。

暫くして座はお開きとなった。兄弟と甥は応接間に移動して休んだ。やがて雨もあがり子供たちは庭に出てサッカーを始めた。

日が暮れて叔父の職場の人たちがやって来た。兄弟は応接間から出て居間に入った。父の供養のために来ると聞いていたが墓へはもう行く時間ではないし、何か変だな、と感じていた。

辺りを睥睨するかのように、三つ揃えのスーツを着た年配の男が入ってくる。

「こちらは私の部長さんです」

と叔父がいう。

「どうも、初めまして」

兄弟は挨拶をした。叔父は部長に、

「日本から来た甥です」

という。部長という人物は見下すような表情のまま、「うむ」「うむ」と握手をするだけである。

悔やみの言葉も何もない。起丞は混乱した。葬儀の参列に来たんじゃないのか？　と雰囲気があまりに違うことに戸惑う。叔父は課長、係長、班長と紹介していく。違和感を抱いたまま兄弟は挨拶をした。兄は言葉が分からないので、当たり障りがないように微笑んでいるだけである。

二十人ほどの叔父の会社の者が入ってきた。料理が運ばれてくる。見た瞬間に、その華やかさに驚いた。墓作りを手伝ってくれた人たちに振る舞われたものとは歴然とした差があった。彼等にはキムチ、カクトゥギ、といった野菜がメインだった。こちらは生野菜に生牡蠣、イカ、蛸、牛肉といったものがメインである。まあそれでもそれを父の墓前に供えてから食べるのならまだいいだろうと見ていると、

「いただきまあす」

の大合唱になった。

これは違うだろ、と思う。完全な祝い事ではないか、と体が震え出すほどの怒りを感じる。作晩起東《キドン》が忌み事の時に祝い事をするのは良くないといっていたのはこれか、と思い当たる。しかもこれだけの料理が出て来るということは、それを作った奥さんも同意の上ということになる。あの人は見た目と違い、亭主と同じ大馬鹿者というわけだった。起東が失望したように、起丞もまたこのとき、幹儀の妻に失望した。そうなるとこの料理だって、起東が出した二十万ウォンの大半が使われているのではないか、という疑念を抱く。墓作りには大して金はかかってない。土方仕事を休んできた人にも煙草一箱しか渡してないのだ。残りの金は流用されたに違いない。俺たちはまるっきりのコケ扱いだな、と怒りが収まらない。近くに座った課長が、

「日本からどのくらいかかりますか?」

と聞くが、

「二時間!」

と答えるのが精一杯である。兄が彼を一つつついて、

「食べろ」

と膳のものを取ってくれる。今度は絶対に腹を立てるな、と兄に念を押されてやって来たので、
何とか堪えて一口食べたが、墓作りの人に出した料理とあまりに違うので腹が立って仕方がない。

「やっぱりだめだ」

と彼は席を立つ。兄も直ぐについてきて、

「どうしたんだ。何を怒ってる?」

という。

「あの部長、親父の件については一言もいわなかった」

「え? そうか?」

「考えて見なよ。あの部長何こと言葉を発した? 課長や係長が何こと言葉を発した? 普通の
挨拶をしただけだよ」

「そういわれればそうだな。お悔やみらしいことは何もいってないようだな」

「これは親父を弔う席じゃない。奴らの親善パーティーだよ。親善パーティー。そんなところに

居れる!?」

「そりゃそうだ」

兄は少し考えて、意を決した顔になる。

「よし乗った」

という。

「お前が腹立てるのに乗ろう。お前が腹を立てるのはもっともだ。そうと決まったら荷物をまとめてさっさと出よう」

彼は居間に戻って叔父を呼んだ。祭祀の代金は自分たちが負担すると最初にいったので、叔父がどういうか分からなかったが、精算を申し出る必要があると思った。二重取りをするならすればいいとも考えていた。

こちらのただならぬ雰囲気を感じ、叔父はおずおずと応接室に入ってきた。兄は既に荷物をまとめ、コートを着てソファに座っていた。

「叔父さん、最初に約束した通り、祭祀《チェサ》の代金を支払います。我々は今から出て行きます。幾らお使いになりましたか?」

「出て行く!?　起丞お前、何をいい出すんじゃや!?」

「議論をする気はありません。金額をおっしゃって下さい」

激怒しているのに出て来る言葉は丁寧な言葉である。汚い言葉を習ってないから、頭の中にないのである。こんな時に奇麗な言葉を使っている自分にも腹が立った。しかし客観的には自制できているようで、その点は良かったかも知れない。

叔父は消えたかと思うと叔母を連れてきた。彼は叔母にも同じことをいった。叔母は、

「起丞《キスン》、何が気に入らないのか、ちょっと話してみてよ。もしかしたら日本と韓国の風習の違いから来てるかも知れないでしょ?」

一瞬ひるんだ。しかし弔いの場で、祝い事をするなどというのは、世界中のどの民族でもするはずがないと思う。しかも叔母は料理を作ることで共犯になっている。彼女が止める立場なのに、積極的に片棒を担いでいた。絶対にしてはいけないことだと分からない人間と、議論をする気はなかった。彼はいう。

「人の気持ちは、日本も韓国も同じだと思います。経費を精算するので金額をいって下さい。アボジの埋葬のために幾ら使いましたか?」

叔父の懐から一銭も出てないのは知っていたが、知らぬ顔で彼はそう聞いた。叔母はいう。

「ねえ起丞、そんなに怒らないで話してみなさいって」

彼は兄を見る。

「どうする兄ちゃん、事情を話せというとるが」

兄も怒りを含んだ目でいう。

「これだけのことを話さなければ分からんようじゃどうしようもない。どうして俺たちが腹を立

てているか、自分たちでじっくり考えろといってやれ。そんな調子だから親父にも嫌われたんだってな。親父も墓の中で泣いとるやろ」

彼は最後の言葉だけ翻訳した。叔父と叔母は何度も理由をいえと迫る。理由をいったところで招待した客を今さら追い返すわけにも行くまい。それをすれば叔父の面子は丸つぶれになる。彼ら兄弟はそこまでする気は無かった。他人が生きる道を邪魔してまで自分たちが生きようとは思ってなかった。

彼は二十万ウォンを叔父に無理矢理握らせた。そして兄と共に庭に出た。台所仕事を手伝いに来た親戚の女性が五人ほど居た。中の様子を窺っていたらしい。起満の母親が、

「どうして晩ご飯も食べんと行くんじゃ」

という。腫れたようなまん丸な顔が泣き出しそうになっている。

「はい。しかし、もう行きます」

起東に自分たちが腹を立てた理由を話しておけば、いずれ親戚中がその理由を知るだろうと考えていた。叔父の客を追い返す気が無い以上、出て行くのは自分たちだった。あとは静かに立ち去るだけである。

彼等は家を出て川に橋が架かっているところまで来た。ついてきた起満にタクシーを呼ぶように頼み、薄着のまま彼等を見送りに来た女性たち五人に向かって、

「寒いから家に戻って下さい。本当にもう、見送りして下さらなくて結構ですから。寒すぎます。

家に戻って下さい」

人々の吐く息は濃く長かった。叔父もついてきて、

「なあ起丞《キスン》よ。理由をいえよ。このまま別れたんじゃ、お互いに気分が悪いじゃないか」

彼は無視した。兄が、

「まだ理由をいえ、いいよるんか？」

と聞く。

「うん」

「少々のことじゃ誰もここまで腹は立てんよ。親父に大恩があるくせにこんなことをしやがって。どうして俺たちがここまで腹を立てているか、自分の頭でよく考えろ、といってやれ」

「だめだ。腹が立って、震えがまだ止まらん。翻訳するとなると考えがまとまらんから、いえんわ」

「そうか。ほな、しょうがないな。しかし由子が一緒やないで良かった。わしらは腹が立つと言葉が出なくなるが、由子は逆に腹が立つほどに弁舌がさわやかになるからな。こいつら生きておられんぐらい、ボロカスにいわれとるやろな。おらんで良かったわ」

「なあ、起丞、いえよ」

と尚も叔父は食い下がる。しかし彼は無視し続けた。やがてタクシーが来る。起満が挨拶しているところを見ると、いずれ親戚関係の人間なのだろう。

彼等はタクシーに乗り、村をあとにした。兄がいう。

「やれやれ、とうとう喧嘩別れしてしもうた。今回だけはトラブル無しで終わりたかったんやけどな」

そしてちらと弟を見てから続ける。

「幹儀《カニ》もあほやな。自分でええかっこばかりしようとしたり、欲が深すぎるから結局は自分の首を絞めてしまう。全く、わしが来るときは必ず騒ぎが起こる。しかしお前も今回はご苦労やった。今回ばかりは下手に言葉ができる方が苦労やったな」

そしてははは、と高らかに笑った。起丞は心の中で、知識を誇るのは愚かだが、無知を誇るのはもっと愚かだ、と考えた。

タクシーは南原の中心部に至る橋を渡り、警察署の前を通って交差点で止まった。夜だからだろう交差点を走る車は一台もない。それだのにタクシーは止まった。信号もない。起丞は、

「どうして止まってるんですか?」

と聞いた。

「信号が赤なんです」

「え?」

道には見える限り信号はなかった。

「どこに信号があるんですか?」

「あそこです。故障してるんですよ」

よく見ると、なるほど、光の入ってない信号灯が電信柱の隣に立っている。クロスする側の道路の信号は青だと気がついた。

「故障って、知らない人が通って事故を起こしたらどうするんですか?」

「この町の者はみな、信号が故障してるのを知ってます。だから信号がついてなくても、みな止まってるでしょ?」

対向車線に車が何台か止まっている。

「よその町から来た人はどうなります? 分からないんじゃないですか?」

「うむ、そう。分からないでしょうね」

逆の信号が赤になった。それを見てタクシーはゆるゆると走り出した。

旅館に入ると急に空腹を感じた。風呂はあとにして、先ずは食事に行くことにした。と、ドアのチャイムが鳴った。ドアを開けると、市役所に勤めている起雲《キウン》が立っていた。自分たちの行動に親戚中が素早く対応しているのが分かり、いささか滑稽だった。

「やあ、起雲《キウン》。ごはん食べた? まだ? じゃあ、一緒に食べに行こう。腹ぺこだ」

彼等は旅館の近くの韓国式食堂に入った。客は一つのテーブルに二人居ただけで、がらんとしていた。彼等は座敷に上がり、白御飯定食を二人前とヘジャンクッを頼んだ。兄は先ずはビールを飲む。起丞は麦茶を一口飲んでから、起雲に聞いてみる。それは万が一にも自分の考えが、韓国文化でも間違いではないことを確認するためだった。作晩起東が漏らした言葉から自分は間違ってないとは思っていたが、万が一があっては困る。

「起雲《キウン》」

彼は起丞より年下なので、「氏」はつけずに呼び捨てにした。しかしそこから先の言葉は丁寧語である。

「客は韓国電電公社の部長であり、課長さんたちです。知性も良識もある人たちです。そうでしょ？　だったら、日本からわざわざ父親の遺骨を埋葬するために来ていると聞いていたら、『今回はご苦労なことでした』とか、『父上は無事に埋葬されましたか？』とか、何らかの言葉を掛けるんじゃないんですか？　そうじゃないですか？　韓国人はこういうときに、そういうことはいわないものなんですか？」

「いえ、とんでもない。します。きちんと挨拶します」

「そうでしょ。私もそう思います。だのに部長さんからは一言もそういう言葉は出ませんでした。なぜか、と考えるに、叔父さんが部長に、我々が日本から来た理由を話してないからだ、と思います。他に理由が考えられますか？」

「いや、そうですよ。そう思います」

起雲は頷くばかりだ。少々不満だったが、彼は続ける。いずれ自分がいった言葉は親戚中に広まることは分かっていた。

「つまり叔父さんは、葬儀のためではなく、単なる会食パーティーのために職場の人間を呼んだのです。我々は父親を弔うために来ている。然るに叔父は同じその席で自分たちの祝い事を始めたのです。そんな席に起雲《キウン》、あなたなら同席できますか?」

起丞はそういって、バン、とテーブルを叩いた。コップから麦茶がこぼれた。

「まあまあ」

と兄が制止する。起雲は落ち着いた声でいう。

「兄さん、良くやられました。怒るのは当然です。実は我々も会社の人間を呼ぶと聞いていたから、同じ日にそういうことをするもんじゃない、日を改めなさいって堂叔《タンスク》(父のいとこ)にいってたんです。親戚中が反対していたんです。しかし堂叔(父のいとこ)は全く耳を傾けなかったし、それに料理です。大変立派な料理だったとか」

「うむ」

と彼は頷いた。女房か誰かからの電話で全て聞いているな、と思う。

「本来なら、日本の堂叔(父のいとこ)の墓前に一度差し上げて、そしてみなで食べるのが本当です。それもしないで、お墓作りに参加した人たちよりも遙かにいいものを出すというのは良くありません。それは親戚中が文句をいうと思います。ですから兄さんが腹を立てるのは当然のことですし、出て来た方が良かったのです」

彼は兄に翻訳した。兄は煙草を灰皿に置くと、

「そうか。そりゃあ、腹を立てて良かったな。あそこで我慢してあのまま座っていたら、親戚中

から馬鹿だといわれるところだったな。それに親父の顔にも泥を塗ってしまうところだった。いや、大正解。ま、一杯いこう」

と起雲の空きかけのグラスにビールを持っていく。そして、

「そうか。親戚中から、やめろといわれとったんか」

と独りごちた。そこへ起東の弟の起門《キムン》が入ってきた。旅館で聞いてきたのかも知れなかった。

定食を一人前追加しようとしたが、起雲と起門が、量が非常に多いと止めたので、そのままにした。

やがて定食が出て来た。二人前なのにテーブルに溢れんばかりの小鉢が並んだ。起丞はヘジャンクッを食べ、甥を含めた四人が二人前の定食を食べた。

食べ終わってから起丞は起門に色々と聞いた。前回会ったとき、起門は高校三年生だった。その後彼は通信大学に行き、軍隊を経て、先頃通信大学で知り合った女性と婚約したという。今は無職でぶらぶらしているが、いずれは南原《ナモン》で職を得たいということだった。しかし韓国では有名大学を出ているか、賄賂を出せるぐらいの有力な親戚でもいない限り就職は難しい。いずれ起門は事業を興す以外に道はないだろう、と感じた。

起門は数ヶ月前に友人と新車に乗り、スピード違反と酒酔い運転でガードレールを突き破って二十メートル下に転落したそうだ。まあ、ここは韓国人がいうことだから、せいぜい五メートル程度だろう。そうでなければ二十メートル落下して、ここにこうして、いられるわけがなかった。右手の人差し指と中指に生々しい縫い跡があった。事故ではみな大したけがもなく、一人も死な

なかったという。しかし八百万ウォンの新車は廃車にするしかなく、三万ウォンにしかならなかったと笑顔でつけ加えた。

「うちにコーヒーでも飲みに行きませんか」

という起門の言葉を合図に、みなは立ち上がった。起丞が食堂の主人に値段を尋ねると、起雲がもう払ったという。日本に住んでいる者からすると激安だが、韓国にいる者にとっては決して安くない金額のはずだった。だが、韓国人がよく店先でやっている押し問答はみっともないし、彼の好意に甘えることにした。そして起雲に、

「ごちそうさまです」

と一礼した。起雲は照れた。

夜空は雲に覆われていたので、東京の夜空よりも一層、暗かった。夜道で明るいのは屋台ぐらいで、建物内にある店の照明はどこも暗かった。電気事情が大して良くないのだろうと推測できた。もっとも彼が韓国に初めて来たころのソウルも今の南原ぐらい暗かった。ソウルが暗いので、星が下関よりも遥かに溢れんばかりに見えていた。そんなソウルがオリンピックをするまでになった。漢江《ハンガン》の奇跡を成し遂げた成果だろうと考えた。たった二十年の間のことだった。

横断歩道を渡って起東の店に入った。手前のテーブルには中学生ぐらいの三人の少年がいた。奥の座敷には客が居たので、みなは座敷の手前のテーブルに腰を下ろした。起東が厨房から出て来ると、

「こんばんわ」

とウインクをするような顔で頷いた。彼はそのまま少年たちのテーブルに行く。

「どうだ、決まったか？　誰が働くんだ？　俺の店じゃ一人しか要らないんだ。まだ？　じゃあ、もう少し相談しな」

起東はこちらのテーブルに来る。起丞は小さな声で、

「家出？」

と聞いた。

「そう。高校を卒業してきたといってるけどね」

「高卒？　まさか」

「そうさ、嘘だよ。全州の方から来たらしい。うちで使ってくれというんだが、家とかそういうことを聞くと逃げてしまうだろ？　だから先ずは一人だけ雇ってやるといってるんだ。向こうが安心して話すようになれば、こちらもその時は説教ができるけどね。今そんなことをすると逃げてしまうだろ？」

ふむふむと起丞は頷く。隣に立っていた起門が顔を近づけ、小さな声で、

「日本にもああいうのが居る？」

「いますよ。どこの国にでもいるものでしょう」

「韓国ではいま、ああいうのが問題なんだよ」

起門は韓国の現状に対して多くの不満を抱えているようだ。彼は頭は決して悪くないのに、昼間の大学に行けなかったという恨みが大きいのだろう。

韓国の社会は非常に固定的で、両班と庶民という階層ができあがっている。独立後に金持ちになった人たちが新両班層である。庶民はその人たちに奉仕するだけの存在になる。そういう所では下手に希望など持たない方がいい。希望を持つと腹が立って誰かを恨まないでは居られなくなる。腹を立てることで世の中を変えられるならまだしも、資本主義がある程度発達した韓国ではそれは起こらないだろう。だから欲を持たず、希望も持たず、世の中がどう動くのか、ただ呼吸だけをして、眺める、というのが楽な生き方だった。しかし性欲があるから女性を求め、結婚をし、子供ができる。子供ができると生活の責任が出る。適当に無欲のまま生きて行くことはできなくなる。それで儲け話を探して動き回ることになる。性欲がなければ生きることは楽なのだが、猿の成れの果ての人間には、それはなかなかに難しい。

自分は、と起丞は考える。妻が無茶振りをしてくれたお陰で会計士という楽な仕事に就くことができた。お陰で少ない労働時間で多くの所得を得られるようになった。あの女と結婚していなければ、俺の人生は起門と同じだっただろうと思う。欲から離れようとして離れられず、一生親父を恨み、世間を恨んでアル中にでもなって死んでいたことだろう。そう思うと、人生というのはちょっとした違いで天国にも地獄にも通じていると感じる。自分はたまたま、ほんの少しだけ運が良かったということでしかないと考えた。

起東は再び子供たちのテーブルに行って、

「どうだ。だれが働くか決まったか？」

と声を掛けると、三人は怖ろしい目で睨みつけ、それから鞄と帽子を持って店を出た。

「ふむ」

起東は腕組みをしたまま首を一つ捻った。

座敷の客が帰ったので、みなはそこに上がり込んだ。起東は、

「何にする？　ビール？　焼酎？」

起丞は、

「私はコーヒーだと聞いてきたんですが」

「え、そう？　じゃあコーヒーにする？」

しかし今日は酒でも飲んで早々に寝た方が良いかもしれない。彼は、

「じゃあ、酒を飲みましょうか？」

と方針を変更した。しかし韓国の酒はビールも焼酎もうまくない。彼はアルコールは強くない癖に味にはうるさかった。

「何か他にありませんか、マッコルリとか、トンドン酒《ジュ》とか」

起東は少し考えて、

「うまいのがあるが、しかし強いよ。めちゃくちゃ強い。高梁酒《コーリャンジュ》」

起丞の友人に食通がいて、その者が高粱酒がうまいといっていたのを思いだした。

「それがいいですね」

高粱酒は45度ある。それが一合ほどの細く四角い緑色の瓶に入っていた。

「薄める?」

と起東が気を利かせる。しかし起丞は弱いくせに飲むときは生《き》のままを好んだ。ショットグラスに注ぐ。舌の先に乗せると、甘いまろやかな味に驚いた。これなら、と食通の友人を思い浮かべて、あいつも褒めるだろう、と思った。飲みながら彼は叔父の家を出たいきさつを話した。今度は普通に、ただの話として話せた。

起東は時折相槌を打ちながら聞いていた。そして起丞の話が終わると、背筋を伸ばし、

「まあ、起丞《キスン》」

と話し始める。

「率直にいうが、あの堂叔《タンスク》(父のいとこ)は好きじゃないし変な奴だけど、我々の一族だ。仲間はずれにすることもできないいし、これからも付き合っていかなきゃならん。しかし俺たちが居るから安心しろ。日本の堂叔(父のいとこ)の墓は、俺たちがしっかりと守ってやるから」

「ありがとう」

起丞はいい気持ちで頷いた。今回はスタートからつまづきっぱなしだった。大体岡田の兄さんを頼ったのがそもそもの間違いだった。親父も墓の中で、

「馬鹿か、おまえらは」

と毒づいていることだろう。しかし終わりよければ全て良しという。トラブル続きの埋葬も何とか終えることができた。一安心である。兄弟は明朝の朝食を起東の家の方で採る約束をして旅館に戻った。

旅館に戻ってオンドルの熱さから逃れるために蒲団を三枚重ねにしていると、岡田の兄さんから電話が来た。起丞は三たび叔父の家を出た理由を説明することになった。

「それじゃあ、丞《すすむ》ちゃんが怒るのも無理ないのう」

と岡田の兄さんは渋々、といった感じでいった。

13

翌朝、七時ごろに起きた起丞《キスン》は右目の出血がほぼ治っていることを確認した。日本での回復速度よりも倍、速かった。自分の遺伝子は韓国仕様にできているようだ、と思った。旅館の前の蓼《ヨ》川《チョン》の川沿いを歩く。先日とは逆に、川の下流に向かって歩いた。風景は遠くまで見通せるものの、幾分靄《もや》がかかっていた。靄に隠れた空は青い色を秘めているようだ。陽が上がれば、今日は、いい天気になるだろうと思った。

川は奇麗な色を見せ始めた。対岸の山は低いが斜面は急で、箱庭にある山のようだった。周囲の畑は桑畑のようで、既に葉が出て緑に覆われていた。離れたところにある茶色の広大な土地は、いずれ田植えが行われて緑で埋まるのだろうと想像できた。その先の国道には小さく見えるバスが、ゆっくりと走っていた。背後の山には今朝ははっきりと緑が宿っているのが分かる。あと数日で山は一面の緑に覆われるだろう。

旅館に戻ってコーヒーを注文して少しすると、起門が迎えに来た。彼に、コーヒーが来るのを待っている旨を告げ、コーヒーを飲んでから行くことにした。

起門はテレビの料理番組を見ていた。と、不意に笑い出した。

「この女の人、全羅道の人だよ。方言でしゃべってやがんの」

という。

方言を笑う。それは日本でも同じである。しかし韓国では日本以上に方言を使う者を、無知な奴と蔑んでいる印象を受ける。

留学をしていたころ、映画を見に行き、登場人物が方言を使うと、観客は信じられないぐらいどっと蔑みの笑いを上げたものだった。ソウル語、特に気取ったマダムが使うソウル語が嫌いな彼は、「こいつら何を考えとるんじゃ」と不快だった。しかしそのとき以上に自分と同じ言葉を使っている人間を蔑んでいる起門は、醜く、不愉快だった。だが、自分は去って行く人間である。彼にそれをいうことはない。まあ、一生、不平不満を抱えて生きていくさ、と思う。しかしそんなことをしていたら自分たちの父親のように、決して幸せにはなれないし、周りの者を幸せにすることもできないだろう。この世で最も不幸な人間は周りを不幸にする人間である。だから、お前一人だけ不幸でいろよな、と思う。

コーヒー屋のけばい姉ちゃんがやってくる。濃い化粧に、けばいスカーフを頭に巻いた姉ちゃんは、手早くインスタントコーヒーを作る。それを飲んで、みなは旅館を出た。

起東《キドン》の家に入ると、既に岡田の兄さんが来ていた。起東の家には十年前にも来た。その時より家は十年分古くなっていた。古くなっただけで、痛んだところに手を加えたあとがない。この十年、生活だけで精いっぱいだったというのが良く分かった。しかし敷地は広い。建て替えれば立派な家を建てられるだろうが、それができるのはいつのことになるか分からない。子の代か、あるいは孫の代か。いつかいい家に住めるようになればいいな、と思う。

昔ばなしでは、欲張りじいさんはひどい目にあい、正直者は金銀財宝を手にできるものだが、現実は逆である。欲まみれの幹儀《カニ》はいい家に住んでいい暮らしをしている。しかし正直者の起東は朝から晩まで油まみれになって働いても、生活するだけでやっとだった。

起丞たちはオンドル部屋に入った。そこで再び岡田の兄さんに説明をさせられた。今度は兄も横から説明を補足した。それで岡田の兄さんは起丞がいうことが本当だと信じ始めたようである。まあこの人は幹儀に簡単に丸め込まれてしまうような人だから、俺のことなど最初から信じていなかったのだろう、と思った。

「丞《すすむ》ちゃんは直ぐに怒るから」

と岡田の兄さん。

「それに直ぐに顔に出るから直ぐに分かってしまう」

初日に自分が旅館の廊下で岡田の兄さんを睨み付けたときのことをいってるな、と感じる。自分が岡田の兄さんを尊敬してないことは、本人も感じ取っているだろうと思う。兄の起潤は、

「わしも、堪ええ、堪ええと何回もゆうたんやけどね。丞《すすむ》は凄い剣幕で怒りよるし」

と誰の味方か分からないようなことをいう。

「しかし聞くと、怒るのももっともで、幹儀《カニ》は、あれはあかんわ」

食事が半分ぐらい過ぎたところで、岡田の兄さんの奥さんが入ってきた。起東のお母さんに勧められるままに座り、ともに食事を始めた。

食事が終わり、起雲の嫁さんがスンニュンを持ってきた。スンニュンというのは、御飯を取り出したあとの釜の底に、湯や麦茶を入れて重湯のようにしたものである。起丞は日本で何度か飲んだことがあった。しかしそれはおかゆの出来損ないのようなもので、韓国人がどうしてこれだけ不味いものを飲むのか理解できなかった。嫁さんは盆の上に、三つの鉢を乗せていた。起東のお母さんが一つを起丞の目の前に置いてくれる。大きな鉢に並々と熱い米の濃い汁が入っている。見かけは悪いが、一口飲んでみる。日本で飲んだそれとは別次元の代物だった。

「ああ、これはうまい」

と起丞がいうと、

「日本の堂叔《タンスク》（父のいとこ）もこれが好きでした」

と起雲《キウン》の嫁がいう。

日本のスンニュンが不味いのは、日本の水が軟水だからである。韓国は硬水なので、でんぷんと硬水中のミネラル成分とが絡まって味わい深い味になる。お出汁のように、滋味深くすっきりとした飲み物になる。

一世はこれだけうまい物を知っていながら、日本では不味い韓国料理を食べ続けていたのだ。日本の水、日本の素材では韓国料理はまともなものにならない。逆も真なりで、岡田の兄さんの家で振る舞われたお茶が番茶程度のものでしかなかったように、日本の料理は、韓国の水ではまともな味にならない。

少しして起雲の嫁さんが甥の康一に服をくれた。それは白いジャンパーで、エナメルのようにてかてかと光った素材でできていた。着せてみると、どう見ても韓国の子供である。日本文化圏に属している子供には見えなかった。兄は康一に、

「お前も大きくなったら勉強して、叔父さんみたいに言葉をしゃべれるようになれ」

といった。康一は父親を見て、

「お父さんは勉強せんの?」

という。

「お父さんはお前、もう歳やから勉強せんでもええんや。今さらやっても頭に入らん。しかしお

前はこれからやから、やらなあかん。叔父さんみたいに話せたら、友達も一杯できるし、退屈せんでええやろ?」

「うん。でもぼくサッカーできるから、言葉できんでも遊べるよ」

「ふむ。そうか、うむ」

と兄はそこで話をやめた。これであとから、「俺もやればできた」というなら、親父と同じだぞ、と思う。父親はいつも勉強を強制しながら、「俺だってやればできた」といっていた。それは事実だろう。小学校に一年でも行けていれば文字が読めるから、あとは独力で知識を増やせたに違いない。幼いころに文字を解釈する脳細胞を鍛えておかないと、大きくなってからは文字がただの模様として見えるだけで、意味をなさない。それは何度か文字を覚えようと苦闘している父親を見てそう悟った。文字は幼いうちに覚えないと覚えられないのである。だから「やればできた」というのは本当だろう。しかしそれは家族内でしか通用しない。外の世界では結果が全てである。いえば馬鹿である。兄は文字を知っている。そんな人間が「やればできた」というなら、それは家族内でも馬鹿である。そんなことはいうなよ、と起丞は考えた。

岡田の兄さんの奥さんが、上がりかまちの向こうから手招きをする。隣の岡田の兄さんからは見えない。起丞は静かに立ち上がって部屋を出た。おばさんは家の角を曲がって奥に消える。彼もついていく。洗濯物が木と木の間の紐に吊されている前まで行った。

おばさんの顔は皺で覆われていた。口の周りの皺は特に深い。口やかましい人なのかも知れないと思う。その口を時折手で恥ずかしそうに隠しながら彼女はいった。

「うちの人は、日本では何をして暮らしているんだろうか」

岡田の兄さんのお姉さん、兄さんの長男、そして本妻さんと、同じことを聞かれるのも三度目だった。まさか自分の夫が日本人の女のヒモになって生きているなどとは思いたくないだろう。しかし現実はそうなのだ。あんたの旦那は人間のクズなんだよ、といった方がいいのかも知れなかった。しかしさすがにそれはいえない。かといって嘘もつけない性格だ。起丞は一面の真実だけを話すことにした。それをどう解釈するかは相手の勝手だと考えた。

「商売は時たましているようですが、普段の生活は、日本の一緒に暮らしているおばさんが年金を貰っていますから、それで暮らすには不自由してないはずです」

おばさんは尚も恥ずかしげに、

「韓国へ来ると、二日もするともう日本へ帰るといい出してね。ここに居れば生活に何一つ不自由することもないし、何よりあの人が万一の時どうすればいいのか心もとなくてね」

「あの方はまだまだ丈夫だし、元気だから大丈夫ですよ」

「起丞《キスン》はいまは東京でしょ？　下関にはもう言葉の分かる人は居ないし、本当に心配で。ねえ」

彼女は目を伏せて寂しげな顔になる。親子揃って芸達者だな、と思う。日常で芝居をされたら、日本文化で育った者には息苦しいばかりだ。

「東京にいても電話がありますから」

と彼はいう。

「連絡先は息子さんに教えてありますから、いつでも私と連絡を取ることができます。心配なさらないで下さい」

「ありがとう。ああ、お前が言葉が分かるからどれだけ心強いか知れやしない。これからは一年に一回は故郷に来なくちゃいけないよ。お父さんの墓もこちらに作ったんだし、お墓参りを欠かさないようにしなくちゃね」

誰からも、何度も聞かされたことを、彼女もいった。

「はい」

しかし彼の生活は手一杯である。妻が踊りの道を突き進んでいる以上、自分の生活に余裕が出ることはないだろうと思っている。金儲けが下手なのは親譲りである。他者と対したときに、直球勝負しかしようとしないのも親譲りである。それで三振を取れれば格好いいのだが、打たれてばかりだから、滑稽である。ドンキホーテのようなこの性格は、死ぬまで直らないだろうと思う。

十時近くになり、起丞は先日頼んでおいた航空券を取りに旅行代理店に行くことにした。場所が分からないので、起門に案内して貰った。カウンターでその旨を告げると、いま全州から持ってきている最中だという。南原では独自でチケットを発券できないので、全州でチケットを作って、人間が運んでいるのだそうだ。彼は頭を抱えた。そういう特殊な事情があろうとは夢にも思わなかった。こちらは日本の常識で動き、韓国の旅行代理店は韓国の常識で動いた故のミスだった。切符は十一時半ごろ届くというので、一度家に帰ることにした。

帰る道々、起門が話をした。

「日本で文部大臣辞めた奴がいたでしょ?」

そういわれれば教科書問題で、日韓併合は合法だったといって罷免された奴がいたな、と思う。

韓国は非合法だといい、日本は合法だという。両者の主張が一致することは未来永劫ないだろう。在日の立場からはこの件には一つおまけがついている。日韓併合が合法だったなら、戦後の日本が日本国内の元植民地の人間から日本国籍を剥奪したのは違法になる。日韓併合が違法だったのなら、日本国籍の剥奪は合法である。

日本は合法的に日本人とした朝鮮半島出身者から、法律の根拠無く日本国籍を剥奪した。ポツダム宣言で朝鮮は独立したから、朝鮮の領土内にいる人間は自動的に朝鮮国籍を回復する。これは問題ない。しかし日本国内にいた者には、どちらの国籍を選ぶかを確認しなければならなかった。起丞が知る限り、第二次世界大戦後、この手続をしなかったのは世界で唯一、日本だけである。この結果、在日は帰化せずとも日本人だったのに、帰化という非人間的な手続を踏まないと日本人にして貰えなくなった。そして日本は、国籍を理由に朝鮮人を差別し続けてきた。一度ゴメンネといったらどうなんだ、と起丞は考えていた。日韓併合が合法だったなら、民事局長の通達だけで国籍を剥奪した日本の行為は違法である。国籍は法律で定めるものであって、官吏だけを拘束する通達で定めるものではないからだ。これは法律を学んだことがある者にとっては常識である。日本は法治国家だ。東大出のエリート官僚たちが、自分たちのしたことが間違いだったと知らぬはずがないだろう。それでもそうしたのは、法律を守ることよりも民族差別を優先させたからだろう。戦争に負けたし、植民地も失ったし、朝鮮人なんか知らんと、子供みたいに駄々をこねたわけである。

起丞が思うに、こんなでたらめをした日本を謝罪させようとしない組織も問題だった。しかし総連も民団も国籍が民族だと思っている。だから俺たちは、本当は日本国籍者だ、などと抗議することはなかった。一世が元気な時代、在日は雇っている日本人を通じて、五人は国会に代表を送るぐらいの票を持っていた。戦うべきは国会の場であって、差別撤廃を嘆願する国会の外ではなかったのである。組織は完全に戦略を誤った。そして誤った判断をさせたのは、民族至上主義者たちであり、そのように考える韓国人の価値観だった。百年前に一掃していなければならない価値観を後生大事に守り続けているお陰で、在日は日本からコケにされてもへらへらと笑い続けてきたのだった。一世はアホである。彼はそう結論づけた。だが、文字を知っているのに一世と同じことをしている二世はもっとアホだ、と思うのだった。そして自分は、そんなアホな二世のうちの一人だった。起丞は起門を見て、

「ああ、辞めた人、いましたね」

と答える。起門はいう。

「あいつのいったことはでたらめだったけど、その信念に殉じて辞職したのは立派だし、そうい

う自分の信念に基づいて発言する政治家がいる日本は羨ましいと思う。その点、韓国では大臣にでもなろうものなら、絶対に自分から辞職するなんてことはないからね」

起門は滔々と韓国の政治家が如何に駄目な奴らであるかを弁じ立てる。起丞は心の中でいう。お前も大臣になったら、同じことをするよ、と。

韓国人は国を売った五賊を非難する。彼等は誰も、国を売った五人がいなければ、次の新たな五人が国を売っただろう、とは考えない。歴史に学ばない韓国人はいつかまた同じ目にあうだろう。いい加減に気がつけよ、歴史に学ばない奴はアホだぞ、といいたくなる。

起門は自分の価値観で政府を罵り続けた。まあ、どの韓国人も政治が好きだし、口を開けば誰かを非難してそれで厄払いをしようとする。そして自分とチング（仲間）だけが利益を得ようとする。韓国人は派閥の利益となる議論しかしない。それは幕末に、日本の若者が天下国家を論じていたのとはまるで次元が異なるものだった。起丞は面倒なので、空返事をして聞き流した。

起門は韓国では大臣が代わる度に入試制度が変わる教育制度を批判し始めた。

「日本人は明治維新の時に、国家百年の大計を立て、それを下に教育制度を整備したというじゃありませんか」

「うむ。まあ、そうですね」

「しかし韓国の文部大臣は自分の名を残すために、自分流儀の制度を残すことだけに躍起です。学生や国民のことなんか、ましてや百年後の国民のことなんか全く考えていません」

「ふむ」

「韓国人は何にしてもそうです。その場しのぎです。この道にしても」

と彼はいま歩いている南原のメインストリートを示す。

「日本人が造ったものです。そしてあの橋もそうです。あの橋は六十年前に日本人が造ったものです。その時土地の人々はなんて馬鹿でかい橋を作るんだと非難ばかりしていました。しかしその橋が、いまの交通量でちょうど良い状態です。あと十年も経てば、怖らくあの橋では狭すぎるようになるでしょう。ということはつまり、日本人は当時六十年先を見越してあの橋を造ったという事になります。しかし韓国人にはそれだけの計画性も発想もありません」

それならずっと日本に支配されていれば良かったな、といってやりたかったがやめた。

起門がいっているのは現状認識である。次にするべきは、それがどのような原因から発生したかを探ることであり、次いで、どのような方法で原因を改め、そして現在の悪い部分を改善できるか、である。そうでなければ党派争いをしていた李朝の両班と同程度になってしまう。起門は駄目な点を列挙して非難しているだけだった。改善案はない。多くの韓国人と同様、彼には、党派争いをしていた祖先たちと同じことをしているという認識がない。そして残念ながら多くの在日もまた同じだった。日本しか知らない在日は、日本を基準にして韓国のあらゆる点を日本と比較して非難した。原因の究明も、改善案の提案もない。日本人ならそれでいいだろう。韓国なんか知らん、で片付けることもできる。しかし韓国の一員であるならば、そのような態度はあまり

にも情けない。原因が分からず、改善案も示せないのなら、せめて黙っていることだ。日本人に、

「どうして韓国人はそうなんだ？」

といわれれば、

「そうですねえ、困りましたねえ」

などとお茶を濁していればいいのである。しかし多くの在日は日本人以上に韓国を非難する。それは人間としてどうなんだろう、と起丞は思うのだった。

起門はあまりにも情けない韓国人の一類型だった。彼は自分では、俺はこんなことにも気がつけるぐらい頭がいいんだ、とアピールしているつもりなのだが、しかしそれは起丞には通じない。起丞は起門を大馬鹿者だと思っていた。しかし一方で、次に侵略されたとき、率先して命を投げ出すのもこういうタイプの人間だと思っていたから、面と向かって彼を非難する気にはなれなかった。お前は侵略者から国を守れよ、と思うだけである。

警察のジープが止まる。一族で警察の幹部をしている人が降りてきた。以前に会ったときはカーキ色の軍服を着て腰に拳銃を下げていたが、今日はブレザーを着て刑事のような格好をしている。名前は確か起龍《キリョン》といった。

「起丞《キスン》、ちょっと話そうか」

という。起丞が韓国語を話すようになってからは、起龍も韓国語で話した。三人は喫茶店に入った。コーヒーを頼んでから、起龍は、

「叔父さんから話を聞いて、お前を説得してくれと頼まれて来たんだ」

という。それで起丞は起龍に、何があったかを説明した。起龍はいう。

「状況は分かった。あの両班《ヤンバン》はうちの一族の中でも困りものだ。何かといえば自分が後妻の子だから皆が差別するといって、いじけるしな。それに今回の件はお前が正しい。俺だってそうする。しかし叔父さんはお前より年長だ。だから、お前が頭を下げなければならない」

はっ？ と起丞は我が耳を疑った。それでいう。

「間違いを犯したのは叔父さんです。謝るのなら叔父さんの方ではないんですか？」

「それはそうだ。しかし年長の者が頭を下げることはない。ここはひとつお前の方から頭を下げて、丸く収めてやってくれんか。このままお前に日本に帰られたら、叔父さんの面子は丸つぶれだ。分かるだろ？」

起丞は少し考えた。学歴もなくて就職できなかった叔父に、賄賂を使って就職させたのは親父だ。新たに農地を買い与えてやったのも親父だ。一族の中では一番立派な家を建ててやったのも親父だ。そういう認識があるのなら、弔いの場でお祝い事を始めたりはしないだろう。叔父は埋葬の時に拝礼をしにも来なかった。まあその点は起丞も叔父の母親の法事を欠席したから同罪かも知れなかった。しかし弔いの場で祝い事を始めるのはあまりにも非常識だし、恩知らずである。

起丞はいう。

「自分は日本文化で育ちました。日本の文化では、自分が悪くもないのに、間違いを犯した年長者に謝罪をするということはありません。残念ながら自分は韓国式の価値観でものを考えることができません。ですから自分の目が黒いうちは、叔父に頭を下げることはありません。叔父さんが謝罪をするのなら、その時は考えてもいい、という程度です」

今度は起龍が驚いた顔をした。そしていう。

「韓国の価値観では、叔父さんが甥に頭を下げるなんて事はないよ」

「それでは永久に決別することになります。自分が叔父さんに会うことは二度とないでしょう」

ふむ、と一つ首をかしげてから起龍がいった。

「まるで韓国と日本みたいだな」

起丞は「座布団一枚！」と手を叩きたくなった。全くその通りだ。両国は価値観の違いで行き違いばかりしている。

「まあ、分かった」

と起龍は腰を浮かせる。

「お前がいったことを叔父さんに伝えておくよ。もとはといえば、あの両班が悪いんだ」

喫茶店には昨日哭《こく》をしてくれたお爺さんがいた。色々と話を聞いてみたかったが、彼にはお爺さんの方言を聞き取るだけの語学力がなかった。それで離れた席から黙礼をしただけでそのまま時間を過ごした。

時間になったので飛行機の切符を受取りに行った。日本で買うより二割は安かった。起東の家に戻って兄と合流する。喫茶店にいたお爺さんもなぜかそこにいた。起東の家族、起雲の嫁さん、起満《キマン》、そして両班姿のお爺さんに別れを告げて、タクシーに乗った。起門が同行した。

バスターミナルに向かう途中で、起東の店に寄って、謝意を述べた。次に会えるのはいつになるか分からない。

「さようなら」

といって、バスターミナルに向かう。そこからソウル行きの高速バスに乗った。起門はバスが見えなくなるまで手を振っていた。

ソウルで一日観光をして、兄と甥は福岡空港行きの飛行機に乗った。それを見送ってから起丞は成田行きの飛行機に乗った。

14

由子《よしこ》姉上様

遅くなりました。親父の埋葬の報告です。初稿は三十二年前に書いていましたが、それを見せる自信はありませんでした。韓国のことをまだまだ知らなかったからです。今回当時の原稿を見返してみても、とんちんかんな感想を長々と書いているところが随所にありました。在日は日本語と韓国語、日本の歴史と韓国の歴史、それに加えて両国の文化と、倍の知識が無いと客観的な文章が書けません。

「在日という『人間』として書こうとするなら、両方分からなければ読むに堪えるものを書くことはできないと、知っていました。今回の報告も、日本人として書くと韓国を不可解な国とし、韓国人を変な奴らとして書くしかなくなります。もちろん、全体を韓国人の目線で書くことはできるでしょうが、そのためにはやはり韓国的な価値観が分からないと書くのは難しいだろうと思います。そしてこの場合は、日本が理解不能な国になってしまいます。

もちろん在日の社会を不条理で、不可解なものとして書き、その中で悶え苦しむ人間の姿を書くという書き方もあります。芥川賞を受賞した李良枝《イヤンジ》さんなんかはそういう書き方で、いま現在苦しんでいる在日を鮮やかに書き残しました。彼女とは、かみさんを通じた友人でした。だから早すぎた死は未だに残念です。しかしそんな彼女と違い自分は、現状を書き止めるだけでは満足できません。原因を知りたいという欲求の方が強いのです。そして解決策を示したいのです。だからといって、自分の考えが唯一無二のものだと主張する気はありません。ですから作中人物がそのような考えを持っているという書き方しかしません。真実の答は神さまだけが知っており、自分の考えを神の考えのように装う気はさらさらないからです。もしそれをやると、読むに堪えないものになるでしょうね。

ということで、一つの文化しか知らないと、二つの文化の衝突場面は書けないだろうと思っていました。在日、特に二世は二つの文化が日々衝突する場面で生きてきました。毎日というか、時々刻々が不条理劇の連続でした。親父が荒れ狂っている文化的な背景が分からず、韓国人の行動パターンが分からず、一世たちに呼び捨てにされ、日韓の狭間でぼろのように扱われている二世は、日本文化と韓国文化の衝突現場に巻き込まれた哀れな存在でした。

それゆえ両方の文化を作り出している原因が分からなければ、文化が衝突する場面は書けないと思っていました。然るに二世、特に韓国系の二世は、韓国的な教育はかけらも受けていません。日本の学校に入れられ、親から日本人になることを強制されているのに、その親自身が帰化を敗北と捉えていました。そんな矛盾に満ちた現状に甘んじている限り二世は、眼前の不条理劇を理解できず、三世、四世へと宙ぶらりんの人生を遺伝させてしまうことになります。

それがいやだったから、作家になり、一世はアホだ。二世はもっとアホだ、といってやりたかったのですが、しかし韓国的な知識なしにそれをすると、こうすれば良くなるという希望を示すことができず、韓国をけなすだけで終わってしまいます。それでは本当のアホになってしまいます。それで勉強を始めましたが、生きている間にはできないかも知れないと思っていました。世の中には自分が知りたいことを書いている本はありませんでした。研究している人も知りません。本当は居るのかも知れませんが、自分はそんな研究者を知りません。で、新たに一つの学問を興すぐらいのことをしなければ、この不条理劇の原因を掴むことはできないだろうと思っていました。

死ぬまでにできないかもな、と思って始めました。初めはやってやる！　と意気込んでいましたが、体力の無い自分は直ぐに息切れがします。その内に、できればいいし、できなければそれまでだろう、と思うようになりました。五十年が経ちました。あっという間でした。今回の作品で、何とかスタートラインに立てたかな、と感じています。しかし自分が土に還る日は眼前に迫っています。何とも皮肉な現実ですが、まあ、こうなることは分かっていて始めましたから、悔いはないですけどね。

ということで、色々と考えた結果、日韓の文化の差の根本原因は厄払いの仕方の差にあると思うようになりました。韓国人は遊牧民族の影響で、魔女を必要とし、魔女に全ての厄を押しつけます。ヨーロッパ人がした魔女狩りと同じ発想です。アメリカのＫＫＫも同じ発想でしょうね。対して日本人のうち、元々の倭人はみそぎで厄を祓います。悪い憑き物は洗い流して終わりです。恐らくは長江流域で稲作をしていたころからの伝統だろうと思います。日本人のうち、西日本の渡来人は半島で遊牧民族の影響を受けたので、この人たちも魔女を必要とします。それは歴史的には被差別部落の創作として現れます。彼等は韓国人と同様の価値観で犯人を必要とし、厄を被差別民に押しつけることで厄払いをしてきました。しかし東北地方には被差別部落が存在しません。それはアイヌ人が、厄を共同体で引き受けるという文化を持っていたからです。物の本によると、アイヌ人は産後の胎盤を十字路などに埋め、皆が踏むことで穢れを共同体の全員で引き受けたそうです。しかし被差別部落があるところでは、胎盤を床下など見えないところに押し込めて、穢れを隠してしまうそうです。なるほど、アイヌ人と遊牧民族には穢れの処理方法に明確な差があったのだと知りました。その違いが厄払いの仕方の差になっていると思います。

韓国には犯人捜しをし、全てをその者のせいにして、自分だけは清く正しく美しい、と主張する価値観しかありませんが、日本には三種類の価値観が混在します。大昔の民族の違いが現代にもそのまま引き継がれています。

私は天皇陛下を尊敬しています。それはみそぎの文化の中にいながら、天皇陛下だけは、日本が引き起こした戦争が原因で、多くの日本人以外の人を死なせてしまったと、反省しているのが見えるからです。みそぎを済ませたと思っている政治家は靖国に行きます。しかし昭和天皇も平成の天皇も決して靖国には行きませんでした。この事実は重要です。国民の多くが原爆二発でみそぎが済んだと思っているように感じられる中、天皇陛下だけは、そういうみそぎをしてはいけないと覚悟されているかのようです。立派な態度だと思います。

みそぎの文化の中にいる多くの人たちは、過去を簡単に忘れてしまいます。アジア人を何千万も死なせておいて知らん顔です。自分たちは加害者だったという意識が少しでもある政治家なら、靖国には行かないでしょう。未だにアウシュビッツを反省しているドイツ人とはえらい違いです。日本の政治家には、加害者だった、という意識がないから、靖国に行けるのだと思います。また、東條英機などという、成績だけ良かった大馬鹿者のせいで無駄に特攻攻撃をして殺された若者と、その原因を作った東條英機とその仲間たちを同じ靖国に祀るなどというのは、日本人が如何にみそぎで何もかも忘れてしまう人たちであるかを如実に示しています。これは関係者が日本人だけである場合はそれでも構いません。しかし現実には、日本以外の国に、日本の十倍もの被害者たちとその子孫が居るのです。これではさすがに、みそぎはまずい、といわざるを得ません。

とはいえ、私は韓国人のように何でも反対しているわけではありません。先日も、在日の活動家たちと大げんかをしました。すんでの所で掴み合いの殴り合いになるところでした。活動家たちは日本の政治家が靖国に行って「弔うのはけしからん」といいます。それに対し私は、

「子が親を弔う。当然のことではないか」

と答えました。すると彼らは、

「同じ民族なのに靖国に賛成するとは何事か」

と、いきり立ちます。で、私は答えます。

「靖国は祀っているんだ。弔っているんじゃない」

「同じだ。弔うのも祀るのもけしからん」

と早くも頭に血が上っています。韓国語にはこの二つの言葉の明確な違いがありません。だから韓国人がいうのなら未だ理解しますが、日本語で育った在日が、弔うのも祀るのも許さんというのは、無茶苦茶です。

私は人が人を弔うのは当然のことだと思っています。ましてや子が親を弔うのは当然のことです。しかしその親に殺された者たちの子孫がアジアを初め世界中にたくさん居ますから、その者たちに見えるように、これ見よがしに祀るのは、控えるべきであると思っています。弔うのは当

然だが、祀るのはやめてくれというのが、自分の感想です。しかし私が喧嘩した在日の活動家たちは弔うこともけしからんといいます。それはさすがに人倫に反するでしょう。自分の目の前に親の骸があれば、その親がどれだけ重犯罪人であったとしても、子としては弔うのは当然であると思います。また子供でなくても、死骸を弔うのは当然のことであると思います。しかし件の活動家たちは弔うのも許さんといいます。それは、親の屍を野ざらしてにしておけ、といっているのと同じです。でたらめな主張です。そんなことばかりいっているから日本人から反発を食らうのです。

君が代と国旗掲揚にしてもそうです。在日の、意識が高い系の人たちは、その場に座ったまま動きません。しかし私は起立して、敬意を表します。君が代は韓国の国歌ではないから歌いませんが、日本の国に誇りを持ってそういう儀式をしている日本人の心は尊敬します。ですから立ち上がってその人たちの心に敬意を示します。座り続けて、日本人の心に冷水を浴びせるようなことはしません。韓国の国旗や国歌を尊敬してもらいたいのなら、自分たちも君が代や日章旗を掲げる人たちの心を尊敬しなければなりません。それはかつてその旗を押し立てて韓国を侵略した者たちがいたというのとは別次元のことです。国旗という布きれは悪いことをしません。それを持った人間が悪いことをしたのです。現代の日本人が韓国や韓国人に悪いことをしようというのなら憎むのは当然ですが、彼らは平和憲法を掲げて自分たちの国歌、国旗を尊敬しているだけです。その態度に我々が敬意を表するのは当然なことです。しかし魔女狩りが大好きな連中は犯人捜しに必死です。自分が清く正しく美しいということを示すために犯人が必要なうちは、韓国社会に自由、平等、博愛はやって来ないでしょう。

自分が相手から尊敬されたいのなら、先ずは自分が相手を尊敬することです。実に簡単な基礎一の道理を無視して、日本の国旗掲揚の場面で座り続けている韓国人や在日の心の冷たさには、恐れ入るばかりです。その心の冷たさは教育で作られています。歴史を全く反省せず、犯人捜しをして自分たちは美しいといいつのる文化の影響を受けています。日章旗を尊敬する必要はありません。しかし日章旗を尊敬している日本人の心は尊敬すべきであると私は考えます。

さて、そのような状況下、渡来人の子孫は、まあ、全てでは無いと思いますが、韓国人と同じで直ぐに犯人捜しをして、韓国を非難します。彼等は部落民を作ったように、韓国朝鮮人を下に見ないと気持ちが納まらない人たちです。学生運動が盛んだった頃、各派閥が闘争を繰り広げていました。彼らは他の派閥を犯人に仕立て上げて、自分たちの正義を主張していました。まるっきり韓国人がしていたことそのままです。日本人の中にも犯人捜しが大好きな人がたくさんいるのです。その結果、日本を美しいというために、韓国を犯人に仕立て上げて罵っているのですから、目くそが鼻くそを笑うの類で、滑稽なことこの上ありません。同様なことはナチスもやりました。彼らは純粋のアーリア人を守るために、ユダヤという名の魔女狩りを組織的にやりました。だから日本も、純粋な日本とか、純粋な日本人とかといい出すようだとやばいと思います。そんなことをいい出すと純粋さを守るために犯人が必要になりますからね。犯人を必要とする精神レベルは餓鬼のレベルです。それは自分を神の座る場所に置いた者がする行為です。そういう人たちは愛を前面に押し出して、愛する者を殺してしまいます。

東北の人たちは厄を共同体で引き受ける価値観を持っていますから、犯人が必要な人たちを、きょとんとした目で見ていると思いますね。たぶん。

韓国にもアイヌ人の伝統はありました。新羅はアイヌ人が作った国だと私は思っています。百済は倭人の国でした。現在も続く全羅道差別は、もとは遊牧民族が、自分たちに敗れた倭人を差別したことに始まっていると思います。異民族差別が始まりです。だから差別の仕方が激しいのです。同族ならあそこまで差別しないでしょう。

しかし韓国人は自分たちは単一民族だと思っています。私が思うに、朝鮮族は少なくとも遊牧民族系とアイヌ系と倭人系の三つの民族が混交したもので、中でも遊牧民族系の影響が最も強い民族だとみています。この事実を認識しないと、自分たちの厄払いの価値観が現代社会での経済活動にはマイナスだと認識できないでしょう。現代に於いても魔女を必要とする社会は、決して住みやすい社会とはいえません。

両方のことを知らずにものを書くと、とんちんかんな文章になります。知っていることを知らんぷりするのはできますが、知らないことを知ったかぶりすると、碌な文章になりません。で、民族などという得体の知れない鰯の頭のようなものを持ち出さないと収まりが悪くなってしまいます。その結果文化の衝突場面をきちんと書けず、作品の完成度が落ちることになります。在日としてものを書いている人はみんなそういう経験をしていると思いますね。
ともあれこの文章を読んであまり腹を立てませんように。姉ちゃんは俺より大部気が短いから、かっか、かっかしながら読んだだろうと思います。だけど、ここでの話は今や遥か昔の物語です。だから落ち着いて、はい、深呼吸うう。

愚弟　丞《すすむ》　拝

著者経歴　李起昇《イキスン》

1952年　山口県、下関に生まれる。在日二世。母親は日本人。母親は結婚後、日本の当時の国籍法の定めにより韓国籍となった。以後、日本人でありながら在日韓国人として生きた。

1971年　福岡大学商学部入学。日本の大学はサラリーマンを養成するところであって、起業家を育成するところではなかった。失望して、小説家を目指す。公認会計士を目指したこともあったが、当時の資格ガイドブックには「外国籍の者には受験資格がない」と書いてあり諦めた。

1976年　韓国の在外国民教育研究所に言葉と歴史を学ぶために留学。

1976年～1981年　日本に戻り、民団青年会下関支部及び山口県本部の教育訓練部長をした。言葉と歴史を教えた。女子部長をしていた趙寿玉（チョウ　ス　オク）と結婚。

1981年　民団中央本部勤務。

〜1983年　趙寿玉は舞踊を本格的に習得すべく、一年ほど韓国に留学した。その間李起昇は一人で日本にいて、民団に勤務していた。

1985年　「ゼロはん」で講談社の群像新人賞受賞。公認会計士試験に合格。

1986年　「風が走る」を雑誌群像に発表

1987年　「優しさは海」を雑誌群像に発表

1989年　「きんきらきん」を雑誌小説現代に、「西の街にて」を雑誌群像に発表

1990年　「沈丁花」を雑誌群像に発表

1990年〜1995年　中央監査法人のソウル駐在員として韓国の三逸会計法人に勤務する。家族とともに韓国で暮らした。

趙寿玉は海外在住の韓国人としては初めて舞踊の人間国宝（重要無形文化財第97号サルプリ舞（チュム）の履修者になった。

趙寿玉は以後、舞踊家として活躍する。

1995年　「夏の終わりに」を雑誌群像に発表

1996年　公認会計士事務所開業

1999年〜2001年　韓国電子（韓国一部上場会社）の社外取締役を務めた。

2000年〜2001年　民団中央本部21世紀委員会経済部会、部会長を務めた。

商銀の銀行化案を作成し、提言した。

2002年　税理士登録をする。

2004年〜2012年　「パチンコ会計」発刊。
独立開業してまもなく、パチンコのシステムを勉強する機会に恵まれた。分かってみると会計の専門家は今まで何もしてなかったのと協力してくれる出版社があったのとで、解説書を書いた。パチンコ関連の専門書は5冊刊行した。

2013年　小説の単行本「胡蝶」をフィールドワイから発刊。

2016年　日本の古代史に関する単行本「日本は韓国だったのか　韓国は日本だったのか」をフィールドワイから発刊。天皇家のルーツを解き明かし、日本は朝鮮の派生物ではないことを立証した。

2018年　小説「チンダルレ」をフィールドワイから発刊。

2019年　小説「鬼神たちの祝祭」をフィールドワイから発刊。

韓流ブームの今にあって、あらためて〈在日文学〉の今日的意義を問う
著者渾身の話題作

小説『胡蝶』李起昇

「自分は日本人よりも先に自分を差別していたと思うのだった。
若い頃はそんなことを知らず、日本ばかりを恨んでいた」

在日2世として生まれた主人公・金民基（キム・ミンギ）は、今は年金暮らしで、好きな歴史研究のために図書館通いを日常としている。ある日、声をかけられ知り合う女子高校生。そして、近い年齢による句会の会員らとの交流。別れた妻との間にできた娘と、その子供との出会い……。
静かな生活が、突如、騒がしくなり始める。差別のなかで傍観者の生き方を余儀なくされてきた主人公は過去を思い出し、「今」と対峙する……。

定価:1,600円（税別）
判型:四六版　総頁数:256
発行:フィールドワイ　発売:メディアパル

日本は韓国だったのか
韓国は日本だったのか

反響必至!!

歴史認識問題に一石を投じる話題の書！

李起昇

ついに明かされる!!

日韓古代史最大のミステリー

韓国人気ドラマ『朱蒙』『太王四神記』で描かれた韓国の歴史と日本の始祖との関係とは？

出雲はナゼ国譲りをしたのか？

日本書紀に隠された嘘と真実

この国で生きるためパチンコの世界で身を立てるしかなかった在日二世の人生
死を前にした愛の旅路に青春の日々が交差する
思い続けた愛のたどり着くところは……

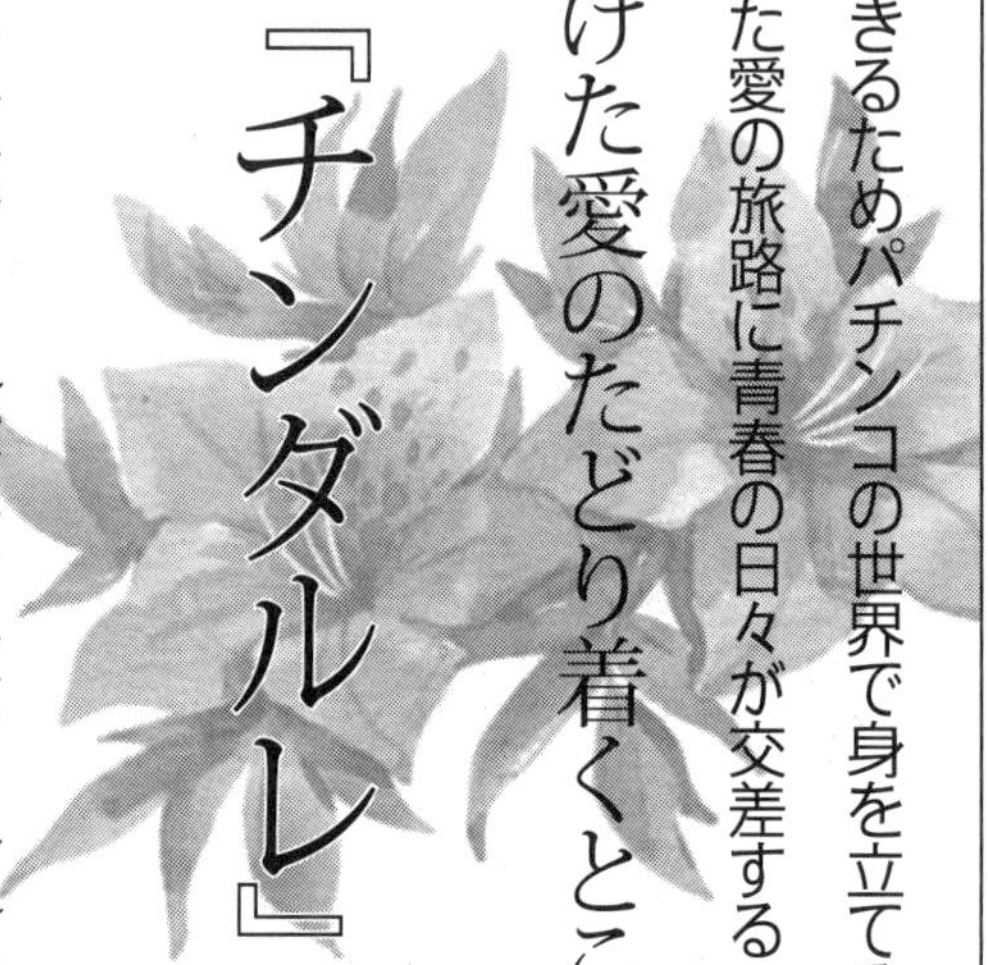

小説『チンダルレ』

李起昇

末期ガンを宣告され、死を受け入れた男には
最期に会いたい女《ひと》がいた……
もう一度あの声に包まれて死にたいと願う……

「チンダルレを遠くから見るように、お慕いしていました」

在日は日本のためになる存在でなければならない、と思っていた。日本は外国だ。そこに住まざるを得ない原因を作ったのは日本であっても、住み続けている以上は、日本の利益になる存在でなければならない。そうでなければユダヤ人のように抹殺される。日本を罵る暇があったら日本のGNPを高める事業を起こすことだ。（本文より）

チンダルレ
カラムラサキツツジ（ツツジ科ツツジ属）の朝鮮語名。
朝鮮半島及び中国東北部に自生し、3～4月に桃紫色の花をつける。
韓国で春を告げる花として、国花の無窮花（ムクゲ）と並び親しまれている。

定価:1,600円（税別）
判型:四六版　総頁数:336
発行:フィールドワイ　発売:メディアパル

鬼神たちの祝祭

2019年11月26日　初版発行

著者　李起昇
発行人　田中一寿
発行　株式会社フィールドワイ
〒101-0062　東京都千代田区神田駿河台3-1-9　日光ビル3F
電話　03-5282-2211（代表）
発売　株式会社メディアパル
〒162-8710　東京都新宿区東五軒町6-24
電話　03-5261-1171（代表）

印刷・製本所　中央精版印刷株式会社

ISBN 978-4-8021-3172-8

Printed in Japan